[日] 长月达平 / 著
[日] 大塚真一郎 / 绘
一寒 / 译
U0906530
Re:从零
Re: Life in a different world from zero
开始的异世界生活 25

然后抬起头，化作自己在世间
最憧憬的『模样』，报上姓名。
『我是「最优秀骑士」由里乌斯·尤克历乌斯，
是即将斩杀你的王国之剑。』

由里乌斯·尤克历乌斯看向前方，
身上环绕着六道更胜往昔的神秘光芒。
『久等了，「剑圣」雷德·阿斯特雷亚
——初次见面。』

『吾，波尔肯尼卡，依照古老的盟约，
询问登顶者的志愿。』

感受到爱蜜莉雅的目光，
波尔肯尼卡缓缓地眨了眨眼睛。
『汝，登上塔顶之人，
踏上第一层，全能的请愿者啊。』

『公……敢？』
『是「共感觉」。
拉姆和雷姆可是亲密的姐妹，
所以能共享喜怒悲痛
——也能共享角的活性化带来的恩惠和负担。』

『姐姐大人……』
『很遗憾，
拉姆能通过『共感觉』清楚地感受到，
拉姆的妹妹正在里面熟睡呢。』

The only ability I got in a different world "Returns by Death".
I die again and again to save her.
[日]长月达平/著
[日]大塚真一郎/绘
一寒/译
Re:从零开始的异世界生活 25
Re: Life in a different world from zero
SPM
南方传媒
花城出版社
中国·广州

图书在版编目（CIP）数据

Re：从零开始的异世界生活. 25 / (日) 长月达平著 ; (日) 大塚真一郎绘 ; 一寒译. -- 广州 : 花城出版社, 2022.10（2023.5重印）

ISBN 978-7-5360-9773-5

Ⅰ. ①R… Ⅱ. ①长… ②大… ③一… Ⅲ. ①长篇小说－日本－现代 Ⅳ. ①I313.45

中国版本图书馆CIP数据核字(2022)第167046号

合同版权登记号：图字 19-2021-087号

原著名:《Re:ゼロから始める異世界生活 25》，著者：長月達平，绘者：大塚真一郎

Re : ZERO KARA HAJIMERU ISEKAI SEIKATSU 25

本书为引进版图书，为最大限度保留原作特色、尊重原作者写作习惯，故本书酌情保留了部分外来词汇。特此说明。

出 版 人：张　懿
责任编辑：欧阳佳子　林佳莹
特约编辑：易林子
责任校对：李道学　袁君英
技术编辑：林佳莹
装帧设计：袁国维

书　　名　Re:从零开始的异世界生活
　　　　　RE:CONG LING KAISHI DE YISHIJIE SHENGHUO
出版发行　花城出版社
　　　　　（广州市环市东路水荫路11号）
经　　销　全国新华书店
印　　刷　中华商务联合印刷（广东）有限公司
　　　　　（深圳龙岗区平湖镇春湖工业区中华商务印刷大厦）
开　　本　787 毫米 × 1092毫米　32 开
印　　张　10.125　4插页
字　　数　270,000 字
版　　次　2022年10月第 1 版　2023年5月第 2 次印刷
定　　价　39.00元

本书如有印装质量问题，请与广州天闻角川动漫有限公司联系调换。
联系地址：中国广州市黄埔大道中309号 羊城创意产业园3-07C
电话：（020）38031253 传真：（020）38031252
官方网址：http://www.gztwkadokawa.com/
广州天闻角川动漫有限公司常年法律顾问：北京市盈科（广州）律师事务所

Re: Life in a different world from zero

The only ability I got in a different world "Returns by Death"
I die again and again to save her.

目录
CONTENTS

The only ability I got in a different world "Returns by Death"
I die again and again to save her.

第一章 □□□

Re:从零开始的异世界生活

Re: Life in a different world from zero

1

菜月昴从塔上坠落，最后的话语也飘散在风中，然后他的意识中断了。

说来也讽刺，这次的“死”是昴计划之内的“死”。他质疑夏乌拉的真实心意，披露她所隐瞒的第五条规则，随后明确了自己要拯救她的愿望。

他之所以这么做，大概是因为得到了想要的所有答案吧。

在“死”的那一刹那，昴的内心十分平静。当然，对赴死的不安和紧张依然紧紧地束缚着他。

“不过，这是至今为止，我面对‘死’最诚恳的一次。”

他并不觉得自己的“死”能拯救夏乌拉。

夏乌拉正是因为不希望昴死，才会想让昴命令她自尽。她这般关心昴，但昴还是在她面前一跃而下。对于已经等待昴四百年的她而言，这份冲击该有多大啊，想必她的心都碎了吧。

所以，这不过是昴的自我满足罢了。而且他还无法看到最后的结果，真是最恶劣的自我满足。

“那又怎么样？”

这不过是自我满足，是伪善，但那又如何？自己在这个世界的一切行为，最终也只能靠自己的天平衡量。未遂的善行毫无意义，自然也不存在所谓的伪善。

经过和夏乌拉交谈，昴定下了自己的最终目标——让全员生还。

包括夏乌拉在内，他会在保证全员无碍的情况下，解决沙塔内发生的事件。

为此，他会不择手段。这便是……

“这便是我存在的意义——没错吧，‘菜月昴’？”

就在昴坚定这一决心时，他从“死”的深渊中苏醒过来……

2

“昴！”

昴的意识上浮后，他的眼前出现了一双带有奇特纹样的蓝眼睛。碧翠丝正一脸担心地望着他。

昴感受到她的小手正在触碰自己的脸，微微地愣了愣神。

对于这具刚刚死里逃生的身体而言，少女的生命散发出的热量显得有些滚烫。

“意识清醒了吗？昴迟迟没有从书里出来，贝蒂可担心昴了。现在应该先确认一下昴有没有不小心失忆。第一个问题，贝蒂是……”

“你是碧翠丝……”

“看来有好好记得贝蒂呀。昴真是个好孩子。”

碧翠丝说着，抬起抚摸昴脸颊的手，转而摸起了他的头。体会着略微害羞的感觉，昴的意识渐渐回到了现实中。

现在是在“记忆回廊”邂逅过鲁伊·阿内芙后，刚刚回到现实的时候，重启地点也没有变化。既然这里是昴的起点……

“倒计时结束，从现在开始燃起反击的狼烟吧。”

听到这句话，碧翠丝惊讶地瞪大了眼睛。

在之后的战斗中，昴必须倚重碧翠丝的力量，不过他并不打算详细解释自己的目的和手段。

碧翠丝很温柔，是一个非常温柔的女孩。她一旦知道昴的计划一定会反对的，而且反对的人不仅限于她。

“情况怎么样啦？看书的目的达成了吗？”

碧翠丝问道。那本书依然放在昴的膝盖上。

“啊，关于这件事……”

对于碧翠丝他们而言，昴是为了寻求攻略雷德·阿斯特雷亚的方法，刚刚挑战完雷德的“死者之书”。

因为某些复杂的情况，这个方案失败了，结果昴正好撞上了感觉是很久之前经历过的种种事件——不过，这件事只有昴自己知道。

要做的事情已经决定了，所以……

“碧翠丝，事情有些突然，请助我一臂之力。”

“没问题，贝蒂可是昴的伙伴呀。”

面对昴没有任何解释的协助请求，碧翠丝直接同意了。

有她在，真是太让人——安■了。

3

视野变得明亮的那一刻，大变模样的第二层让昴目瞪口呆。

爬上大阶梯后，眼前本应该是一片朴素的洁白空间。然而，本应空无一物的空间里，眼下却布满了激烈战斗后留下的痕迹。地板、墙壁、天花板上，全部刻上了深深的划痕。

禁止破坏塔——现在应该算打破了塔的规则。

“身为考官就不要破坏塔的规则了。你的行为还真是超乎想象啊……”

“啊？我还以为是谁上来了，原来是你们啊。”

听到昴苦闷的呢喃，站在破败的第二层中央的红发魁伟男子雷德·阿斯特雷亚转过身，无趣地皱了皱鼻。

雷德的言语和态度都很有自己的风格，与以往他给人的印象别无二致，唯一的差别便是多了一个被他单手吊在半空中的瘫软少年。

“咳咳咳……”

少年翻起白眼，已然是半死不活的状态。虽然未曾直接谋面，但昴还是认出了这张侧脸与莱伊·巴登凯托斯非常相似，也就是说……

“‘暴食’罗伊·阿尔法德。”

昴盯着眼珠翻白的少年罗伊，但说这话的人并不是昴，而是与昴一同赶往第二层的白衣美男子由里乌斯。昴和碧翠丝在途中和紫发骑士会合，一同赶往第二层，其目的便是阻止雷德和罗伊接触。

“我明明已经从重启地点全速赶过来了，没想到还是晚了一步……”

昴已经使出了理论上的最快速度，从“死亡回归”的地点向这边赶了，现状却还是变成这样，看来“剑圣”和“暴食”的碰面是无法避免的。不过，二人的初次相遇似乎没有昴想的那么和谐。

看着第二层凄惨的模样，昴完全可以想象二人的战斗有多么激烈。大概是“暴食”用出自己的全部绝技想击败雷德，结果他的百般绝技被雷德尽数粉碎了。

“你们打算怎么做？塔里都已经天翻地覆了，你们还特意跑过来，是要进行‘测验’吗？只有小鱼和小石头，有些不够看啊……”

“在那之前，希望你能先把他放下来，雷德·阿斯特雷亚。”

“啊？”

雷德单手抓着罗伊的脚，另一只手掏着耳朵，不悦地嘟囔。直面他表达意见的由里乌斯却没有丝毫畏惧，继续说道：

“我再重复一遍，放开他。胜负已定，不要继续侮辱失败者了。”

“不要。你以为你在命令谁，混蛋？这家伙是你朋友吗？”

“完全不是。大罪司教‘暴食’乃是我等的仇敌，是欲杀之而后快的死对头。”

“哎，那么为什么要生气？因为我抢走了你们的猎物吗？”

“因为你摒弃了剑士的尊严。”

“剑圣”是赋予站在剑之顶点的人的称号，而眼前的红发魁伟男子正是这个世上第一个荣膺此称号的人物。即便这样，由里乌斯依然当面向他宣告无异于侮辱的论断。见状，雷德长长地呼了口气。

“剑士的尊严啊。”

一声轻语，让“厄勒克特拉”的气氛更加焦灼起来。这句话听起来十分平静，状若无意，仿佛其中没有包含丝毫感情，但它正是初代“剑圣”雷德·阿斯特雷亚爆发的前兆。

“喂，你要睡到什么时候，混蛋？快给我起来！”

“哇啊！”

简直要将脚捏断的握力令罗伊发出猥琐的惨叫。雷德俯视着口水直流、呈倒吊状态的大罪司教，说道：

“你说过想把我吃掉，尽情享用，吃干抹净——我同意了。”

“嘿嘿，哈哈，啊哈哈哈！这算什么！什么啊，什么啊，突然怎么了！你不是因为不愿意，所以才将我们，将咱们打成这副惨状吗！”

“我改变主意了——啊，对了。”

雷德朝因疼痛而恢复了意识的罗伊露出鲨鱼般的笑容，举起空着的手。

昴趁机瞄准雷德的脖子挥动鞭子，但他的突然袭击被雷德抓住了。

“啊……”

“这份果断还不错，只可惜看不到一星半点的实力！”

昴忘记了鞭子的使用方法，刚才那一鞭不过是虚有其表。简单评价后，雷德抓住鞭子，用力一扯。昴立即双腿用力想要站稳，结果适得其反，瞬间被扯了过去。

“哇哦?!”“昴！”

碧翠丝抓住飞起的昴，一并被拽了出去。二人画着抛物线坠落，多亏碧翠丝用魔法调整了落地姿势，他们才免于脑瓜开瓢的命运。

“昴！碧翠丝大——”

“别走神，白痴。”

“呜啊！”

就在由里乌斯的意识被飞出的二人吸引的时候，雷德出其不意一脚踢来。哪怕由里乌斯立即提剑格挡，却还是没能挡住，在白色的空间中被重重地踢飞。

将昴等人的攻击尽数阻挡过后……

“好了，来试试吧。将我吃下肚子，看看是生是死。来吧，混蛋。”

“啊，啊啊，啊啊！知道了，知道啦，明白，我们明白，我们早就明白，正因为咱们早就明白！暴饮！暴食！”

罗伊呼喊道，被雷德倒吊着提到面前。接着，大罪司教“暴食”伸出手，放在雷德被眼带包裹的左眼上，张开大嘴——

“雷德·阿斯特雷亚。”

随着这句话，罗伊狼吞虎咽地咀嚼起看不见的某样东西。

这便是“暴食”的进食，即亵渎人类的那一瞬间。

“啊——”

变化随即到来，雷德的身影如幻影般不见了。

刚刚确实还在的高大身躯瞬间消失，被抓住脚的罗伊摔到地上。罗伊轻快落地，一脸恍惚地舔了舔舌头。

“啊，好棒……这种味道、那种味道，虽然我们想象过无数次他的味道……但还是超乎意料地美味！”

“可恶，失败了！”

“啊哈，看见了吧?!吃掉了，我们吃掉了！多么香醇的味道！虽然咱们被称作‘恶食’，但吃到这个，就连莱伊也说不出——哦……”

罗伊挺起身子，红光满面地赞美起雷德的味道，但很快，这份在昴的认知里是人类史上最邪恶的美食评论停止了。而接下来发生的事情，对于已经知道会发生什么的昴而言，一切都朝着既定的事态发展……

“感觉接下来又会发生什么……”

“等……等等，嘿，嘿呀，嘿呀啊。好奇怪，好奇怪，这太奇怪了！这种事……很奇怪吧，混蛋。”

昴握住碧翠丝不安的手，咬紧了牙关。其间，罗伊的表情在不停地改变，他扭曲的笑容渐渐变成了鲨鱼般的狠笑。

“没什么奇怪的，混蛋。弱肉强食，这便是生存之道。”

“暴食”露出凶猛的笑容，说着完全不像他平时说的话。随后，变化发生了。

有如月亮的阴晴圆缺一般，变化在不知不觉间发生了。即便昴、碧翠丝及由里乌斯眼睛都不眨地在一旁观察，却还是错过了关键的瞬间——变化实在是过于自然了。

“啊，活着的身体就是不一样，有血液流通的感觉。”

转眼间换人就完成了，罗伊刚刚在的地方突然出现了一个威武的红发男子——雷德·阿斯特雷亚，他夺下了大罪司教“暴食”的身体，成功复活。

“雷德·阿斯特雷亚取代了大罪司教……”

“严格来说，是他反过来利用了‘暴食’能再现被吃掉之人的权能，覆盖了‘暴食’的自我意识吧……”

“别说这么复杂的话，这种破事我怎么知道？你这条小鱼，别废话……啊？混蛋……喂，你这算什么啊，混蛋！”

“怎么了？”

雷德毫不在意自己靠精神夺走对方身体的事实。突然，他皱起了脸，少见地沉吟了片刻，然后一双蓝眼睛看向昴……

“你好恶心啊。”

下一刻，雷德丢出的筷子便飞到了昴的眼前。

“呜！”

就在昴的头即将被射穿之时，一道顺滑的剑光以迅雷不及掩耳之势击退了筷子。由里乌斯在间不容发之际赶了过来，救下了昴。

昴不禁咽了咽口水，由里乌斯翻转白色披风，大声道：

“雷德！你的对手是我——”

“是吗？在后面抱着公主殿下，可没法做我的对手！”

由里乌斯的速度已经快如疾风，雷德的速度却更在其上。他一翻手掌，打在由里乌斯纤细身体的正中央，颀长的紫发骑士便吐血倒飞出去。虽然由里乌斯拼命用一双长腿刹车，却没能彻底消除冲击力的影响，身体不断后退。然后，雷德转身看向失去由里乌斯庇护的昴。

“好了，这下不像样的王子殿下就不在了，公主殿下。”

“我要对王子殿下、公主殿下的形容表示抗议……不过，他还是帮我争取了必要的时间！”

“啊？”

就在筷子蓄势待发之时，昴和碧翠丝抓住由里乌斯为他们争取到的空隙。二人两手相贴，利用昴所剩无几的类似MP的东西，碧翠丝施展起大魔法，对世界的形态进行干涉。

“乌尔·纱幕。”

碧翠丝咏唱结束后，空间中出现了一个巨大的黑洞。黑洞深不见底，给人一种原始的恐惧，当面将雷德吞噬，将其带往异界。这便是能扭曲空间的碧翠丝的大魔法——

“什么啊，这是空气吗？这种随处可见的东西哪能挡住我？”

雷德只是轻轻一挥筷子，就将这个大魔法轻松斩断了。他随意使出了次元斩这种绝技，招数的余波随之朝昴和碧翠丝袭来。千钧一发之际，昴赶忙将碧翠丝从必死的轨迹上推开。

“哇啊啊!!”

“昴！”

一阵灼热将昴的身体斜着劈开，他倒在了地上，只听到碧翠丝和由里乌斯在大声呼喊。涌出的鲜血和疼痛让昴不禁想要失声尖叫，但他还是竭力忍耐住了。

“我……我没事……”

昴摇摇头，让二人不要担心。当然，二人肯定不会相信他的话。

昴胸口上的伤很浅——倒也不是浅，只是不痛。不对，是还能忍耐罢了。总之，虽然有些痛苦，但他还可以坚持。幸好没有将碧翠丝也卷进来，他松了口气，不过并没有放松对雷德的观察。他正视前方，细致地观察着雷德的一举一动……

“你以为这样就能打败我吗，混蛋？”

雷德无奈地看着嘴角流血的昴。

昴面对雷德，伸出一根手指，说道：

“嗯。我会打败你的。”

不是此时、此地，可他一定会赢。不管是爱蜜莉雅、碧翠丝、拉姆、雷姆、梅莉、艾姬多娜、由里乌斯、夏乌拉、帕特拉修，还是其他同伴，他都会拯救，一个都不能少。因此，此时此刻……

“这是第一回合。”

为了逆袭，他必须积累必要的“死”，从而变成“菜月昴”。

最后的最后，雷德看着如此宣言的昴，蓝色的眼中闪起了混沌的光。

▶第一回合

·雷德和“暴食”的战斗无法阻止。很难阻止雷德和“暴食”合体。

·由里乌斯有胜利的希望。

·菜月昴赢不了。

4

冲击力在石塔的通道中纵横驰骋。陆续出现的美丽冰雪之舞以及缠绕着猛烈杀意的风刃，无情地追逐着嗤笑的亵渎者，却一直没能追上。

“哈哈！哈哈哈！真好，真棒，好极了，妙极了，非常棒，太妙了，正因为太妙了！暴饮！暴食！”

“还有心思开玩笑？真是从容。”

大罪司教“暴食”中的一员莱伊·巴登凯托斯，将通道的墙壁和天花板当作落脚点，施展着变幻自如的“战技”。

拉姆强行压抑着身体的不适，勇猛地进行追击。她灵敏地驱动着自己纤细的身躯，打击的轰鸣猛然将莱伊矮小的身躯向后吹去。而此时，早有一人等待多时，堵在了莱伊的身后……

“咻，咚!!”

爱蜜莉雅双手举着一把巨大的冰锤，朝莱伊挥出了全垒打。冰锤足有一人大小，它的打击部位被用尽全力狠狠地砸在了莱伊的背上。伴随着一声沉闷的响声，莱伊的身体像皮球似的，在地上弹了起来——不对，这个弹跳也太夸张了。

莱伊在最后关头踢开了冰锤，借用出神入化的格斗术化解了冲击，避免了致命伤害。他曾吃掉从古到今的武艺大师，能发挥出毫不夸张的“百般武艺”。拥有卓越应对能力的他，在刹那间便能凭感觉使出最合适的战术。

而被莱伊夺走的“记忆”里，甚至还包括身体记忆。单从昴已经彻底遗忘自己学会的鞭法一项来看，这件事就已显而易见了。

看来失忆前的昴真的是将鞭子当作自己的主要武器，不过为什么要选择这么难用的兵器呢？难道是觉得相比于刀枪，这种灵巧的武器更能派上用场吗？

“我也同意这种想法，只是现在很是苦恼啊……所以！”

“这种时候，就轮到贝蒂出场啦！”

作为对昴的回应，一只手和昴牵在一起的碧翠丝举起了另一只手。

瞬间，空中出现了无数紫色结晶，尖端纷纷指向通道内的莱伊。在爱蜜莉雅和拉姆的夹击下，他一时大意，露出了自己的后背。

“埃尔·迷尼亚!!”

小小的手臂挥下，紫矢如雨点般袭向了莱伊。

击中目标后，目标的时间会停止并且结晶，这样就能将脆弱的敌人予以粉碎。光是擦到都会危及性命的可怕魔法，目前却被碧翠丝对着狭窄的通道内乱射一通。

紫箭发出的光芒散去后，身负重伤的莱伊——

“哎?!不见了?!”

爱蜜莉雅发现爆炸地点没有莱伊的身影，大吃一惊。昴和碧翠丝也同样因为这样的结果而目瞪口呆。在这片混乱当中，最先反应过来的是拉姆。

“巴鲁斯!!”

拉姆睁圆了淡红色的眼眸，转身高呼，绝望的表情中早已失去了往常的从容。从她的眼中，昴察觉到了来自背后的威胁，可他已经没有时间转身对敌了。

“就算是我们，也有点难以应付这样的连招啊。”

莱伊嘲笑道。他刚刚利用空间跳跃，从紫箭的集中攻击中成功逃脱了。这是除“拳王”外，他经常使用的“跳跃者”的异能：短距离跃迁。

围攻根本对付不了他，昴将这一事实牢记于心。

“昴——”

思考和行动，即■和身体的反应是无法完全同步的。

昴条件反射般将娇小的身体从自己身边推开，随后胸口便被锐器深深地刺穿了。

“哇！”

胸口的剧痛让昴对自己刚刚的决定后悔不已，但他也没有别的防守手段了。脊髓神经根本来不及反应，他一想到碧翠丝可能会被杀死，就感到深深的恐惧。与其那样，还不如让他来做她的肉盾。好痛，不过身体的疼痛也只是一时的。好像也不只是一时啊。然而，与其让■受伤，与其让■死去，还是这样更好。

“昴!!”

疾呼响彻高塔。昴已经无法再开玩笑了，他倒在了地上。

昴强忍着没有发出惨叫。就算喊叫，他也不会更好受一些。不能因为自己，扰乱和伤害大家的■。

绝不能这样，所以你就闭上嘴去死吧，菜月昴。

“真好啊，大哥哥，这下你又能开始下一段人生了吧？”

昴强忍着没有发出惨叫，只是这并不意味着他要接受莱伊的嘲弄。

在手脚都动弹不得的情况下，昴还是拼命地控制住自己颤抖的手臂，最后竖了一个中指。

“去死吧，混蛋。”

然后，他的意识就中断了。

▶第二回合

·协助爱蜜莉雅与拉姆，对莱伊·巴登凯托斯速战速决的计划失败了。

·面对莱伊的“百般武艺”，昴的援助根本一无是处。

·碧翠丝的奇袭对付不了“暴食”。

5

猛然扬起的沙尘遮蔽了昴的视线。

一阵激烈的震荡传来，昴拼死稳住身体，防止自己被甩落下去。眼前，一对麻花辫在左右摇摆。

“加油，小沙蚯蚓！”

梅莉发挥“魔兽师”的本领，向蠕动着的丑恶魔兽下令，来对抗袭击高塔的魔兽暴动。

沙蚯蚓听从她的命令，驱动几十米长的巨大身躯朝魔兽群压了下去。无数魔兽被冲击力吹飞，但依然有数不清的魔兽前仆后继地踏过同类的尸体。暴动根本没有停止。

“哈，呼……真是的，大哥哥太会使唤人啦！”

战斗无休无止，梅莉向要求她处理现状的昴抱怨道。她擦了擦汗，揉了揉早已泛红的眼睛。

通过持续发动的“狮子心脏”，昴能根据光的明亮度简单了解同伴的状况，看来梅莉的消耗已经非同小可了。

昴曾阅读梅莉的书，体验过她的前半生，很清楚她付出过的沉重代价，所以他明白梅莉是真的在帮助他们攻略高塔。

“喂，大哥哥！不好好抓紧，会死的哟！”

“啊，我知道！不过，真没想到我竟然会骑在魔兽身上！”

梅莉和昴交谈道。二人目前正坐在沙蚯蚓庞大身躯的背上。为了不被甩落，他们拼命抓住蚯蚓身上突起的地方。

骑着魔兽，与魔兽群作战，这种豪爽的战术令昴暗暗咋舌。

“小魔兽们还真喜欢大哥哥啊。”

“我可一点儿都高兴不起来……”

看着兴奋的魔兽们被沙蚯蚓一一碾碎，梅莉发出一声感叹。昴明白她的意思，看着从四面八方追来的魔兽群，眯起了眼睛。

原理不明，但结果十分明了。

严格来说，包围监视塔的魔兽们目标并不是塔，而是身在其中的昴——现今的局势已经很清楚了。

“五大障碍中的大部分情况可以说是我引起的啊。”

逼近监视塔的魔兽暴动、贪恋昴的“记忆”的大罪司教“暴食”、变身后盯上昴的夏乌拉、吞没监视塔的漆黑之影——虽然昴想说这都是不可抗力，可这些障碍的目标确实都指向他，令他欲哭无泪。

就在昴进行消极思考的时候……

“梅——”

昴没能完整唤出梅莉的名字，因为一道白光从天而降，一下子就摧毁了沙蚯蚓庞大的身躯。

长达十米的巨大身躯有近八成都被毁灭，沙蚯蚓发出临终的哀鸣。

雷鸣般的低沉哀号在近处响起，昴和梅莉从化为齑粉的沙蚯蚓身上被抛向空中。

“啊！”

昴连忙伸出手，将梅莉娇小的身体抱到怀里。

将她拉过来后，昴在天旋地转的视野中发现了——

“夏乌拉。”

塔的外壁上出现了一只用尾针瞄准昴的大蝎子，正是夏乌拉的巨大化身。它的身体与黑夜相融，昴在远处却还是一眼就发现了它。

完了，昴的心立即凉了下来。

塔内有人破坏了规则，夏乌拉因此失去了自我，变成了蝎子。正如她之前坦白的那样，对昴发动了攻击。这一发攻击消灭了沙蚯蚓的身体，将昴和梅莉抛到了空中。

“哇啊。”

昴头朝下狠狠地摔在了沙地上。梅莉被他紧紧地抱在怀中，应该平安无事，可他的情况就没有那么乐观了。他无暇采取安全的着陆姿势，头直接撞在了沙地上。

一声闷响，不能裂开的骨缝破裂开了，昴的视线霎时昏暗起来，不可或缺的神经也已经断无可断了。

“大哥哥——”

不只是视觉，声音、触觉，一切感觉都在渐渐远离。

然而，只有嗅觉依然还在，真是不可思议。鼻子这种东西，平时一直没有什么大用处，没想到在生命的最后，昴不知为何闻到了味道——香甜的味道。

直到刚才，怀中一直传来一股香甜的味道，大概是还活着的味道吧……

▶第七回合

·和梅莉一起离开监视塔，的确有引诱魔兽的效果。

·魔兽的目标是昴。黑影和大蝎子的目标恐怕也是一样。

·只靠昴一个，无法保护梅莉。

6

“死亡回归”的重启地点是固定的，这既有好处，也有缺点。

在试错中，为了改变状况，最简单的方式便是替换战斗人员。不过，即便昴在“死亡回归”后立刻发动“狮子心脏”，掌握塔内同伴们的位置，他也无法阻止早已发生的战斗。

夏乌拉在处理魔兽暴动，爱蜜莉雅则是和莱伊战斗。前者有时间限制，而爱蜜莉雅从一开始就没有放弃绿房间中的雷姆这一选项，因此战斗的情况也不会改变。

纵然如此，昴也有自己能做的事。

“啊，真能干啊，竟然能将咱们打成这样。”

被冻在地上的莱伊·巴登凯托斯这么说着，摸了摸自己流血的额头。他额头上的划伤流着鲜血，左臂无力垂下，肩膀已然碎了，可以说是遍体鳞伤。据昴所知，这是莱伊至今为止最为狼狈的一次。

莱伊会被逼成这样也不奇怪，因为……

“你的技术真是出色，丝毫不逊于你的兄弟。不过，我们在人数上更有优势……你已经没有胜算了。”

由里乌斯挥舞骑士剑，与浑身是血的莱伊对峙着这么说道。昴并非第一次带他来支援与莱伊战斗的爱蜜莉雅了，但这次与上次的失败有一个决定性的差异，那就是……

“您没事吧，爱蜜莉雅大人？刚才情况那么危险，我们能及时赶上真是太好了。”

“昴，还有由里乌斯，谢谢你们过来，帮大忙了。”

他们在爱蜜莉雅的“名字”还未落入“暴食”魔手时，及时赶来会合了。因此，这次和上次不同，相互熟悉的爱蜜莉雅和由里乌斯建立起了紧密的合作关系，成功将莱伊逼到了绝境。

有爱蜜莉雅、由里乌斯和拉姆，己方的战斗力可以说是非常强悍，就连“暴食”也能看出自己所处的局面非常不利，只得乖乖投降。

昴知道就算杀死莱伊，也无法夺回被莱伊吃掉的“名字”和“记忆”，所以昴才想要活捉他，好向他提出劝降条件。

“只要你公开权能的秘密，然后归还之前吃下的东西，我们就能保住你的性命，这条件不错吧？”

“哎？还真是宽松的条件啊。对我们来说，确实是一个不错的条件，可是……”

“可是？”

“说得这么清楚，你觉得咱们有可能会照办吗？”

“等等!!”

莱伊吐出长舌头，嘲弄道。昴皱了皱眉头，立马明白对方的企图，咒骂起自己的肤浅。

听到昴的惊呼，爱蜜莉雅他们也反应过来，但已经晚了。

“哈哈哈！”

莱伊轻轻地摆摆手，使用“跳跃者”的异能，从被冻住的空间中逃脱了。

“警戒四周！他不知道会从哪里冒出来！”

“没用的。这种宵小一旦决定逃跑，就一定不会回来，所以之前一直没有被人抓住吧。”

由里乌斯慌忙防备起莱伊的偷袭，但拉姆的见解显然更加冷静。

昴也同意拉姆的判断。事到如今，莱伊已经没有了继续战斗的理由——莱伊·巴登凯托斯是大罪司教，并不是战士。

“明明就差一点了！”

在敌人离去的通道里，一句呢喃慢慢地传开。

“就差一步，就差一点，就能把那个让雷姆遭受如此不幸的家伙……”

拉姆跪倒在地，声音尖锐高亢地吼道。她一拳砸在地上，对溜之大吉的莱伊感到异常愤怒，声音都颤抖起来。

“拉姆……”

爱蜜莉雅走向不甘的拉姆，抱住她纤细的肩膀。将悲愤的拉姆交给爱蜜莉雅后，昴咬紧了嘴唇。

“这样算是击退了莱伊吗？”

虽然莱伊在三对一的不利局面下选择逃走了，但不一定真的离开了塔。更何况他被冠以“暴食”之名，那他对猎物的执着度自然也是常人的两倍。这样一来，对逃走的敌人不管不顾，就是一个危险的选项了。

“话虽如此，但要是分开几队去追踪，就会前功尽弃。可要是对此不管不顾……”

“事情的发展从来都不会顺遂人意的。”

背后突然传来的这句话，让昴瞬间寒毛直竖。通道中的众人一齐转过身来，只见一个红发男子趿拉着草鞋走了过来。

这个肆无忌惮、不惧神佛的男人，露出了鲨鱼般的凶猛笑容，说道：

“我在自己的庭院里散步，需要关心别人的感受吗？”

看到下到第四层的雷德·阿斯特雷亚，昴明白事态已经恶化了。尽管他放下雷德，急忙来讨伐莱伊，但还是让关键的莱伊逃掉了，也没能阻止雷德复活。

“这里什么时候变成你的庭院了？”

“喂喂，别搞错了，大美人。我先说明，我说的庭院可不是这个破败的塔，混蛋。我说的庭院肯定是这个世界啊。”

“这话从单靠一把剑就成为传说的男人嘴里说出，完全不像是玩笑啊。”

见本应无法从第二层离开的雷德出现在这里，爱蜜莉雅和由里乌斯都警惕了起来。二人身后，备受打击的拉姆也缓缓抬起了头。

“考官应该没法离开那层吧，是怎么下来的？”

“我没兴趣和跪在地上难过的女人说话。要想让我回答，就来求我啊。我不讨厌强势的女人。当然，我也不讨厌软弱的女人。”

“是吗——真下流。”

拉姆一脸蔑视地听完雷德猥琐的发言，站起身来。

至此，三人都朝着避无可避的敌人摆出了临战姿势。昴暗暗期待他们三人能像击败莱伊一样，与雷德决一胜负。

“为什么你会径直来这里……”

“肯定是因为你那双眼睛啊。虽然也有那位美人的原因，可你的眼睛太恶心了，我要把它取下来。”

雷德蓝眼睛的视线越过与他对峙的三人，直挺挺地盯上了昴。他现在的视线中蕴含着敌意，与和罗伊刚融合时展现出的敌意一样。看来，这分杀意源于“暴食”的知识。

而且，雷德拥有远超大罪司教“暴食”的坚定意志，所以一定不会改变心意。

“贝蒂不会让你这么做的。”

“哦？”

碧翠丝抿着嘴，挡在了昴的面前。见此，雷德挑起眉梢，耸了耸肩。

“喂，小鬼，没必要急着送死吧。”

“不好意思，贝蒂早就受够生不如死了。”

“哎，这样啊，那就没招了。”

身负盛名的英雄豪杰不会对妇孺下手，这种想法不过是幻想。在雷德的眼中看不到一丝动摇，即便是小孩子挡在前面，他也会毫不留情。

己方现在有爱蜜莉雅、由里乌斯、拉姆三人，再加上碧翠丝，如果将只会耍小聪明的昴也算上，那就是五人。他们和雷德是五对一的局面。

然而，昴的全身被恐惧覆盖，汗水浸湿了他的后背。恐怕爱蜜莉雅他们也是同样的感觉，从他们的脸上可以看出强烈的紧张之情。同时，战意也慢慢地高涨起来。然后……

“乌尔·迷尼亚！”

飘浮在空中的无数紫箭填满了整条通道，完全封锁了雷德的退路。

碧翠丝一上来便摆出了毫不留情的阵仗，而雷德一眼就看穿了迷尼亚碰到即死的特性，却只是浑不在乎地撇了撇嘴。

“贝蒂是菜月昴的大精灵，名叫碧翠丝。”

“你们真不错，混蛋——我是‘舞棒人’，雷德·阿斯特雷亚。”

二人互报姓名后，四周扬起了强烈的战意。

一息之间，紫箭动了，压倒性的破坏力成了战斗的开局哨声。爱蜜莉雅他们也勇敢地冲入致命的“枪林弹雨”中。

昴目不转睛地看着眼前的一切，握紧鞭子，思考着自己能做的最优解。

他并不知道自己能为眼下的战况做些什么，不过，他绝对不会移开视线。

他必须直视自己的决断和选择带来的结果。

他无法避而不见——

▶第十五回合

·“暴食”只要发现战况对自己不利，就会逃走。

·就算不管雷德，他最终也一定会来杀死昴。

·昴绝不会再让别人死在自己前面。

7

“昴！昴！打起精神来呀！”

就像是电视机换台一样，意识的消失和回复只在一瞬之间。

就在昴因把握不住急剧发展的形势而反应还有些迟钝的时候，一个有着奇特纹样蓝眼睛的少女出现在了眼前。

“碧翠丝……”

“是呀，是贝蒂。昴现在还是昴吗？”

碧翠丝双手夹住昴的脸，询问道。

这里是第三层“塔吉忒”的书库，目前已经是昴和碧翠丝的第十七次再会、重启……

“昴？”

“不，我没事。我都记得。你是碧翠丝，我是菜月昴。我和你是亲密的伙伴，今后也请多多关照，开心快乐非常吼！”

“是非常好呀……”

看着竖起大拇指玩押韵哏的昴，碧翠丝也跟着困惑地竖起了大拇指。

这明明是异世界中不存在的表达方式，但她依然理解了昴的意思，看来她被昴荼毒得不轻啊。昴摸了摸她的头，然后马上切换意识。他必须总结第十五回合的经验，思考下次的方案。

“镇定一点，昴。”

碧翠丝拽住昴的衣角，盯着他的脸。

“到底发生了什么，全部告诉贝蒂吧。你在书里看到了什么？看到雷德的记忆了吗？不只是贝蒂，还记得爱蜜莉雅他们吗？贝蒂得一一和你确认才行呀。一定要把所有重要的事全部回忆起来。”

“这……啊，你说得对。”

听到碧翠丝发自肺腑的申诉，昴深刻地反省了自己的行为。他急于解决眼前的困境，不知不觉间轻视了眼前的碧翠丝。这种事情在时间循环作品中经常发生，随着一次次循环，个人的精神会和周围产生错位。

“我从未想过我也会变成这样。”

在这类作品中，主人公陷入这样的精神困境，往往是在遇到难以跨越的难关，在尝试了几十上百次，甚至更多方案后产生的结果。

相比之下，昴还只有——区区十五次。

区区十五次，昴的■就已经不成形状，破败不堪了。

“我是傻子吗？不对，我就是傻子……”

昴咒骂着自己脆弱和不堪的■，深深地进行自我反省。

自己只不过死了十五次，而这段时间里，自己没有获得任何进展，只是在无谓地消耗自己的生命。现在的自己，又哪有喊累的资格呢？

站起身，抬起头，攥紧拳头，菜月昴，现在只能靠你了。

如果是“菜月昴”，绝不会因为这点事情就挫败的。

“昴从来就不是什么无所不能的超人呀。”

就在昴自言自语的时候，碧翠丝突然说道。

昴顿时愣住了。碧翠丝直视着昴，继续说道：

“贝蒂说过好多次了，昴从来就不是什么无所不能的超人。无论何时都对眼前的事情竭尽全力，为了大家受了一身伤……就连忍耐疼痛也不是你擅长的，你只是个普通的男孩子呀。”

“这……这怎么可能？这样的话……”

“这样的话？”

“这样的话，眼下……”

昴的声音颤抖着，心脏像是要炸开一样咚咚地跳着，让他抓住自己的胸口。这是比濒临死亡的时候，更能让他的■狂躁起来的恐怖之事。

“昴，你就老实在这里歇着吧。贝蒂替你去处理。”

“什……别说傻话！我没事的！我只是感觉有点晃……”

昴摇摇头，赶忙阻止起身离开的碧翠丝。他往脚上注力，想站起来拽住她，可是……

“啊？”

“你在颤抖哟，昴。”

听到碧翠丝的话，昴诧异地看向自己发抖的双腿。无论他膝盖怎么使劲，都支撑不起身体。就算勉强站立，也会立刻倒下，根本站不起来。

“为什么……”

“这是很自然的情况。昴一直努力过头了。”

“不对，等等，等等我！我马上就能解决这点小事……”

昴憎恶地敲打自己的膝盖，双腿用力想要起身，却依然站不起来。他并没有感到痛苦和疲劳，然而，他的斗志无法传达到他的腿上。而此时，碧翠丝也在一步步离去。

“昴，你做不到的地方就交给贝蒂吧，不要总是什么事情都一个人扛。毕竟……”

“碧翠丝……”

“毕竟，这才是菜月昴流呀！”

碧翠丝朝瞠目结舌的昴笑了笑，然后向通往楼下的阶梯走去。途中，她和在书库中巡视的艾姬多娜、梅莉二人会合——

“艾姬多娜和梅莉去露台。贝蒂去绿房间和爱蜜莉雅他们会合。一定要多加小心。”

碧翠丝熟练地做出指示。接着，她们便离开了书库。

至此，第三层的书库里就只剩下昴一个。而前面几次赶来书库传递情况的由里乌斯，恐怕也会和碧翠丝他们直接会合，不会再来了吧。

即使没有昴的指示，碧翠丝他们也必须处理塔的遇袭。不久，他们便会因为对昴的关■和温柔而遇害吧。

“都怪我太弱了……为什么会因为区区这点挫折就泄气？”

如果是真正的“菜月昴”，肯定不会因为这点小事就止步不前吧。

自己如此无用，一股愤怒灼烧着昴的内心。可同时，他也想起了刚刚碧翠丝口中的“菜月昴”。

绝不能盲目当真，无法相信。因为如此一来，那不就是一个普通人了吗？

"一定发生过什么。你一定是因为那个而改变的，对吧，'菜月昴'……"

一定是发生了神奇的邂逅。

一定是获得了不可思议的力量。

一定是经历了现在的昴无法想象的事情。

一定是无用的菜月昴通过破茧重生，"菜月昴"才能在这个异世界中赢得大家的信任。

"菜月昴登场……"

昴突然嘟囔道。这是他怀疑这个世界的"菜月昴"的开端。

时而刻在手臂上，时而刻在房间壁上的宛如诅咒的文字，是已经不在的某人留下的信息，简直就是对夺走了容身之处的敌人的诅咒。

"要是你真的在我的体内……就出来啊！"

昴向自己——不，是向不在这里的"菜月昴"发出呐喊。他用力攥住自己的胳膊，攥到手臂发痛。

能做到自己做不到的事情，已经脱胎换骨的"菜月昴"，出来啊！

"我做不到！必须是你才行，'菜月昴'!!"

松开攥住的胳膊，昴以手捶地。书库地板材质不明，捶在上面，昴的拳头一阵生疼，但依然不及昴心中的无力和挫败感。

想帮上忙。想救助大家。

大家都是好人。没有人想要互相伤害。昴已经清楚地知道自己爱上了谁，想要救谁。然而……

"现在不正是需要你的时候吗……为什么是我啊？怯懦的我无法帮助大家……"

哪怕到了现在，昴依然挪不动脚。因此，他将碧翠丝、艾姬多娜、梅莉，还有不在这里的爱蜜莉雅、拉姆、由里乌斯和夏乌拉都推到了死地。

由于昴的无能，他无法改变同伴们走向死亡的“命运”。

“‘狮子心脏’……”

昴弱弱地嘟囔道，为了伤害自己使用了权能。他体内的新能力能告诉他塔内同伴们的位置，也能如实传达他们的死期及塔的终结。

大家都根据碧翠丝的指示，在各自的战场上拼尽全力。然后，按照昴知道的发展走向，这次轮回也会毫无意义地——

“嗯？”

昴悲观的思绪中突然出现了一丝杂音，他缓缓地抬起头来，转头看向背后收藏着无数“死者之书”的书架。

他产生了一种很奇怪的感觉。

他也不是一次在书库里使用“狮子心脏”了。在至今为止的“死亡回归”中，他一直通过这个能力来探寻伙伴们的位置。为了改变事情的结果，他不断地尝试调整战术和布局，不停地奔走，虚耗自己的生命。然而，这种感觉还是第一次出现，他一时之间无法理解。

“这个反应是？”

虽然这个反应十分微小，若有若无，但昴还是感觉到了。

这与塔内同伴们那种遥远却又明确的感觉不同，十分地微弱——不过，昴确实感受到了。

昴拖着自己颤抖的双腿，像一条毛毛虫似的缓缓蠕动着。然后，他贴在书架上，将自己撑了起来。

靠在书架上，昴好歹站了起来。接着，他伸出手，抓住了那一点若有若无的微光。

那是一本“死者之书”。昴将它抽了出来，随即一愣。

黑色的封面上只写着一个书名，看上去非常枯燥无味。

然而，这本书对于昴而言，意义重大。

因为——

《菜月昴》。

这是一本不应该出现的书。

The only ability I got in a different world "Returns by Death"
I die again and again to save her.

第二章 菜月昂

Re:从零开始的异世界生活
Re: Life in a different world from zero

1

昴异常惊讶，瞪大了一双黑眼睛，感觉自己的喉咙瞬间干渴起来。

这是对昴以外的人无效，只对昴生效的剧毒——“菜月昴”的“死者之书”，它所代表的严重意义直接贯穿了昴。

“为什么……”

为什么这里会有不可能出现的“死者之书”呢？

在普勒阿得斯监视塔的第三层“塔吉忒”里收藏的书，应该都是记录死者人生的“死者之书”。里面竟然会有生者的书，怎么想都很矛盾。

还是说，他只是恰巧找到同名同姓的人的书吗？

“若真如此，书名为什么会用汉字写‘菜月昴’呢……”

黑色的书背上印着的书名，毫无疑问是汉字。据昴所知，异世界的文字与他知晓的文字不同，所以即使爱蜜莉雅他们看到这个标题，也只会把这个汉字看作是单纯的符号。

反过来说，这本书便是只会对昴生效的剧毒，同时也只有被昴发现这一个“可能性”。

这个“可能性”，到底是谁，为了什么目的而准备的呢？

昴之所以能找到这本“死者之书”，是靠了“狮子心脏”的微弱反应，不然肯定找不到目标之书。

如果不是神的恶作剧，这绝对是不可能完成的工作。

“应该不是神迹，到底是谁……”

思考过后，昴有了推断。

然后，便是这本“死者之书”的真伪——如果这本“死者之书”是真的，那么上面到底记着“菜月昴”的什么事情，能体验到谁的人生呢？

“从我失忆之时起，便断定‘菜月昴’死了吗……难道‘死者之书’也能观测到我这几次的‘死’吗？”

鲁伊曾经说过，“记忆回廊”会剥离死者灵魂中的记忆和经验，从而对灵魂进行循环利用。剥离的记忆便是“死者之书”，那么能抄写出昴的“死”也就不足为怪了。

然而，这样的话，“死亡回归”——

“我是傻子吗？不对，我就是傻子……简直是个胆小鬼。”

发现自己的思考已经完全走偏，昴痛骂起自己。

实话说，昴害怕“死者之书”。阅读“菜月昴”的书后，会发生什么呢？他害怕这种完全未知的发展趋势，才会胡思乱想这种毫无根据的假说，试图拖延阅读手中书的时间。

虽然这不是什么世界五分钟前假说，但这里有“菜月昴”的“死者之书”，在某种意义上是一种救赎（**注:世界五分钟前假说，指一种宣称“世界实际上是从五分钟前开始”的假说**），证明了昴不是这个瞬间突然冒出来的。不过，这也同时证明了在这个异世界里确实有他以外的“菜月昴”，意味着他践踏抹除了那个“菜月昴”的痕迹。

“话说回来，‘菜月昴’的这本书是从哪里开始，又是在哪里结束的呢？”

梅莉的书里只有她的幼少年时期——从她懂事、有记忆以来的前半生。那么，昴的情况又如何呢？

如果要阅读这本“死者之书”，那么书的内容是否和梅莉的一样，是从懂事时开始，然后慢慢成长，最后又会在哪里结束呢？

失忆后的菜月昴现在依然活着，假如“菜月昴”被认定为死亡，那么他应该能从这本书里追溯到失忆前的“菜月昴”的记忆吧？又或者，失忆后在塔中苏醒过来的昴的记忆，也能被追溯到吧？

再比如，就像雷德的“死者之书”中的内容已经化为塔的考官再现出来，里面已经空无一物一样，“菜月昴”的书或许也已经成了一片空白，只剩下记忆的残骸。若是这样，昴在这本书里就看不到“菜月昴”的记忆……

“你到底想怎么做，胆小鬼？”

看，还是不看？

昴鄙视做不出选择的自己，斥责自己怯懦的■，呼了口气。事已至此，哪还有不看的选项？即使想到了这个选项，他也根本不会那么做。

所以，所以，所以，所以——

接下来，接下来，接下来，接下来——

昴深深地呼了一口气，打开“死者之书”。

然后，他踏上“菜月昴”不知从何处开始，亦不知于何处结束的旅途……

2

——这情况真的不妙。

昴的脸触碰着坚硬的地面，腹部传来灼热感，让他的脑袋也灼烧起来。他全身无力，手脚已经失去感觉，只有“热”控制了全身。

发生了什么？要做些什么才行？

昴胡思乱想着，不禁发出悲鸣。然而，这些杂念并没有起到任何作用。

——好热，好热，好热，好热，好热，好热，好热。

他咳嗽不止，把从喉咙涌起的生命之源尽情吐出。咳咳，吐得连嘴角都冒起了血泡。朦胧的视野之中，只见地面已染成一片鲜红。

——啊啊，这都是我的血吗?

他陷入一种错觉，仿佛体内的血都喷涌而出了。他伸出颤抖的手，想查探烧尽身体的“热”，当指尖碰触到腹部的裂口时，他才恍然大悟。

难怪会觉得热，看来是把“痛楚”误认为“热”了。严重的裂伤几乎将身体一分为二，勉强靠一张皮连在一起。

总而言之，看来此刻正面临着人生“末日”。

当明白到这一点时，意识便飞速远去。

眼前，有一双黑色的鞋踩在铺着鲜血绒毯的地板上，踏出了波纹。

有人在这里。恐怕就是这个人杀死了他吧。

可是，他没打算看清此人的容貌。谁是凶手毫无所谓。

——他只有一个愿望，就是希望她安然无恙。

“……昴？”

似乎听见了银铃一般的声音。听见这声音，能听见这声音，就是他最大的救赎。所以——

“……呜！”

伴着一声短促的惨叫，鲜血绒毯又迎来了一个人。

倒下的身躯近在咫尺，他的手臂正虚弱地伸向她那边。

她那只白皙的手无力地垂下，和他染血的手轻轻相碰。

那微微颤动的指尖，似乎想握住他的手。

“……等着。”

他紧抓着逐渐远去的意识，强行把头转了过去，试图拖延些许时间。

“我，一定——”

——我，一定会救你。

下一个瞬间，他——菜月昴、“菜月昴”**“菜月昴”**命丧黄泉。

3

连接断开之后，昴感觉自己的后脑勺撞到了硬物，正隐隐作痛。

“这里是……”

这里不是那间阴冷污秽的房子，而是“塔吉忒”书库。看来是因为自己在书库中倒下，头撞到了地上才会疼痛。他缓缓起身，然后连忙触碰自己的腹部——那里本应该有一条会危及生命的伤口才对。

“没有……没有，没有，没有伤口。肚子没有被切开……”

他一遍遍抚摸自己的肚子，确认灼热的原因已经消失。在之前看到的景象中，最为鲜活的感觉消失了——疼痛过于强烈，令他误认成身体在灼烧，这种感觉消失了。

“这是肚子被切开后死去的记忆。”

尖锐的利器划破了肚子，他倒在血泊和无力感中死去了。如果死的只有自己，那倒也罢了，可事情并非如此。

“莎缇菈……”

他口中念出的，是自己直到最后都没能拯救的少女的名字——还是个假名。

在这段记忆中，熟悉的银发少女伪造了自己的名字，与昴产生了交集。他不知道银发少女这么做的原因，但明白她不是出于恶意。

看完接下来的邂逅和分离，昴明白了，这是被召唤到异世界的“菜月昴”的奋斗历程。

他的死亡已经不能算枉死，他简直就是一条死狗。不，这么说都有些对不起狗狗……

“这就是‘菜月昴’的‘死者之书’。”

只有这点毫无疑问。

“菜月昴”无可救药，愚蠢弱小，放纵自己愚蠢的自我意识，屡次对自己的不孝视而不见，最终将异世界生活当作逃避现实的良机，发挥自己看似积极的消极心态，打算对自己、对周围的一切都进行欺瞒。而这种愚蠢，最终导致了赃物库中的惨剧发生。

“真是个无可救药的笨蛋，不过……”

这的确是致命的愚蠢，但昴也从中确认了一件事：这是菜月昴所不知的“菜月昴”的真实经历。

假设这便是“菜月昴”得到“死亡回归”的经历，且昴经历的是普通的异世界之旅，那么将他召唤到这个异世界的，便是神或者别的拥有类似能力的超常人物。然而，“菜月昴”的脑袋里并没有接触过这类超常人物的记忆，那自然也没有从某人那里获得力量从而觉醒的经过。

临死前的“菜月昴”，确信自己即将“死”去。

至少他自己就是这么认为的——突然，他发现了一件事：他没法将自己和“菜月昴”分开，进行客观论述。

“比起梅莉那时候，要更加深入……”

在阅读梅莉的“死者之书”，体验她的人生时，昴感觉他的精神受到了强烈的吸引。他几乎要和梅莉的人格融合在一起，脑中甚至出现了虚幻的梅莉，在耳边放肆妄言，玩弄他的内心。

话说回来，那终究只是昴的意识捏造出的梅莉，和真实的梅莉无关，只不过是粗劣的幻觉罢了。然而，这次阅读“死者之书”的体验和梅莉那时截然不同。

因为这次的主人公并非别人，而是自己。不是自己的自己，这种始料未及的情况将昴带入一场与自己的战斗中。

与自己的战斗，这句话听上去陈腐，却无比准确地讲出了昴所处的状态。

说实话，情况十分糟糕。现在，昴的意识被“菜月昴”强烈地吸引着。

“爱蜜莉雅，爱蜜莉雅，爱蜜莉雅，爱蜜莉雅，爱蜜莉雅，爱蜜莉雅！”

体验到自我意识被覆盖的感觉，昴着魔似的呼唤爱蜜莉雅的名字。

他会呼唤爱蜜莉雅的原因很简单：“死者之书”中的“菜月昴”并不知道她是爱蜜莉雅。“菜月昴”完全相信了被告知的假名就是她本名，直到最后都是一个可悲的小丑。这一点正是现在的昴和“菜月昴”的不同。

昴恐惧于被剥削的感觉，牙齿打战，一味地盯着脚下，而地上是不小心被他碰掉的书。

上一次，他一直在观测，直到“菜月昴”死亡。不可思议的是，“死者之书”的开端是“菜月昴”来到异世界的那一瞬间。他一副愚蠢的样子，对世界的变化大喊大叫。然而，梅莉的“死者之书”明明是从梅莉记事时开始的——现在已经无所谓了。

问题是，“死者之书”的后续。

“你也一样吧，‘菜月昴’……”

这个“菜月昴”肯定也利用了“死亡回归”的能力，而且要比现在的菜月昴高明得多。或许，“菜月昴”并不是只局限于“死亡回归”，而是能自由穿越时间，这种说法才比较可信。

爱蜜莉雅、碧翠丝、拉姆、艾姬多娜、由里乌斯、梅莉、夏乌拉、帕特拉修，还有他遇见的许多人，都期待着“菜月昴”的活跃，所以“菜月昴”一定能做到这种事。

“那么……前面一定会有答案。”

这个“菜月昴”看起来和菜月昴没有任何区别。但是，这个“菜月昴”一定找到了什么契机才顺利变成“菜月昴”。为了寻找这个契机，昴再次拿起书，闭上眼，做了几次深呼吸。

他拿着书，数起自己的■跳，让自己的■慢慢冷静下来，然后迈开了步子。

终于，他走到书架前，伸出手——

“第二本——”

下一本“菜月昴”的书在“狮子心脏”的作用下，轻轻地向他指引了自己的位置。

4

“菜月昴”的经历丢人现眼，毫无计划，简直就是无可救药。

“真没用。彻头彻尾的门外汉，行动也轻率。既没有加护也没有技术，还以为你至少会动动脑子，结果也没有什么妙招。就你这点水平，究竟为什么要反抗？”

他被强大的敌人玩弄于掌心，完全无法进行有效的反击，身上不断增添新的伤口。在遍体鳞伤的他的周围，还倒着浑身是血的老人和金发少女。他没能拯救任何一个，甚至连动都动不了。

“你会慢慢地，慢慢地，慢慢地，慢慢地失去热度，变得冰冷。”

最后，他的肚子被划开，眼睛也被撕裂。在黑暗的世界中，生命进入了倒计时，他只能怀着恐惧等待死亡降临。

直到最后，他都在恐惧、颤抖，太不像样了……

“喂！你刺伤他了啊。”

“没办法啊！要是让他逃到外面，那事情就闹大了。”

“住手啊，笨蛋！啊——这下不行了。伤到了腹部的内脏，他会死的啊，喂！”

倒下的人的上方，进行着一场优哉游哉的谈话。

如果不专注于这种无聊的小事，他就不得不感受背上剧烈的疼痛了。如此擅长逃避痛苦和自我保护，他对自己发自■底地感到无奈。他死得毫无意义，不可救药。

这种死法还真适合他。为什么不从一开始就珍惜每分每秒，全神贯注地生活呢？算了。昴明白，这个世界结束了。

一开始，昴就知道自己来这里是观察“死”的，所以如果没有什么决定性的转机，这个世界就结束了。既然结束了，那就快放他去下一个世界吧，下一个、下一个、下一个、下一个。好痛、好痛、好痛、好痛、好痛、好痛，若再不去，他就要痛到受不了了，可他必须把经验带到下次……

有时候，他在睡眠中就死去了。死法虽然轻松，但也带着冰冷的毒素流过血管的残酷。

或许有人认为，相比于那些痛苦不堪的死，这种不知不觉的死要轻松许多吧。然而，绝对没有这回事。

他为什么会死？说起来，是真的死了吗？

在怕死的人当中，期待像睡觉一样死去的人也许不在少数，但对有经验的昴而言，这个死法绝对不是什么幸福。

死有死的意义，人应该知晓自己临终前那一刻。

夹杂着混乱与失望、惊愕与期待，昴寻找起下一本“死者之书”。他必须要知道后面发生了什么，必须要知道自己是怎么死的……

谜团一个接着一个，他不停地体验着无法理解、毫无道理的“死”。

终结一个又一个到来，惨剧一个又一个发生。

他不断被人盯上、被人杀死，终于被人背叛。

为什么？昴完全不理解。

为什么我必须要救这个杀我的蓝发少女呢？为什么我要这么努力去救她？为什么她会激励受挫倒下的我呢？为什么我会从她的语言中得到力量，继续前进呢？

他期待着背叛之后的发展。他祈祷那不是真正的背叛，祈祷自己的行为能得到肯定。

“菜月昴”怀着可以拯救他人的空虚、可悲的误解，一次次地献出自己的生命，全力破局。

遇见爱蜜莉雅，遇见帕克，遇见菲鲁特，遇见罗姆爷，遇见罗兹瓦尔，遇见阿拉姆村的人们——

他拼尽全力，在涌来的浊流中逆流而上。

5

“噗哈……”

遭遇再次袭来的“死”，昴跪在“塔吉忒”书库的地上，捂住了嘴。很快，他支撑不住身体，直接向前扑倒在了地上。

“哈哈……”

他的呼吸粗重，浑身都是黏糊糊的油汗。

炎热、寒冷、痛苦、甜美、苦涩、愉悦，无数感情不分青红皂白地掺杂在一起，使昴完全找不到答案。

“这是第八本。”

昴已经找到、看过这么多本“菜月昴”的“死者之书”了。他没有跳过一次死亡，一遍遍地追寻着“菜月昴”的足迹。

就这样，他一边追寻足迹，一边思索：“菜月昴”简直就是个无可救药的愣头青。

尤其是看过最后一本——第八本的“死者之书”后，他更是难以抑制地这么想。

宣布国王选举开始后，“菜月昴”在城内和爱蜜莉雅决裂，结果只是将她的■伤得遍体鳞伤，然后既没有道歉也没有反省，在混乱中死去了。

一方面，他在想为什么“菜月昴”不被理解；另一方面，他又感叹为什么只是这样就不被理解。

“被过去困住了啊……”

由于是刚刚目睹的悲剧，昴感到一股撕心裂肺的痛苦。但是，那是过去，那是过去发生的事情，是已经愈合的伤。

忘掉吧，忘掉吧，别困在里面。不然的话，■就要坏了。要是昴的■因此坏掉，无法振作起来，那该如何是好？

“菜月昴”不在这里，一切只能靠昴了。

“还不够……”

昴还没有找到。

“菜月昴”身上肯定具备独一无二、带有决定性的东西，而那一定就是将菜月昴和“菜月昴”区分开来的关键。至少在找到这个关键之前，昴绝对不会停止“死者之书”的旅途。

菜月昴在寻找“菜月昴”化蛹成蝶的关键性钥匙，可至今，他仍未看到一点征兆。"菜月昴"身上完全没有成为英雄或者是救世主去拯救他人的气概和气量，有的只是擅于放弃的特性，以及周围人给他带去的好运。

然而，他身上应该不只有这些。昴要的不是这种抽象的"东西"，而是更加简单明了、一目了然的东西，是任何人都能理解到这就是关键的万能钥匙。

肯定有的，所以昴一定要找到——

"第九本。"

昴再次投身到混乱与混沌、背叛与绝望交织的"死"之轮回中。

求你了，"菜月昴"，快点让我变成你吧。

在我的■忍受不了你的足迹、你的伤痕、你的"死"之前。

6

"死"在不断叠加，终结在不断重复。

每一次痛苦的时候，丧失的时候，被剥夺的时候，昴都能听到■破碎的声音。他哭喊着追问原因，在终结时咬紧牙关，呕血起身，在伤痕累累中前进。

男子的挣扎既粗俗又奋不顾身。一次不行就两次，两次不行就三次，三次不行就四次，他在一次次的绝望中殒命，却依然为了打破混乱的局面而不断向前。

这很伟大，真的很伟大，值得尊敬。永不放弃是一件伟大的事，遭遇了这么多不幸，依然还能咬牙战斗，真的很伟大。昴很钦佩，对他刮目相看，可还是不对。

"一定有什么……"

一定有什么“东西”在。因为有这个“东西”，一无是处、无可救药的菜月昴才能成长为能拯救大家、拯救他人、拯救爱蜜莉雅他们的“菜月昴”。所以，昴双目充血，疯狂地寻找着。

哪怕每次阅读“死者之书”都要体会“菜月昴”因被无常命运捉弄而感受到的冲击和恐怖，哪怕每次都要体验“死”的痛苦，他还是竭力寻觅着。

然而，他还是找不到哪怕一条线索……

“哇啊啊啊!!”

昴的头重重地磕在地上。

体验“菜月昴”的人生时，他感到无比幸福，但返回到现实的那一刹那，他的■中充满了羞耻。

“爸爸……妈妈……”

“菜月昴”与父母进行了谈话，并向他们道歉了。穿越到异世界的“菜月昴”，向二人道别了。明明知道他们会伤心，但为了自我满足，还是优哉游哉地送上了爱的话语……

“呜噗——”

昴吐了出来，眼泪夺眶而出。他之所以如此痛苦，是因为他痛切地理解“菜月昴”的心情。他也明白，父母一定会原谅他。

不要原谅我，咒骂我吧，骂我是个不孝子吧。

然而，父母并没有这么做。

他的父母是不会如昴期待的那样做的。为了自我安慰，昴希望他的父母能像渺小的人类一样对他破口大骂。可是，这是不可能的。

昴的父亲贤一，还有母亲菜穗子，是最好的父母。

自己为此感到骄傲，也赞同“菜月昴”的决定。明明没有得救的资格，却依然渴望救赎，多么丑陋的■啊。

这就是原因吗?因为这个，他就能成为“菜月昴”?

“不对……不对，不对不对!不是的!不是这种东西!”

昴狠抓自己的头，敲打自己疼痛的脑门，痛骂自己。他追求的不是精神的救赎，而是更加简单有效的特殊钥匙——他追求的是力量，追求的是昴不知道，只有“菜月昴”知道的特殊力量。

就像昴成功发现“狮子心脏”一样,“菜月昴”一定觉醒了只有他知道的特殊“东西”，昴要将它得到手。

就是为了这个，昴才一遍又一遍“重生”。

“告诉我,‘菜月昴’!你为什么会变得特别!为什么只有你是特别的!一定是有什么‘东西’吧?!一定是有什么‘东西’改变了你!因为有这个，你才能破茧重生，不再是一个废物!改变弱小不堪、渺小无用的我吧!我已经受够了!我不想再看到大家受苦了!一定……一定有什么‘东西’吧?!不然就太奇怪了……因为有什么‘东西’……所以你才能……和我不一样……否则……”

否则，昴就不得不承认一件事。

“你和我一样，是个弱小无用的家伙……”

他几度想要屈服，但总会有人在背后支撑着他，给他力量，因此他想要回报大家的好意和温柔。

“求你了,‘菜月昴’。求你了。拜托了，不要这样……”

你要是个超人，该有多好。你要是个和我相似却又不同，身■都比我强大的人该有多好。所以你才能做到我做不到的事——我真希望事实是这样。

然而——

昴粗暴地抽出一本本书，忍受着一次次“死”带来的头痛、■碎，冒着生命危险，不择手段地努力着。

即便如此痛苦，直到最后的最后，他都不想放弃目前抓住的可能性——他翻开手中的书。

做好脑浆被搅拌，内■被蹂躏，灵魂被凌辱的心理准备，他翻开了书。毕竟，相比于疼痛与苦闷，失去最后的希望才是最痛苦的。

“你明白吧，‘菜月昴’……”

像是在寻求认同似的，昴呼唤着不在场的人。他的声音没有丝毫气势，这也是理所当然的，因为他本就不是一个斗志昂扬的人。他不是那么伟大的男人——即使心里满是不情愿，但他的指尖依然抽出了一本又一本“死者之书”。

然后，怀着等会儿一定有致命一击的心境——

“啊，我明白的。”

这是一个洁白的世界。

不知不觉间，昴已经从书库转移到了十分熟悉的另一个地方。这里是……

“我明白的，菜月昴。因为，我就是你啊。”

某人伫立在洁白的世界里，一双熟悉的三白眼正等待着昴。

7

那个人看向瘫坐在洁白地面上的菜月昴。他有着黑色的短

发，身长腿短，一双三白眼凶神恶煞，不管怎么看都让人觉得很讨厌。

“重新打个招呼吧——哟，兄弟。哎呀，兄弟这个称呼感觉有些不对啊。正确来说……哟，另一个我。”

昴一脸茫然，死死地盯着那个人的脸。

对方举起一只手，轻松地和昴招呼——不，他们不是这种互不相干的关系，因为对方明显长得和菜月昴一模一样——

“‘菜月昴’。”

“总感觉你的语调有些奇怪。而且，用全名称呼自己也是怪怪的。虽然这是漫画常见的剧情，但其实我一直在烦恼到底该怎么称呼你。”

“‘菜月昴’！”

看着一直悠闲发言的“昴”，昴感到心中燃起一阵无名火，当场站了起来。然后，他瞪着滔滔不绝的对方，咬牙切齿道：

“为什么你会在这里……另外，这里是哪里？为什么我会在这里?!”

昴盯着“昴”，用手示意了一下周遭洁白的世界。

洁白、空无一物的空间，和昴曾经与大罪司教“暴食”鲁伊·阿内芙对峙过的奥多·拉格纳的摇篮“记忆回廊”一模一样。

“为什么我会在这种地方!!”

“这是你追上我的证据啊。你通过阅读‘死者之书’，终于追上我了。你之前未知的全部，都已经体验到了。这就是我的异世界生活。”

看着气喘吁吁、破口大骂的昴，“昴”平静地回答。这种平静的态度、一本正经的表情、豁达的言语，全部让昴愤怒不已。

第一，这个可憎的男人现在究竟在说什么呢?

“我追上你了？”

“没错。你已经知道我的全部经历，所以……”

“别……别开玩笑了!!我追上你了？胡说八道了！别说谎了！还没有！最重要的事情，更重要的东西，我还不知道呢！”

昴双目圆睁地怒吼道，还粗暴地抓住了“昴”的胸襟。没想到的是，“昴”并没有抵抗。昴抓住他的胸襟，将他拉到了与自己呼吸可闻的距离处，一双黑眼睛狠狠瞪着他。

“告诉我！既然你出现在这儿，那就正好！告诉我！告诉我你之所以成为你的原因！我还没有看见！没有找到！把那个原因……”

“我成为我的原因？”

“没错！你一定有什么契机能变成你。你……”

“你不是已经看到了吗？”

在两双黑眼睛相互映照的至近距离处，“昴”毫不抵抗地看着昴。这种不抵抗的态度甚至让昴产生了一种错觉，仿佛“昴”根本没有将自己放在眼里，仿佛在高高在上地藐视自己一样……

“不要这么看我！”

“哇！”

昴看着这张可恶的脸，一拳打了上去。随着拳头感到一股坚硬的冲击，“昴”直接弹飞出去。不过，同样的疼痛并没有反弹到昴的身上。

“昴”感受到的疼痛是“昴”的伤口造成的，和菜月昴感受到的完全不一样。

“你说得好像什么都知道似的……这样啊，我明白了。”

看着遭到殴打后单膝跪地的“昴”，昴突然醒悟过来。既然这里是“记忆回廊”，那能造成这种不自然状况的人只有一个。

“你是鲁伊吧？大罪司教‘暴食’！又是你吧?!”

上次在这个洁白世界里遇见鲁伊的时候，她便想尽一切办法促使昴和“菜月昴”分离，想要将他从头到脚吃掉。昴好不容易才从她的魔掌中逃离出来，但是大罪司教哪会这么轻易放弃？不管是培提奇乌斯、雷格鲁斯，还是西里乌斯、卡佩拉，他们都是最恶劣的人格缺陷者，莱伊、罗伊以及鲁伊当然也不例外。因此，鲁伊会死不悔改地在各本“死者之书”中游荡，在这里埋伏昴并不是一件稀奇的事情。

“这就是真相吧，鲁伊·阿内芙！你可以自由地变身，能这样扰乱我也不奇怪！”

使用从他人那里夺走的“名字”和“记忆”，不仅是技术，就连模样都能夺来为她所用，这便是鲁伊·阿内芙的权能。她在塔内表现出来的凶狠毒辣，用在这里也毫不奇怪。

“你想将我吃干抹净，夺走我的身体吧？都失败过一次了，真是个烦人的家伙……你就这么想要‘死亡回归’吗?!你也该懂了吧！这个力量就那么强吗?!只不过是死后重生罢了。死后重生……却因为我是个废物，只能得出废物结果！所以……所以，我救不了任何人……大家都死了。因为我太弱了，才会让大家伤心。现在也是，我尝试了无数遍，结果还是拯救不了任何人……”

“死亡回归”根本就不是什么好东西，能力糟糕到一无是处，还是没有这种东西最好。虽然有魔女说它是一种美妙的能力，但昴完全不敢苟同，就好比蚂蚁即使有了大炮也无法使用一样，因为他们终究还是不相配。不明白这个道理的“暴食”以及“强欲魔女”都是混蛋。

“昴”要被骗多少次，被践踏多少次希望，内■被挫败多少次才会明白。为什么被骗了这么多次，被践踏了这么多次希望，内■被挫败了这么多次，却还是不断地站起来？

“死亡回归”只会让人看到世界的阴暗，只会被逼着直视蛮不讲理的无常命运，明明是这样，为什么——

“因为我喜欢大家啊。”

这句平静的话贯穿了昴的■，但它并非出自昴的口中，而是跪在地上听昴大喊大叫的“昴”的心声。

“因为我喜欢大家，所以不愿意放弃。”

“昴”用手抹去脸上的血迹，代替昴宣告道。他们有着同样的服装、同样的表情、同样的脸、同样的名字，可看上去截然不同。这样的“菜月昴”看着菜月昴，说道：

“你的情况有多么辛苦，我光想想就受不了。明明一无所有，能力只有初期等级，却要直接从第六关开始攻克。我完全理解你的哭诉，因为我也无数次体会过这种痛苦。”

他看上去似乎也经历过无数次力量不足和知识不足的情况——不，他确实经历过无数次了。

“昴”体会过的败北、痛苦，还有对“死”的悲叹，昴全部知道，全部看到了。昴的这副身■，全部体会过了。

正因为体会过，正因为知道这不是谎言，昴才更不能接受“昴”的话。他不愿意接受。

“我要是更强，要是更聪明，要是更加、更加……你很不甘心吧？”

“别说得好像你都知道似的！你到底懂什么啊？”

“我懂。而且你也知道我懂。”

昴的反驳十分无力，这也不奇怪。反驳需要驳斥对方的意见，表现自己无法接受，证明对方是错的，但昴无法对“昴”这样做，因为他明白对方的话不是谎言和欺瞒，“菜月昴”是真的全部知道。

“我没有看你的记忆……”

“随便看了别人的日记，这么说不好吧。”

“我不是在看你的记忆！”

昴握紧拳头，不顾一切地反驳“昴”的话。这些硬憋出来的话，便是昴能做的唯一的抵抗。

“我……希望能从你身上看到希望。我希望你是个了不起的家伙，那么只要知道了支撑你变强的‘东西’，我也能变得和你一样。可是……”

昴终究还是知道了，全部看到了：“菜月昴”和这里的菜月昴一样，只是一个弱小的男人。他只是在昴不知道的时间里，和许多昴不知道的人相遇，经历了昴不知道的故事，看到了昴不知道的风景。他依然是一个凡人。

“我想要否定你，得出更可靠的结果。”

只不过昴没能这么做。

“因为，我明白你的心情——你就是我啊。”

他见到了“菜月昴”曾经看到和体会过的世界，他看见“菜月昴”在这个世界里，喜欢上了这里的人们，喜欢上了爱蜜莉雅他们，为了他们不断地受伤。

“菜月昴”是超人的幻想已经破灭了。

“啊，我知道！我明白！你……之所以能一次次站起来，无论死多少次也不会放弃，只是因为你无法放弃!!”

和昴一样，“昴”也曾经无数次撞上名为无能为力的“墙壁”，每一次都会经历无数次“死”，通过积累“死”来改变状况、改变相遇方式、改变联系方式，然后超越困难——仅此而已。

“你之所以不放弃，只是因为你喜欢大家！混蛋！为什么你不是超人啊!!为什么你还是个臭小鬼啊!!”

经历了这么长时间，体验了无数痛苦，昴了解到的只有这个——“菜月昴”是个凡人，手中的底牌和菜月昴如今拥有的差别不大，打牌的手法也很差，是个倒霉的输家。

“你哪怕有一个……”

昴用无力、虚弱的声音呢喃道。他握紧双手，希望自己至少拥有一个特别能力，可他依然一无所有。

“为什么你会消失……”

“嗯？”

“为什么你不在了？因为你消失了，我吃了多少苦头……”

昴一直无法理解这一切开始的缘由，不能理解“菜月昴”消失后，菜月昴诞生的原因。

和记忆一起消失的“菜月昴”身上，到底发生了什么？

“你之所以消失……”

“这是我的失误。我当时为了寻找攻略雷德的方法，前往‘塔吉忒’。在顺利找到雷德的‘死者之书’后……”

“那时，雷德的书已经空了。”

“然后我就遇见了‘暴食’。接下来就不用我说了吧？”

“昴”挠挠头，回忆起自己的失态。“菜月昴”在记忆回廊遇见鲁伊，被夺走了“记忆”。这之后，忘记了至今为止的异世界生活，对自己和身边人的感情都一无所知的菜月昴诞生了。

“别这么贬低自己——话虽如此，这有点难啊，毕竟你就是我。”

“‘菜月昴’……是一个既弱小，又无可救药的大笨蛋。”

“没错。”

听到昴虚弱的呢喃，“昴”挑起眉梢，苦笑着附和道。

“不过——”

看着“昴”，昴话锋一转。

“你是个了不起的家伙，‘菜月昴’。”

这是昴目睹“菜月昴”经历二十次以上的“死亡回归”后，

发出的肺腑之言。

8

昴目不转睛地看着对面的男人，慢慢地眯起了眼睛。那是一张熟悉的脸，令人厌倦的脸、讨厌的脸，但那就是自己。是自己，却又不是自己。

看到这张脸第一次露出吃惊的表情，昴感到些许窃喜。

“最熟悉的他人吗……”

很少有人能发自■底地喜欢自己，而昴尤其讨厌自己。对此,“菜月昴”大概也是一样——昴还有“昴”，都讨厌自己。

然而，看着这个最熟悉的他人，虽然有些羞耻，可昴发自内心觉得“昴”很帅气。

“你弱小、无能、无可救药，但还是一直在努力挣扎。我很尊敬喜欢大家的你，所以……这就是我阅读你的‘死者之书’的意义。”

这不是因为悔恨自己无能为力，而向与自己长得一模一样的他人说出的抱怨之言。当然，也不是为了实现某个夸张的妄想——追寻超人“菜月昴”走过的路途，从而获得无与伦比的力量——而是为了知晓、认可、尊重“菜月昴”这个凡人。

“突然说这些，你真不知羞啊……”

被昴的发言弄得不知所措的“昴”突然反应了过来。他眯起眼睛，不悦——不，是害羞地瞪了昴一眼。

“虽然不该由我来说，但看完了我至今为止的经历，真亏你好意思这么说啊。总结一下，就是‘菜月昴的从零开始的异世界生活’吧。”

“啊，不过主角的名字和自己一样，总觉得怪怪的。”

“比女主人公用母亲的名字要好吧……不对，说跑题了。”

二人开了一会儿玩笑，最终视线相交。“昴”感觉自己像被敷衍了似的，用手指了指自己。

“虽然刚刚那么说，但你能相信我吗？我其实是鲁伊化身的假货，这个可能性还没有消除吧？”

“消除了。被我狠狠地打了一拳，你也没有现出原形。”

“会这样现出原形，这种方式只有在漫画里的复制能力者身上才会出现吧……”

“昴”说得没错，这自然不是真正的根据。不过，此时的昴已经放下了对“昴”的怀疑，刚才“昴”的那句话大概便是原因吧。

即使鲁伊·阿内芙真的能将一个人的人生从头到尾吃得干干净净，但肯定无法再现那种珍重大家的表情以及话语。因为，她根本无法理解幸福——

“她不爱任何人，肯定无法理解因为喜欢谁而去‘死亡回归’这种举动……你为什么会在这里？是在等我吗？”

昴已经承认眼前的“昴”有着和自己相同的起源，同时，他也生出疑问——为什么二人会在这里相遇？听到昴的问题，“昴”踩了踩洁白的地板。

“我会在这里与你相遇，是因为这里是我们唯一的接点。”

“我们的接点……”

“塔内有‘记忆’的我和没有‘记忆’的你，我们唯一的交叉点便是我记忆被吃掉时的‘死’，以及能对它进行观测的‘死者之书’。之后和之前的‘死者之书’里，我们肯定都无法相遇吧。”

“还是回到最初的问题吧。为什么你会在这里？”

“死者之书”让二人相遇——只有这一个说明，依然无法让昴接受。而且,“菜月昴”的书能通过死亡次数不断积累，就已经是一件咄咄怪事了。除非有人能从世界的外侧对“菜月昴”的“死”进行观测记录，否则这件事便无法成立。

这个观测者就是奥多·拉格纳吗?

“若是这样, 那么‘记忆回廊’里的鲁伊在看到‘死亡回归’后会如此兴奋就难以理解了。如果她早就在外侧了解到……”

“她只是待在‘记忆回廊’里而已，并不是那里的支配者。那里的支配者……肯定是一个性格更加恶劣的家伙。照这样看，最可能的便是……”

顿了顿，二人异口同声地说道:

“‘贤者’弗里格尔。”

他可以说是性格最恶劣的家伙了。他参与了普勒阿得斯监视塔的建设，设置了雷德的“测验”，还给夏乌拉施加了无休无止的四百年苦行。

找到共同的敌人后，昴和“昴”对视了一眼。然后，昴第三次问出了同一个问题。

“喂，另一个我——你为什么会在这里?可不许说‘你明白吧’。”

见“昴”沉默不语，昴耸了耸肩。即便听昴这么说,“昴”也没有轻松作答。相反, 在“昴”的黑眼睛中，一直亮着一抹光，大概就是所谓的罪恶感吧。

因此，昴故作开朗地问道:

“喂，合并记忆，你觉得会变成什么样呢?”

9

“这种情况，一般都是其中一方会发生什么吧?”

“不知道。我也没有明确的答案。”

“说实话，你对这个世界远比我熟悉，就没有比我多知道什么有利的规则吗？”

“你已经看过我的‘解体新书’了吧，我们五五开啦。”（**注：《解体新书》，日本安永三年，即公元1774年出版，日本历史上第一本人体解剖学译著，译者是兰学医生前野良泽和杉田玄白。**）

“五五开吗？”

“五五开。”

“不会出现我们两个碰撞之后，同时消失的情况吧？”

“别说啦。你觉得不安的地方，我大概也会感到不安……”

“是啊。那不论谁赢，都不能怨恨对方，可以吗？”

“不，我肯定会无比怨恨的。我会怨恨，也就是说，你也会怨恨吧？”

“是啊。大概会的。哎，内■真狭隘啊。”

“你说什么？”

“内■真狭隘……咦，是不是有些奇怪啊？”

“不，我大概是听错了。”

“啊，对了。为了以防万一，我有几件事要提前告诉你才行，没问题吧？”

“事到如今，你就随意说吧。”

“关于这边的世界，基本还是你比较清楚……不过这个优势在我阅读完‘死者之书’后就所剩无几了。只是目前发生了一些变化。”

“变化？”

“失去‘记忆’后，我通过和大家交流，慢慢认识大家……就是你不知道的‘菜月昴的从零开始的异世界生活’啦。首先是梅莉的事情。这姑娘身上带着很多隐患，所以有些棘手，但她是个很懂事的女孩，所以要好好和她交流。如今我可是很追捧梅莉前辈的。”

“嗯，我记住了。”

“还有，塔里有一只四处游荡的大蝎子，真身其实是夏乌拉。看起来很危险……可那不是她自己的心意。救救她吧。”

“嗯，我记住了。”

“啊，差点忘了，我碰到鲁伊的时候，雷姆在背后给了我很大的激励。那个时候我不记得雷姆，等我记起雷姆，也是在看过书之后了……嗯，真不愧是我的雷姆。”

“不，是我的雷姆。”

“不，是我的。”

“我的。”

“拉姆曾经说过，到雪融化的季节，原本看不到的东西就会清楚地露出本来面目……拉姆真厉害。”

“嗯，是啊。”

“关于由里乌斯……哎，也不用我说。他不是那种需要我们来教育的软弱家伙。”

“嗯，我同意。”

“谢谢你，跟爸爸妈妈道了歉。”

“嗯。”

“谢谢你，帮了奥托和加菲尔。”

“嗯。”

“谢谢你，帮了佩特拉、弗雷德莉卡，还有阿拉姆村的所有人。”

“嗯。”

“谢谢你，把碧翠丝带出来，握住了她的手。还有爱蜜莉雅……谢谢你，喜欢上了爱蜜莉雅。我也喜欢她，最喜欢她了。”

“嗯，我知道。”

“‘菜月昴’，你是个了不起的家伙，我非常明白这一点，所以你肯定没问题的。”

“嗯，嗯……是啊，我们一定没问题的。”

10

“没问题吗？”

“是啊。没问题的。”

“我知道你很厉害。”

“不过，嗯，还有一句话要说。”

“我的暑假，结束了啊。”

11

二人双手相连，平淡的对话也来到了最后。

他们吸了一口气，然后呼出。

恐怕，这是一次异常的合并——不对，会在这里合并，本来就不在预料之内。昴的存在本身，以及引发的这些事情，全部是异常的，所以……

看到从自己下巴滴落的水滴，昴这才意识到自己站在这里哭了。他却无意擦泪水，因为他知道，这一定不是他的眼泪。

这是在昴体内，正在与他融合的那个人的泪水。

接着，昴又连做了几个深呼吸，搜索自己脑中的意识。自己的记忆中，烙印着……

在昴不知不觉间，二十二次的“死”一一浮现。

每一次都是在塔内苦苦挣扎，尝尽了其中苦楚的“死”——被视作不安的部分和以前是一样的。

虽然一脉相承——

“你也渡过了相当的难关啊！”

另一个自己不停地盛赞昴。看着他孤军奋战，以及相信同伴的苦战姿态，昴明白了一件事：的确和昴说的一样——你值得尊敬。

昴压抑自己的感慨及异常激烈的心跳，深呼吸，点了点头。然后他抬起头，看向前方。

那里是一成不变的白色空间，是造成异常事态，在记忆回廊中生成的空白地带。

几息之前，还和昴携手的另一个昴所在的地方——那里正瘫坐着一个小人。看着她，昴眯起了那双黑眼睛。

随即——

“怎么样？你看到自己想看的东西了吗，鲁伊·阿内芙？”

看着不停阅读“死者之书”，最终到达这里并消失掉的菜月昴——不，是鲁伊·阿内芙，昴平静地问道。

The only ability I got in a different world "Returns by Death"
I die again and again to save her.

第三章 鲁伊·阿内芙

Re:从零开始的异世界生活

Re: Life in a different world from zero

1

——我们想要幸福。

人生的优劣，是由出身和环境决定的一次大赌博。这是鲁伊·阿内芙在享用过无数人生后得出的人生哲学。

鲁伊是大罪司教“暴食”三兄妹中的幺妹。

目前大家已了解魔女教的活动规模及其管理的草率性，可对他们的内情依然知之甚少，其中大罪司教更是充满了谜团。大罪司教中为人所熟悉——不，应该用过去式，“曾经为人所熟悉”的有“怠惰”和“强欲”二人。而“愤怒”“色欲”“暴食”的名号虽然为世人所知晓，可他们的真实身份常年笼罩在迷云当中。

更不用说“暴食”三兄妹中的幺妹鲁伊·阿内芙，她的身份更是谜中之谜。

“不过，这种情况也不是我们期待的。”

鲁伊从生下来便一直待在这个白色空间里，所以她只能自言自语。

出于某些缘故，她既无法从这个空间里出去，也无法与他人见面，“暴食”的权能罕有施展的机会，可谓是抱着金碗要饭吃，埋没了一身本事。幸而有两个哥哥带来“残羹冷炙”，她还不至于为“吃饭”发愁，可以说是不幸中的万幸了。

哥哥们带来的“菜肴”都有很强的个性。“美食家”莱伊热爱味道浓郁的人生，“恶食”罗伊则重视数量，沉迷于用各种乱七八糟的“食物”填饱自己的肚子。

鲁伊享用着哥哥们带来的菜肴，也渐渐形成了自己的哲学。

咀嚼过许多人生，比较完味道后，她的舌头和大脑明白了一件事，那便是“幸福”有着绝对的差距。

“这个人很幸福，那个人要更幸福，不幸的人也有很多很多……为什么大家肯这样随意懒散地生活呢？”

根据自己的价值观，她对不同人生进行鉴别、比较和打分：贫富的差距，爱情的有无，成长的环境和是否有家人、友人、恋人。她给不同的项目打分，对他人的人生进行评价。观察过许多人生后，她慢慢觉得——为什么，大家都活得如此笨拙呢？

“如果是咱们拥有这段人生，一定能做得更好。他们一个个都太笨了。”

打个比方，她就像在一旁看别人打游戏，说别人这里不对、那里不好，指手画脚地嘲笑讽刺。然而，这种自以为是的评价和嘲讽，很快也变得无甚意思了。

这也不奇怪。她能做的不过是对过去的“记忆”进行批评，而不是对他人实操中的游戏做出指正。

观看他人粗劣的游戏操作，不仅无聊，更近乎一种拷问。

明明有着开辟自己人生的双腿，明明有着打破困难的双手，明明有着思考未来的头脑，他们却一个个——就连哥哥们也是一样——玩得一塌糊涂。

“稀烂、稀烂、稀烂。如果只是这样随便生活，那就把你们的人生让给我们啊。咱们会做得更好、更好、更好。你们、你们、你们简直太无能了。”

一道道令人唾弃的“人生”大菜摆在她的面前。只能一直咀嚼这些，她感到无比地愤怒和不甘，恨不得全部吐出来。

“啊，哥哥吃得好香啊。”

“啊，兄长大人吃得好开心啊。”

“啊，咱们、我们，目前、现在，感觉要吐出来了。”

这便是鲁伊·阿内芙自称“饱食”的理由。不论吃多少，饥饿都不会得到满足。因为，她饥饿的并不是身体，而是■。

——我们想要幸福。

——我们想要幸福。我们想要幸福。我们想要幸福。我们想要幸福。

哥哥们都有自己的人生，所以他们不会这般企盼。

只有鲁伊没有自己的人生，所以她只能这般企盼。

“我们想要幸福。”

在白色的世界中，她胡乱吃下无数“记忆”，一心一意地如此企盼着。

这便是鲁伊·阿内芙最大——或许也是唯一的愿望。

“我们想要幸福。”

她已经不满足于挪用、侵占他人的人生。她已经受够了，早就受够了。她想要只属于自己的人生，想要自己的身体、灵魂和命运。

“我们想要幸福。”

鲁伊很不幸。她不幸的源头，便在于没有自己的人生。

“我们想要幸福。”

同时，她又对自己无比熟悉。没有恒心，容易自暴自弃，就算是不经意间获得了一段人生，肯定也不会就此满足。因为，她明白——

这个世界有着无数的人生，幸福的绝对量更是天差地别，而这全部是由“出身”这一场无可奈何的大赌博决定的。

鲁伊不希望自己比别人差。她要成为人生赢家，不要被人看不起。

——我们想要幸福。

——我们想要幸福。我们想要幸福。我们想要幸福。我们想要幸福。

——我们想要幸福。我们想要幸福。我们想要幸福。我们想要幸福。我们想要幸福。我们想要幸福。我们想要幸福。我们想要幸福。我们想要幸福。

她一直在评价他人的人生。低分的人生自不用说，高分的人生也不是每项都是满分。即便是至今为止最高分的人生，也无法全项满分。

“啊，我们想要幸福。”

方法是有的。“暴食”的权能“蚀”可以做到这点。

“暴食”的权能便是夺取、吞噬他人的“记忆”和“名字”。“蚀”能运用夺取来的东西再现他人——这样，鲁伊·阿内芙就能开始自己的人生了。

出身无法选择，这便是产生“不幸”的唯一原因。但是，鲁伊不同，她拥有选择出身和人生的能力与权利。夺走他人的“记忆”，再用“蚀”进行再现，将其变成自己的东西——人生可以选择，只要全部重新选择就好。

幸福的家庭、温柔的父母、富庶的生活环境、优秀的朋友、命运中的伴侣……这些只不过是“似曾相识的幸福”。

这些都不是鲁伊想要的，她探寻的是最棒的人生。

鲁伊·阿内芙寻找的是最棒的人生，一直在寻找。

——因此，在了解到菜月昴后，鲁伊心动不已。

“你刚刚对我做了什么，鲁伊·阿内芙？”

“哎？”

听到不可能出现的声音，鲁伊这才第一次看向菜月昴。

有人闯入“记忆回廊”——鲁伊·阿内芙的结界中，就已经够令她震惊了。可更让她心惊的是，她吞噬掉的“记忆”带来了疼痛感。

在哥哥吃掉的“记忆”中，有一个对“记忆”主人怀有强烈情谊的人。所以，她像“记忆”中的少女一样，甜美地呼唤那个人的名字，镇压了激动的他。然后，她怀着心痛欲裂的爱意，舔舐、享用了他的“名字”和“记忆”。

实际上进食十分顺利，鲁伊的确吃下了他的“记忆”，然而……

“大哥哥，你还记得咱们？”

为什么“记忆”都已经被吃掉了，他还能若无其事？

为什么他还在用那双可恶的眼睛瞪着鲁伊？

为什么鲁伊明明如此惊慌，却还是心动不已？

为什么？为什么？为什么？为什么？为什么……

“哎——”

为了寻找眼前事态的答案，鲁伊搜寻起刚刚获得的“记忆”深处，立刻遭受到了难以言喻的巨大冲击。

“为什么大哥哥会有死掉的记忆？不，不仅如此。不止如此，大哥哥。有死掉的‘记忆’是很奇怪，十分奇怪。话虽如此，这也太奇怪了。因为……我们明明不记得自己杀死过大哥哥，但在吃掉的‘记忆’里，我们却把大哥哥杀死了！”

这是不可能发生的诡异paradox（悖论）。

啊，或许是受菜月昴“记忆”的影响吧，鲁伊知道了许多原本不知道的语言，repertory（拿手好戏）增加了。这是paradox。

在paradox引起的emergency（紧急事态）中，薛定谔、麦克斯韦、爱因斯坦、尼古拉·特斯拉……

“这是什么?!这到底是什么?!记忆可不是妄想！‘灵魂’上附着的积淀，是不会因个人意愿而扭曲的！所以！这就是大哥哥看见的世界！这就是大哥哥的历史……是只属于大哥哥自己的故事！”

鲁伊用手指梳理着自己的金色长发，燃起一股猛烈的冲动。

世上竟然会出现这种超出常理的事情!

“大哥哥，你莫非和我们一样，也是大罪司教吗？你看！你‘记忆’里的培提奇乌斯也说过！他感受到了因子！大罪的席位已经坐满了，所以大哥哥是‘傲慢’……咦，那不是我的位置吗?!”

鲁伊揉了揉自己的太阳穴，对“记忆”敲骨吸髓。

难以置信。不敢相信。她如果不是“暴食”，一定无法相信。

正因为鲁伊能共享同一份“记忆”，她只能相信菜月昴的旅途——不是信不信的问题，那就是事实。

而现在，这已经是鲁伊·阿内芙自己的人生旅程了。

“哇，好厉害！真的死了！好惨！无能为力！数不胜数！好狡猾，好狡猾，好狡猾……嗯，太棒了！这……这就是‘死’!!”

他竟然有绝不可能存在的“死”后的记忆。它与临终体验那种不值钱的试验截然不同，意味着魂飞魄散、生命陨落、呼吸断绝，是会真实发生的终幕……

“‘死亡回归’。”

鲁伊呼唤着在自己心中萌芽的“记忆”中最核心的精粹。

“死”原本只有一次，无法刻在灵魂当中，菜月昴却体验了好几次，并将其精华沉淀、积攒了下来。因此，他才能克服至今为止的所有苦难。

“想要——”

为什么菜月昴能到达“记忆回廊”呢？

为什么菜月昴不受“暴食”的权能的影响呢？

这些疑问在能超越“死”的强大能力面前宛如纸屑一般，毫无价值。

——鲁伊·阿内芙在探寻最棒的人生。

在享用过无数人生后，她得出结论：最棒的人生不是富裕的人生，不是为人所爱的人生，也不是拥有崇高地位的人生，而是“随心所欲”的人生。

一切的一切，都会按照自己的信念、期待和愿望如期发生。

没有任何失败，没有任何残缺，没有任何荒谬，完美的世界——她一直都在寻找创造这个世界的方法。她在心中思考了许久，如今终于找到了答案。

“‘死亡回归’。”

只要拥有这个，就能避开讨厌的事情，还有失败了。

只要知道未来会发生什么，就可以积极应对了。只要知道自己会遇到怎样的失败、无理、残缺……

“我们就能拥有最棒的人生了！啊，该怎么办才好？要怎么样才能夺过来呢？如果大哥哥的‘死亡回归’属于权能，那就没法仅靠进食夺过来。不同于那些粘在‘记忆’和‘名字’上的东西，魔女因子是和奥多·拉格纳对等之物啊！没办法简单剥离下来！所以……”

要想夺取权能，就必须连魔女因子一同夺走才行。然而，鲁伊不知道夺取魔女因子的方法。至今为止，她从未想过要夺取其他大罪司教的权能，连碰都不想碰那些家伙。

“等等！大哥哥好像能使用被他击败的培提奇乌斯拥有的权能啊……”

“记忆”中的“不可见之手”虽然比原本变弱了许多，但毋庸置疑这是培提奇乌斯的能力，正是菜月昴体内拥有复数权能和复数魔女因子的证据。

只要将积蓄魔女因子的力量同菜月昴一起夺取过来……

“咱们就能过上属于自己的人生了！哈哈，你说这不是那么好的东西？别说笑了！拥有的人哪里会懂得不曾拥有之人的心情！幸福的人也无法知晓他人的不幸！”

鲁伊早就受够这套老掉牙的刺耳说辞了。不论说得怎样好听，都无法更改菜月昴利用了“死亡回归”的事实。这种双重标准，她根本不屑一听。

重要的只有一件事，那便是要如何夺取菜月昴拥有的“死亡回归”的权能……

“不，不是这样。我们不是为了这个。”

鲁伊猛地一拍手，为自己的灵机一动喝彩。不知不觉间，自己把手段和目的搞混了，这可是大错特错的事情。她是想要“死亡回归”，可她是想利用它过上最棒的精彩人生，并不是为了夺取菜月昴的权能。

大罪司教当久了，就很容易被这种危险的固有观念困住，这样会吃大亏。

事情很简单。目的不是夺取，而是获得的话……

“咱们只要变身就好啦。也就是说，我们只要变成大哥哥就好啦。咱们只要变成大哥哥，再用‘暴食’的权能把他吃掉……就可以将大哥哥连同魔女因子一起收入囊中。”

鲁伊说着，用手挠了挠脸，然后胡乱扯了起来。她不是在卖萌，而是在狠狠地自残，将自己一分为二。

“三大魔兽啊，是距我们很久以前，魔女因子的主人创造出来的怪物。咱们也能做到类似的事情。之前没做，只是因为没有意义不想做而已……只要我们想，就没有做不到的事。”

这是可能性的怪物。

这是诞生前，纯洁无垢的可能性。

这是从今往后，命中注定能过上最棒人生的东西。

“这就是我们。”

鲁伊慢慢编织的话语渐渐重叠在一起，响彻空间。

会听到两个同样的声音，并非什么幻听或者错听。正如看到的一样，这里有两个同样的声音、同样的语气、同样的人。

“大哥哥的‘记忆’真让人大吃一惊。是叫Arneb，即天兔座，对吧？没想到，大兔竟然也是大哥哥消灭的。”

“不过，这样大哥哥就没有什么惊喜感了吧？可爱的小鲁伊增加了，大哥哥高兴吗？不高兴吗？没感觉啊。原来大哥哥不会对小孩子产生欲望。哼，这样吗？”

看着眼前目瞪口呆的少年，鲁伊和与自己长相一般无二的“鲁伊”勾肩搭背站在一起。

这里是“记忆回廊”，是与现实隔绝之地。而且鲁伊也不具有肉体，只是魔女因子和“灵魂”的结合。所以，她才能做到这件事——剥离自己一部分的“灵魂”，将自己一分为二。

因为害怕丧失自我，莱伊和罗伊不敢用“日食”这么做吧。增加自己，是只有自我意识淡薄的鲁伊才敢尝试的胡来之举。也只有能做到这件事的鲁伊，才可能得到“死亡回归”。

身为魔女因子容器的少年似乎在说些什么。

看着这个少年，鲁伊心中涌起一股怜爱之情，与“死亡回归”带来的魅力感不同。因为这种感觉实在太烦人了，所以她放弃了造成这种感觉的“记忆”。

她将其从自己的“灵魂”中剥离，将这件现在无用的“记忆”敝屣抛弃——不是现在，应该说早就无用了。

所有的“记忆”，都只是寻找最棒人生旅途中的过眼云烟罢了。如今，鲁伊·阿内芙终于到达了自己的最终目的地。

“只要咱们想，就没有做不到的事。”

先从内部侵蚀菜月昴，再从外侧将被侵蚀的菜月昴吃干抹净，这样一来，鲁伊·阿内芙便能得到菜月昴了。

“你■■会■■的。”

直到最后的最后，这个容器还在垂死挣扎地说着什么。

鲁伊无视了他的话，将灵魂的积淀舔舐一空，完全继承了他的“记忆”。随后，她与忘掉一切、内里已空无一物的容器同步活动，为再次夺取他的记忆做起准备——一切，都是为了至高无上的体验。

看着出现在自己幸福路上的这道绝味大菜，鲁伊已经迫不及待了……

2

“怎么样？你看到自己想看的东西了吗，鲁伊·阿内芙？”

“哎？”

突然有人对她说话，鲁伊这才清醒过来，睁大了双眼。她眨了眨眼睛，确认自己所处的位置。白色的世界、白色的地板、白色的天空，还有在白色空间中呆若木鸡的自己。她茫然地摸着自己的脸，一遍遍地确认触感。

虽然现场没有镜子，无法用眼睛确认，但触感告诉鲁伊这毫无疑问是她自己的脸。毕竟这里没有娱乐项目，她每天能触碰到的便只有自己的脸和身体了。

所以，鲁伊一下子就摸出这是自己的脸形、自己的身体。

“你看到自己想看的东西了吗？”

鲁伊慢慢地、愣愣地摸着自己的身体。等到她的动作告一段落，同一个问题再次抛来。她抬起头，看着对面那个留着黑色短发、身长腿短，拥有一双锐利三白眼的普通少年。

他的名字叫作菜月昴，是直到刚才都和鲁伊融为一体的人。

“啊——”

同时，他也是拥有“死亡回归”的权能，超乎鲁伊想象的噩梦。

“不要啊啊啊啊啊啊啊啊啊啊啊!!”

鲁伊高声尖呼，竭尽全力地尖呼。否则，她一定会被恐惧、威胁和绝望压倒，会被无穷无尽的“死”之循环的疯狂侵染。

“不想死！咱们不想死！不要，不要不要不要不要不要不要不要不要不要不要不要！不要！不要！”

鲁伊抱着头趴在地上，声嘶力竭地呼喊。与那个人融为一体后，她体验、品尝到了“死”。通过与“死亡回归”的“灵魂”相融，她实际体验了连时间也能回溯的“死亡回归”。

她体验到了自己渴望的新鲜冲击。她一直都想知道，“死”到底是一种怎样的滋味。即便“死”并非如她期待的那般美妙，但能获得“死亡回归”的权能，拥有人生重来的权利，也足以令她满意了。

她曾经是这么想，直到她亲身体会过“死”的滋味。

“这种事情……这种事情根本就没法承受！这样的痛苦，还有丧失感，根本就无法承受！不行！不行不行！绝对不行！不要！”

从未有一次的死亡是轻松的。

从未有一次觉得“死”是甘美的。

从未有一次是自己心甘情愿去死的。

而菜月昴一次次重来，体验了二十多次。

“根本没有人能承受这种事情！怪物！你这个怪物！”

做不到。不可能做到。

鲁伊吞噬了许多人的人生，将所有“灵魂”踏在脚下，寻找自己的人生。她相信，自己有这样的权利和特权。所以，她向菜月昴的“灵魂”伸出了手——结果，她天真的■很快便破碎了。

这是为什么呢……

“人类的心灵根本承受不了自己的死亡!!”

我们想要幸福。

我们想要幸福。我们想要幸福。我们想要幸福。我们想要幸福。

我们想要幸福。我们想要幸福。我们想要幸福——是曾经想要。

我们曾经想要幸福。

这是鲁伊·阿内芙一直以来的心愿。为了获得最棒的人生，她拥有使用能力践踏一切的权利。因为毫不怀疑地坚信这一点，她才能一直走到今天。可现在、现在、现在，这个前提崩塌了。

我们曾经想要幸福。然而现在，愿望已经不一样了。

“我们不想死。”

我们不想死。

我们不想死。我们不想死。我们不想死。

我们不想死。我们不想死。我们不想死。我们不想死。我们不想死。我们不想死。我们不想死。我们不想死。我们不想死。我们不想死。我们不想死。我们不想死。我们不想死。我们不想死。我们不想死。我们不想死。我们不想死。我们不想死。我们不想死。我们不想死……

“所以，在你打算吃掉我的时候，我就已经警告过你了。”

鲁伊满心抗拒，抱头蹲在地上不肯抬起来，努力保护自己。在她的头顶，飘来了这么一句话。她完全不想听，害怕听到声音。但是，不听的话，她又会为不知道他会说什么而恐惧。

因此，即便恐惧“死”，鲁伊也只能听那个声音继续说道：

“我警告过了——你一定会后悔的。”

3

站在体验过“死亡回归”后抱头痛哭的少女面前，昴一直盯着自己的手掌。被骂作怪物，他一点儿都不伤心。脑子有病，一般人根本就承受不了——少女发泄的话语，他也可以理解。

昴自己也明白，能经历这么多的“死”，非同寻常。只是因为心里想着重要的人，他才能一直咬牙坚持下来。

“是啊，我真厉害，菜月昴。”

他握紧一直盯着的手掌，发自内心地“自卖自夸”起来。

他曾经开玩笑似的称赞过自己，也曾经为了安慰或者鼓舞自己利用过这样的言语。然而，现在的“自卖自夸”与那些不同，来源于菜月昴至今为止的记忆和实际感受，是对至今为止走过的旅途十分客观的自我称赞。

“真是的。没想到我这么了不起啊。”

而这句话，也是对失去记忆后回到异世界召唤的起点，通过阅读“死者之书”走到这一步的“菜月昴”的评价。

在对异世界一无所知的状况下开始，“菜月昴”体验了足有一年份的“死”，才终于完成了和昴的融合……

“梅莉的事，还有夏乌拉的事，都多亏你了。接下来就交给我吧。”

昴要拯救谋杀成为习惯、未来被黑暗封闭的梅莉；要拯救终于从四百年的苦等中解放出来，想要一直幸福下去的夏乌拉。

“我也给拉姆和由里乌斯添麻烦了。他们两个还真是了不起啊。”

拉姆一直能找出最优的解决之道，思虑深远，比任何人都可靠；由里乌斯失去了内心的依靠，却仍然坚定信念，握紧手中的剑。

“我又给碧翠丝，以及艾姬多娜添麻烦了。真是的，我这种家伙……”

碧翠丝奋不顾身地支持着昴，比任何人都更早发现他内心的极限；艾姬多娜将失忆的昴看作是最大的危险，却依然接纳了他。

然后，哪怕失去记忆，哪怕重来多少次，我果然还是会被你吸引，无法抗拒地想留在你身边，根本没有其他选择。我对你的心意——

“E·M·T。”

昴用怜爱、安心的口吻说道，抬起了头。

“喂。”

接着，他呼唤依然捂着脸颤抖不已的鲁伊。

“呀！”

“你害怕过头了吧……”

看到她因为一声呼唤就怕成这样，昴挠了挠脸。

外表堪称是幼小的少女，因为恐惧而颤抖不已，露出一副抗拒整个世界的模样。这副样子会引起人的保护欲，真是与生俱来的魔性。难道说，这便是被迫磨炼出来的纯洁无瑕的结晶？而不谙世事的鲁伊·阿内芙，还只是一个刚刚出生的赤子？

“鲁伊·阿内芙，你输了。”

然而，菜月昴绝不会放过如婴儿般啼哭的鲁伊·阿内芙。

当面听到毫不留情的宣告，鲁伊震惊万分。如同一滴墨水滴在白纸上一样，她的眼睛立刻被恐惧充斥。可是，昴的心却如同平静的海面，古井无波。

并非所有的事情都能用无知者无罪敷衍，而鲁伊和她的兄弟们，更是犯下了罄竹难书的累累罪行。

她并非没有学习的条件。她通过别人的“记忆”，接触他人的喜怒哀乐和好恶，完全有机会学习良知和慈爱。但是，她从中学到的，只有发泄自己漆黑欲望的丑陋方法。

或许是因为老师不好吧，她的哥哥们是她人生的坏榜样。不过，从未想过迷途知返，则是她自己的决定。

“如果你化作我的一部分，大概也知道吧。你们……大罪司教的名号，与七宗罪相通。这‘七宗罪’可是‘中二病们’最爱的浪漫，但与其相对的还有‘七美德’。”

七宗罪是“傲慢”“愤怒”“嫉妒”“怠惰”“强欲”“暴食”“色欲”，而七美德是“智慧”“勇气”“正义”“希望”“节制”“信仰”“慈爱”。如果说七宗罪是人生中难以割舍的宿业，那么七美德便是负罪之人为了与他人共生，绝不能忘记的契约。

正因为彼此都能尊重这个契约，人们才能共同生活。

“然而，你们……你违反了这个契约。”

因此鲁伊·阿内芙还有大罪司教，是无法被原谅的大恶人。

“鲁伊·阿内芙，你输了。你就老实认输，把所有人都解放出来吧。”

昴向畏缩的鲁伊·阿内芙要求道。面对这个体会过“死亡回归”，感受到灵魂被冰冻般绝望的少女，他毫不留情。

“你说过，你们只要想，就没有做不到的事情。那么……”

由于自负和自尊心，她甚至能将自己连同魔女因子一分为二。既然她能做到这点，那消除自己权能的效果，也并不是不可能之事。只要能做到这点，或许就能把失去“记忆”和“名字”的人们，把雷姆夺回来了。

“把你至今为止吃掉的人全部释放。”昴坚定地要求道。

“然后呢？”鲁伊简短反问。

她颓然坐在白色地板上，抱着自己的膝盖，散落在地板上的长长金发包裹着她的身体。她透过头发的缝隙看向昴，眼中蕴含的满是恐惧。

“把你吃掉的人们全部释放。只要‘名字’回来，已经死去的人们就能恢复名誉，还活着的人们也能和家人团聚。只要你愿意这么做，我就……”

“放过我？不可能！绝不可能！”

“什……”

“大哥哥会放过我们？不可能！大哥哥一定会消灭敌人！体无完肤地消灭！落花流水般地消灭！完美通关！大哥哥能做到！所以大哥哥不可能不这么做！没有理由不这么做！”

鲁伊像听到最好笑的笑话一样，情感一下子爆发，打破了沉寂。

“吐出吃掉的东西？绝对不要！因为这是咱们的生命线！没有这些，大哥哥一定会杀了我们！大哥哥说反了！完全反了！我们为了活下去，一定不能还给大哥哥……绝对不行！”

鲁伊的情感爆发是合理的。她的嬉笑怒骂，所有表情都染上了恐惧的色彩。

她迸发的全部感情，都源自“恐惧”。

不论最开始是喜、是怒、是悲，全部一样。既然一切都会走向恐惧，那是喜、是怒、是悲又有什么意义呢？

昴十分明白鲁伊为什么会如此抗拒。她如今被卷入疑神疑鬼的暴风雨中，只想诅咒全世界，早已动弹不得。

这是菜月昴也曾体验过的，名为“自己”的地狱。

而帮助昴从这个地狱中脱身的，一定是那个握住昴的手的人，是她的温暖让昴不再逃避。

她是这个异世界里，第一个拯救昴的身心的银发少女；是即使昴被一切背叛，也会义无反顾地守护昴的礼服少女；是会温柔地抚慰自暴自弃的昴的蓝发少女。

这便是菜月昴没有被困于地狱当中的原因。

然而，眼前沉浸于恐惧中的鲁伊·阿内芙，并没有这种心灵的港湾。

俗话说得好，人无法独自生存。所以，要想将被困在“恐惧”之中的她拯救出来，就必须有人向她伸出援手。

就像别人曾经对昴做的一样，向她伸出援手。

可是……

“我不会救你。”

昴不会向鲁伊·阿内芙伸出援手。

大罪司教犯下了无法原谅的罪行，这便是菜月昴的结论。

“我不会救你，也不认为你可怜。”

“噫！”

鲁伊睁大的眼睛中，充满了对昴的恐惧。

如今，能理解她的恐惧之情的只有昴一人，他正是她恐惧的原因。即是说，她的迷宫是绝对无法破解的。

当这种恐惧达到顶点时，鲁伊对昴的拒绝终于爆发了。

“已经，已经……受不了了！”

“这是——”

在昴的视野中，白色渐渐扭曲，“记忆回廊”开始发生变化。世界察觉到异物，准备一点点将他挤出去。最终，昴自身也开始摇荡……

“一秒都不想和大哥哥一起待下去了！从生理上接受不了！生命上接受不了！命运上接受不了！所以，消失吧！还是由哥哥和兄长大人来吃大哥哥吧！他们谁爱吃谁吃！咱们不要！”

面对恐惧的源泉，这是鲁伊能做到的最优选择。她打算将昴抽出，从这个世界里排除出去。昴无力阻止，渐渐失去依托，地面也变得模糊，他的“灵魂”被渐渐从这个白色世界剥离。

“你既然讨厌我……只要自己做出决断……”

“不听！准备杀我们也没用！大哥哥是想用‘死亡回归’惩罚咱们吧！我们不会让你这么做的！哥哥和兄长大人一定会吃掉你的！到时候，就是我们赢了!!”

鲁伊龇牙咧嘴地看着还在抵抗的昴。看来她不会改变心意了。理解到这一点，昴长叹一口气。接着，他用那双黑眼睛目光灼灼地看向鲁伊。

“噫——”

“既然你的兄弟是你最后的救命稻草，那我明白了——我会折断你的救命稻草，让你赎罪的。等着吧，鲁伊·阿内芙。”

他指着恐惧发抖的鲁伊，继续说：

“你必须自己去承受讨厌的事和痛苦的事——不要逃避自己的‘记忆’。”

耻辱和悔恨，都是塑造自己的必要“记忆”。这些全部是菜月昴本人的精神食粮，这些记忆成就了菜月昴，让他可以经历无数次“死”，走到今天。

如果问菜月昴为何这样强大，那正是这些耻辱和悔恨让他

成长起来。

“话虽如此，但这种羞耻还是算了吧。”

昴的视野迅速发白，心声也渐渐远离。然后，“记忆回廊”消失了……

4

恐怖的人终于离开“记忆回廊”，鲁伊·阿内芙颤抖着，长长地松了口气，看来自己还活着。

“为什么……”

鲁伊不知道这是否正常。体验“死亡回归”前后，她对菜月昴的认识截然不同。她无法理解，也无法掌握，还无法夺走可怕怪物掌握的全部情报。

说起来，为什么无法掠夺他所谓的“异世界召唤”前的“记忆”呢？

“暴食”的权能应该能夺走对方从出生至今的全部“记忆”。可是，鲁伊却只得到了那人一年多的记忆。简直像是奥多·拉格纳厌恶那之前的“记忆”，又或者……

“喂喂，事情有些不对吧？”

突然，应该只剩自己一人的“记忆回廊”中传来了一声呼唤。鲁伊愕然回首，然后立刻明白了过来。

出现在她视线前方的是……

“咱们……”

“没错，是我们。是抽到了下下签，只能在这里苦等的咱们。为了体验大哥哥的最棒人生，有好好完成事前准备吗？”

正言笑晏晏地和鲁伊说话的，是和鲁伊一模一样的人——“鲁伊”。

原本一体的“灵魂”连同魔女因子被一分为二，二人既是同一个人，又是独立的个体——确切来说，就是另一个自己。

作为另一个自己的“鲁伊”与鲁伊的不同，便在于她没有那个体验。所以，看着这个轻松嗤笑的“鲁伊”，鲁伊感到有些微妙的疏远。

“怎么了，我们？为什么摆出这副表情？而且，大哥哥呢？你在这里，就表示他又进入‘死者之书’了吧？喂喂喂，有好好达成目的吧？虽然这边失败了，但咱们应该有好好完成任务吧？厉害厉害，出色地潜入进去了啊。大哥哥完全没有注意到呢，自己体内竟然还有我们！”

“鲁伊”拍着手，叽叽喳喳地回想起那场禁忌的相会。

毋庸置疑，鲁伊也知道这件事情。

那人想从雷德·阿斯特雷亚的“死者之书”中，寻找攻略这个暴虐剑士的方法，然后便连接到了“记忆回廊”。这时，“鲁伊”再次接触了失忆的那人，想趁机将那人连同身为魔女因子的鲁伊一起吞噬。

不过，因为受到本应吃掉的“记忆”的反抗，这个计划失败了。

如今想想，要是没有那个介入，现在鲁伊便已经和那人融为一体了，和那人……

“喂喂，怎么啦，咱们！再多告诉我们一点嘛！我们看到了吧？听到了吧？闻到了吧？碰到了吧？尝到了吧？菜月昴的权能！”

“不要说那人的名字!!”

“鲁伊”语气轻浮地说个不停，朝鲁伊伸出了手。就在胳膊即将碰到自己肩膀的瞬间，鲁伊激动地挥开了身为自己半身的手。

“啊？”

当然，“鲁伊”不会理解自己被半身抗拒的原因，露出了困惑的神色。

鲁伊已经没有顾虑“鲁伊”反应的精力了，抱住自己险些被“外人”碰到的肩膀，厌恶地摇着头，不断后退。

“不要！不要不要！别碰我们！别过来！”

鲁伊很害怕。她害怕眼前这个和自己长得一样，拥有和自己同样经历的“鲁伊”。明明分裂自同一个“灵魂”，可如今，她对鲁伊而言已经是外人了。

外人不知道会做些什么，鲁伊必须要保护自己才行。

她可能会导致鲁伊的死，可能会成为杀死鲁伊的外因——鲁伊不想死。

“别过来！别过来别过来别过来别过来！别过来！别碰我们！”

鲁伊抱着自己的身体，只能做出与那人对峙时同样的反应。

看着连连否定和拒绝的鲁伊，“鲁伊”目瞪口呆。

“啊？说什么呢？”

面对鲁伊的抗拒，“鲁伊”握紧被挥开的手，俯视着鲁伊，咬牙切齿地嘶吼：

“什么啊？什么啊什么啊，到底在说什么呢？到底在说什么，到底是什么意思，到底有什么打算，喂?!”

“噫！”

“不对吧！到底怎么了，我们?!怎么回事！这个反应和态度！说啊！”

激动的“鲁伊”走向畏缩的鲁伊。她走到失声的鲁伊跟前蹲下，揪起瘫坐在地的半身的头发，让鲁伊抬起头来。一模一样的两人在呼吸可闻的至近距离处对视着。

“好奇怪。好奇怪，好奇怪，好奇怪，好奇怪，好奇怪，好奇怪，好奇怪，太奇怪了，实在太奇怪了!!作战怎样了？计划应该很顺利吧？计划是潜入空无一物的大哥哥体内，再伺机捣乱吧？很顺利吧！大哥哥可是个胆小鬼啊！已经相信自己和‘菜月昴’是最相似的外人了！”

听着“鲁伊”口中的计划，鲁伊没有告诉她任何进展。

确实，鲁伊和“鲁伊”的计划进展得十分顺利。鲁伊在昴的体内体验了“死亡回归”，也趁机捣乱，促成了昴和“菜月昴”的分裂。接着，便只需要留在“记忆回廊”的“鲁伊”吃掉与“菜月昴”分道扬镳的昴，就能将权能拿到手。现在只剩这最后一步了。

“就算不成功，我们也要继续几十次、几百次！我们不是约好了，在得到‘死亡回归’之前，要不停地挑战吗？遇到一点小挫折就这样，太不像话了！只要再夺走大哥哥的‘记忆’，重新开始就好啦。我们来交换一下任务，一次次挑战吧！失败是可以避免的啊！”

作为魔女因子与昴同化的一方，以及在“记忆回廊”中待机的另一方，她们原本的计划是通过交换任务，不断进行挑战，即使失败也不会放弃，直到完全夺得权能。

可是……

“可是，为什么要拒绝咱们啊！”

“不要啊啊啊啊!!”

“哇啊！”

“鲁伊”情不自禁地加重了手上抓头发的力道，让鲁伊因为疼痛和恐惧发出悲鸣。鲁伊推了一把眼前的“鲁伊”，半身惨叫着摔倒在地上。

二人彼此怀疑，看着对方，白色世界陷入了尴尬的沉默中。

接着，就在鲁伊无话可说时，“鲁伊”瞪大了眼睛，说道：

“难道……你准备独占权能吗？顺利得到‘死亡回归’后，迅速让大哥哥消失，想要自己独享吗？甚至连我们都要抛下。”

“不，不是的！”

见“鲁伊”渐渐从惊诧和僵硬中生出了可怕的怀疑，鲁伊连忙喊道。这种事情绝不可能，不可能发生。她根本就没想过要独占那种东西。

那种东西，鲁伊只想把它丢得远远的。可惜，她做不到。因为这不是别的，是“鲁伊·阿内芙”的“记忆”。

自己的“记忆”是无法消除的，夺不走，也无法替换。

恰巧就是不久前，那人告诫鲁伊的内容。

“你必须自己去承受讨厌的事和痛苦的事——不要逃避自己的‘记忆’。”

自己亲历的经验和路程是无法消除的，那是产生于鲁伊自身，属于“鲁伊·阿内芙”的历史。

“别开玩笑了！我们怎么会允许这种事情发生！”

曾经我们想要幸福，曾想拥有只属于自己的幸福人生。

然而，以出乎意料的方式获得的自己的人生，却将鲁伊的■——“心”砸得粉碎，让她遍体鳞伤。

鲁伊对心伤和磨损的恐惧，“鲁伊”是无法理解的。

“咱们获得幸福的方法，岂能让你独占！”

“不对！不对不对不对不对！不是这样的！不是这样的！”

“才不会信呢！没想到，会遭到我们的背叛！真不愧是咱们！是啊。理解理解。嗯，能理解，我们！”

“鲁伊”瞬间跳起，在贫瘠的胸前两手相合。她露出灿烂的笑容，瞥了一眼带着哭腔拒绝的鲁伊，说道：

“真没想到，竟然会遭到咱们的陷害。如果获得‘死亡回

归’的我们这么做，不论怎么挣扎，咱们也没有胜利的希望！厉害！真亏我们能想到！”

“不想死！我们不想死！不想死不想死！”

“别再撒这种显而易见的谎了！不想死？为什么？为什么？不要的话就给我们吧！这是肮脏的独占欲……一点都不像咱们！”

“鲁伊”开口否定了二人是同一个个体。

这时，鲁伊仿佛听到心中传来清脆的破碎声。到底是什么碎掉了呢，鲁伊想不明白。虽然如此……

“菜月昴是我们的东西。你这个小偷！”

“鲁伊”明明不知道那人的真实情况，却在那儿自以为是地说着。

明明只有自己真正理解那人，“鲁伊”却在那儿自说自话。

理解那人的，只有自己。

“能理解菜月昴的只有咱们，这个笨女人。”

那人是恐怖的，那人是可怕的，那人是可恨的，所以……

“给咱们尝一口!!”

“鲁伊”扑来，打算夺走鲁伊的根基——“记忆”。

交出这个，意味着鲁伊·阿内芙的“死”，即意味着那人看到的世界。

“啊啊啊啊啊啊啊！”

呼喊。呼喊。呼喊。呼喊。呼喊。呼喊。

呼喊着，呼喊着，胡乱地呼喊着，不停地呼喊着——

“我们不想死——”

无比悲壮、毫无意义的争斗，在“记忆回廊”中开始了。

一场没有胜者的争斗开始，又旋即结束。

5

“寒冰烙印艺术!!”

话音刚落，爱蜜莉雅便稳稳握住掌中生成的道具，然后用力挥出。从她的双手生出一对寒冰长剑，其锋利程度远在一般凡铁之上。

虽然她才开始练习剑术，但她一直很擅长运动，而剑术正是运动的延伸。她挥舞着长剑，封住对手的退路，准备随时给予对手致命一击。

不过……

“哈哈哈哈！好厉害！可是，还是、还是、还是、还是碰不到！”

爱蜜莉雅全力展开攻击，而趴在地上游走的敌人，却甩着长发一一回避。

龇牙咧嘴瞪着爱蜜莉雅的敌人，名叫莱伊·巴登凯托斯，是大罪司教“暴食”。

光听到大罪司教的名头，爱蜜莉雅的心中便升起了一股厌恶。她曾在水门都市普利斯提拉和许多大罪司教发生了冲突，与他们一一对决，最后还要收拾他们留下的烂摊子。总之，发生了许多不开心的事情。

其中有很多悲伤，也有很多痛苦。这种影响至今仍然没有消除，也没有办法解决，所以大家才会这么辛苦。

“为什么你们要这么做——”

“为什么？为什么呢？为什么呢？为什么呢？为什么呢？为什么呢？为什么呢？到底是为什么为什么为什么呢！”

对手嬉皮笑脸地说道，从一开始就没打算认真回答问题。

认识到这点，爱蜜莉雅脸色一僵。能对话解决自然最好，但既然对手不予回应，那她也不会手下留情了。

“冰锥战线！”

“哦哦！”

咏唱结束后，在挥舞双剑的爱蜜莉雅身后，响起了空气冻结的声音。空中产生了无数尖锐的冰锥，正在蓄势待发。

见此，莱伊依然从容不迫。他毫无波澜，只是响应冰冻的斗志，开始了攻击。

一息之间释放的冰锥虽然不满百数，可也拥有相当的压迫感。石铺的通道被尽数覆盖，地板、墙壁、天花板上也满是弹痕，冰屑弥漫。冰冻的寒气给所有直击的目标造成了巨大的破坏。

然而……

“不好意思啊，大姐姐。我们已经看够了……倒也不至于，但也早就见过了啊。你看，咱们毕竟是天才，只要是见过一次的攻击，就绝对没法打中我们的！”

莱伊挥舞着固定在双手上的短剑，避开了恐怖的寒冰猛攻，嗤笑道。

见他真的毫发无伤地避开了所有攻击，爱蜜莉雅不禁为他的实力吃了一惊。不过，一次不行的话，那就两次、三次，如果还不行——

“你认为一百次就能赢吗？一千次也碰不到我们哟。”

“那么，我就来一万次！我是不会让你去大家那里的！”

“啊哈哈，这阵势也太大了吧！哎呀，真了不起。”

莱伊以手扶额，发出半是无奈半是恼火的叹息。爱蜜莉雅看着他，屏气凝神，准备兑现自己的话。

刚才的话只是一时兴起，但她真的打算照做。

一百次、一千次、一万次。其他伙伴做不到的事情，就由自己来弥补。

“莱伊·巴登凯托斯!!”

就在爱蜜莉雅即将踏出那一步时，背后的通道中传来了第三人的声音，她不禁停下脚步，循声回过头。转角处一个人影进入了她的视线。

这是一个眼神略显凶恶的黑发少年。他勇敢地冲进战场，看着在通道中战斗的莱伊和爱蜜莉雅。

“啊……”

猛然，爱蜜莉雅心中感到一丝不妙。

她必须说些什么，这一刻却什么都说不出来。她看着跑来的少年，心中各种感情喷涌而出。

只是，在少年看到自己眼中的“迷惘”之前，自己必须要告诉他才行。她连忙开口道：

“这里很危险，快停下！还有，虽然你可能已经不记得我了，但那边是敌人！这里就交给我！哪怕你可能已经不记得我了！”

希望他能将这里交给自己，希望他不要管自己。

至少在这个时刻，要是思考战斗以外的事，她一定会哭出来的。她不想露出懦弱的一面，给大家添麻烦。

即便如此……

“别担心，爱蜜莉雅炭。”

少年跑过来，一上来便唤了她的名字。

仅仅如此，她心中强忍的不安、悲伤、想独自待着的想法，就全部烟消云散了。因为……

“我的名字是菜月昂，是爱蜜莉雅炭的第一骑士。”

“爱蜜莉雅”的内心现在是如此火热，心脏的跳动是如此有力。

The only ability I got in a different world "Returns by Death"
I die again and again to save her.

第四章 Ready Steady Go

Re: 从零开始的异世界生活

Re: Life in a different world from zero

1

在火热的思念助推下，昴全力奔跑，终于看到了那个背影。

见到那个纤细娇柔的身影时，他的心都快要跳出来了。满溢的爱意激荡着他的心灵，他拼尽全力才抑制住自己的兴奋。现在可不是心动而死的时候。

接着，他十分庆幸自己是第一个来的，真是太好了。他早已知道该如何开口，该如何唤她。

更重要的是，他第一句话想和她说什么呢？这句话很快便涌上了嘴边。

“别担心，爱蜜莉雅炭。”

对不起，给你添麻烦，让你担心，让你久等了。

怀着这样的想法，他有些不合时宜地向她露出了微笑。仅仅这一句话，银发少女就明白了一切。

他盯着银发少女，继续他的表演。右手指天，左手叉腰——

“我的名字是菜月昴，是爱蜜莉雅炭的第一骑士。”

听到昴自报名号，爱蜜莉雅眼中的欢喜满溢而出。

单是这样，昴和爱蜜莉雅便理解了相互的处境。即使面临“暴食”权能的威胁，他们也一定会平安无事。

“哈哈哈！大姐姐有些大意了吧！”

看到爱蜜莉雅将全部意识放在昴的身上，愣在原地，在她身后口水直流的莱伊飞扑上来。

莱伊晃动着散乱的焦茶色长发，双手的短剑瞄准了爱蜜莉雅。就在剑刃即将触碰到她脖子的时候，银发少女往下一缩。

“哎？”

“我才不会大意呢!!”

随着一声勇毅的娇喝，爱蜜莉雅的长腿画出一条美丽的弧线。她以下沉的姿势踢出一记后回旋踢，脚跟狠狠地砸在莱伊的脸上。

“呜呀啊啊啊！”

她的脚后跟有冰靴加固，被踢中的那一刹那，莱伊的身体飞了出去。

在这一脚的威力下，莱伊的前牙全部破碎，身体也沿着冰冻的地面滑向通道深处。“嘿！”爱蜜莉雅随即又朝他竖起手掌，生出无数冰锥，毫不留情地向他砸去，成功给予“暴食”巨大伤害。

“赢了！这就是我的诱饵战术与爱蜜莉雅炭可爱杀意的共演……哇?!”

“昴！”

目睹爱蜜莉雅对莱伊的迎击，昴大呼痛快。突然，她朝他扑了过来。

好不容易接住爱蜜莉雅的扑势，昴为她身体的热量和柔软心乱不已。

“哎，爱蜜莉雅炭?!这么突然，吓了我一跳。而且好软，味道好香！你换洗发水了吗?!”

“昴是笨蛋！大笨蛋！我都要担心死了！结果你却……笨蛋！大笨蛋！”

“你也说太多笨蛋了吧！算了，我也实在是无言以对……”

昴看着怀中瞪着自己连连指责的爱蜜莉雅，显得有些尴尬。同时，在这种密切接触的情况下，他的心也一直猛烈跳动，焦躁不已。

“总之，抱歉，让你担心了。不过，我回来了……还是复活了？融合了？反正变成完全体的菜月昴了，别担心。”

昴口若悬河，绞尽脑汁想让爱蜜莉雅放心。看着手忙脚乱的他，爱蜜莉雅眨了眨眼，用手指轻轻地戳了戳他的胸口。

这种感觉酥痒而温柔，昴不禁全身都颤抖起来。

“有好好地融合在一起吗？失忆时的昴也是昴，所以就算昴已经想起了一切，那个短时间里拼尽全力的昴也……”

“嗯，别担心。”

爱蜜莉雅触碰着昴的胸口，吞吞吐吐地确认昴的人生足迹。

由于“记忆”的统合，可以说是融合，亦可以说是消失了的菜月昴的确存在过，而且同伴们也依然记得那个曾和他们推心置腹的菜月昴。

“不论是在我心中，还是在爱蜜莉雅炭的心中，‘我’确实还在。所以，真的不用担心的，爱蜜莉雅炭。”

“嗯……”

“因此，之后就敬请期待完美菜月昴的活跃吧。就让我们以怒涛般的展开中积攒的不满为燃料，一起朝着光辉的未来let’s go！”

“抱歉，我听不懂你在说什么。”

看着昴竖起大拇指露出灿烂的笑容，爱蜜莉雅缓缓地摇了摇头。

这种不配合的态度也十分可爱，昴真想就这样和爱蜜莉雅卿卿我我下去，不管是几天、几小时，还是几分钟。

“还有很多必须处理的问题啊。”

即便菜月昴的自我问题已经解决，监视塔的五大障碍也依然威胁着菜月昴和他愉快、重要的伙伴们，只是一些条件已经发生了变化。

例如，将整座塔完全吞噬，一切化为乌有，象征着时间结束的黑影巨浪，那是之前在“圣域”内也出现过，“嫉妒魔女”

的灾难重现。当时之所以会发生灾难，是因为昴在“墓地”中和艾姬多娜谈话时坦白了“死亡回归”的事情。如果这座塔发生的事情也有同样的条件，那么黑影会将一切破坏殆尽，是由于“死亡回归”的严重外漏。

换言之，便是源于知晓“死亡回归”的鲁伊·阿内芙在昴的体内。

排除掉鲁伊后，昴的体内已经没有她的踪影，所以黑影吞噬普勒阿得斯监视塔的可能性只剩下五成。

考虑到此，昴或许还不能太过乐观。

“爱蜜莉雅炭！我有一个想法！”

“知道了！就按你的想法做吧！”

“我还什么都没说呢?!”

见爱蜜莉雅这么爽快，昴有些震惊。

“没事！昴的想法一定经过了深思熟虑！相比于我自己苦苦思考出来的答案，我还是更加相信昴的想法！”

“啊，可恶！你说得我好开心啊！”

爱蜜莉雅对昴寄予了完全的信任，使得昴的心里一阵酥痒。必须要回应她的期待才行啊，他在心中暗想。挠挠头，他指向冰屑飞舞的通道，说道：

“好了，爱蜜莉雅炭！以防万一，再给那家伙来一下子吧！”

“嘿！”

随着咚的一声巨响，爱蜜莉雅将冰块砸向通道深处。

虽然昴很希望毫不拖泥带水的一击能将莱伊彻底消灭，但实在是希望渺茫。实际上，在定睛细看冰块的落点后，爱蜜莉雅很快发出惊呼：

“啊！昴！刚刚的大罪司教不见了！”

“啧，这家伙真顽强。不过，他肯定不会毫发无损。”

莱伊从冰块落点逃脱，宛如蟑螂一般的顽强让昴烦躁不已。这种见势不妙就直接溜走的果断，与勤勉顽固的培提奇乌斯及不知谦逊为何物的雷格鲁斯大不相同。然而，他肯定没有离开这座塔。

“爱蜜莉雅炭，我们先和大家会合吧，要重新分工才行！如果不让大家人尽其用，是无法突破现在的困境的！”

“嗯！可就这么放走他，真的好吗？”

“说实话，我也很希望刚才能直接消灭他……”

只是既然莱伊已经跑掉了，就很难再抓到他的狐狸尾巴。与其花费宝贵的时间找他，还不如先和伙伴们会合，就权且留他一命吧。

“不用担心，他不会离开这座塔。我把鲁伊……把他妹妹惹哭了，那个自作多情的妹控混蛋是不会善罢甘休的。”

“妹控？”

“喜欢妹妹的意思，就是那些家伙的喜欢有点恶心。”

至少昴在鲁伊身上看不到她对哥哥们的亲情。对此一无所知，还对鲁伊尽心尽力的家伙，便只是可怜的受害者，或者是沉醉于自己身份的角色扮演狂罢了。

不管怎样，只有大罪司教们这种看似不扭曲，实际非常扭曲的心理还是可以相信的。

“懂得随机应变，能灵活处理事情的人，也根本做不成大罪司教吧。”

这便是昴不情不愿地与大罪司教们接触过无数次后给出的评价。他们永远不会认为自己错了，只会固执于自己的哲学，然后以同样的准则要求他人。因此，他们不会承认失败，也绝不会撤退。

为了消灭这些人……

“爱蜜莉雅炭，回到大家那里吧！”

“嗯，明白了！话说回来，大家在哪里呢……”

“通过‘昴航’找到大家，便是我的职责啦。”

菜月昴导航系统——简称“昴航”，能发动“强欲”的权能，搜索分散在塔内的伙伴们。

“狮子心脏”——昴如此称呼这个能感受和重要伙伴之间的牵绊的权能。

这个只能感受伙伴所在之处的权能，目前对昴而言是最有价值的一个。雷格鲁斯拥有这样的权能，却变得那么孤僻，真让人搞不明白他的本性。这也算一种才能了，只会沦为大罪司教的可悲才能……

“算了，现在可不是可怜他的时候……找到了。”

通过权能，昴感受到淡淡的光芒，抬起头来。

在赶忙和爱蜜莉雅会合后，下一步便是和她之前掩护的伙伴们会合。

“首先，来聚齐我可爱的同伴们吧！”

2

根据“狮子心脏”传来的感觉，昴大致把握了普勒阿得斯监视塔中正在发生的事情，例如各个同伴的位置以及身体状况，还有昴和他们之间模糊的距离。同时，昴的心中还感到一股奇妙的躁动。

下意识以“Cor Leonis”命名的这个权能，昴一般用于“昴航”——确认同伴的位置以及与其会合，但这个权能的本领并不止于此。

“Cor Leonis”在拉丁语中是“狮子心脏”的意思，原本指的是狮子座的一等星雷格鲁斯，而“雷格鲁斯”在拉丁语中也有别的意思——

“昴！”

在靠近通道转角时，爱蜜莉雅提前看到对面，叫住了昴。有“雄狮之心”在胸腔跳动的昴，自然明白她的意思。他感受到淡淡的光和温暖，说明那里是分头行动的同伴们……

“贝亚子！”“碧翠丝！”

“昴和不认识的女孩子一起过来了呀?!”

碧翠丝转身看见疾跑过来的昴和爱蜜莉雅，吃了一惊。不过，昴和爱蜜莉雅毫不在意她的惊讶，一起向她扑去。

接着，昴抱起发出悲鸣的小女孩，欢呼道：

“哦哦，贝亚子！贝亚子，你好轻啊！好可爱！好聪明！”

“看啊，碧翠丝！昴全部想起来了！啊，你可能已经不记得我了……没关系，昴还记得我，我真是太开心了！”

“等，等等呀！等等！认识的人和不认识的人一起拥上来，就好像知道的节日和不知道的节日在同一天，贝蒂的心里已经乱成一团了呀！”

在昴和爱蜜莉雅的语言火力交互攻击下，碧翠丝晕头转向。她立马伸出手掌，先是堵住了爱蜜莉雅的嘴。

“昴，你真的全部想起来了？贝蒂的事情，还有和贝蒂的回忆，全部想起来了？”

“啊，没错。别这么不安，我全部想起来了，甚至能捏造没有的记忆，还有我和你之间所有有的没的历史！”

“没有的事就不用捏造啦！真是的！”

碧翠丝被昴举在头顶，她用手夹住近在眼前的脸。看着脸被夹住、嘴巴嘟起来的昴，她长叹了一口气。

“昴一直把贝蒂耍得团团转啊。”

“做一个不会让你无聊的契约者，这就是我们的契约吧。而且你说过，我不是超人……”

“嗯？”

“不过客观来看，我已经足够超人了吧？”

昴朝碧翠丝眨了眨眼，对她笑道。有那么一瞬间，碧翠丝对这个回答目瞪口呆，但很快鼓起了腮帮。

“别得意了呀。”

“让我得意一下吧。我是那种得意才能做好工作的人啊。还有……”

昴把视线转向一边，只见一脸不快的少女——拉姆，她正站在那边，眯着淡红色的眼眸，目光如箭一般射穿了昴的身体。

“啊，姐姐大人？”

“雪融化得还真快啊。雷声大雨点小，真有巴鲁斯的风格。”

“确实，实际上只有一天啊……”

就算被讽刺是雷声大雨点小，昴也只能报以苦笑。

考虑到昴体验的二十次以上的“死”，以及由此受到的精神负荷，实在很难将它当作是区区一天的经历一笑了之。可正因为困难，昴更要一笑了之。这便是菜月昴该做的事情。

“我满血复活啦。我是融雪季节的春男——菜月昴，请多多关照。”

“哈！好啊，随便怎么说。不过，就算慈悲为怀的拉姆准备放过……”

“放过？喂,TUNNELS？！”

“哇呀?!”

就在昴为拉姆意味深远的话感到疑惑时，从死角处攻上来的地龙一尾巴将他连同碧翠丝一起抽飞了。（**注：上文的“TUNNELS”，是日本著名搞笑组合，由石桥贵明和木梨宪武组成。这**

里用作昴被帕特拉修打飞时发出的意义不明的喊叫。）

然后，被抽飞的昴落在一个柔软的地方，原来是提早来到落脚点的爱蜜莉雅接住了他。她微笑着说道：

“呵呵，小帕特拉修看来也很高兴昴能回来呢。”

“这是什么古老的傲娇……哎，也让你担心了，抱歉。”

被爱蜜莉雅接住后，昴起身看向目光锋锐的帕特拉修，回想起爱龙在自己失忆时一如既往的献身精神。

“你真的帮了我很多，我爱你。咦，不像以前那样抽飞我了吗？”

平时要是昴随意说出爱的告白，一定会被身为淑女的帕特拉修惩罚，但这次昴却没有遭遇这样的下场。

“这头地龙还是很清楚你是在开玩笑还是认真的呀。”

碧翠丝代替帕特拉修发表心声，也不知道什么时候他们的关系变得亲近起来。翻译家碧翠丝诞生，看来之后奥托就没什么用了。

帕特拉修还背着固定在鞍上的雷姆。

当然，昴无法从沉睡的她口中听到她为再会而喜悦的话语。不过，看着她的侧脸，昴心中还是升起一股火热的思念。

昴在那个白色世界中被鲁伊的花言巧语欺骗，险些就要落入“暴食”口中时，是她敲醒了昴这个懦夫。就算昴忘了她，她也不会对昴不管不顾。

所以，在跨过总共四十次的“死”后，昴再次回归了。

“哎呀，等以后再感慨吧。总而言之，我的记忆恢复了。我知道大家都很想为我祝贺，但我们还是先处理好现在的情况吧。”昴轻声说道。

“还真自负啊。在那之前，拉姆有话要问。”

“啊，问我吗？”

拉姆朝昴哼了一声，随即看向爱蜜莉雅。拉姆的眼中除了平时的不逊，也有强烈的困惑。

从之前碧翠丝的反应看，爱蜜莉雅和由里乌斯一样，也受到“暴食”的迫害，也许会给爱蜜莉雅造成严重的心理创伤……

“是！我叫爱蜜莉雅，就叫爱蜜莉雅。虽然还有很多话想说，总之，我和碧翠丝、拉姆，都是朝着一个方向努力的家人！现在你只要明白这点就足够了。因为昴还记得我，所以我感觉现在精神百倍。”

爱蜜莉雅举起白皙的手臂向大家展示肌肉，露出并非逞强而是发自内心的无畏的灿烂笑容。

见她竟然还能如此开朗，不只是昴，碧翠丝也傻眼了，甚至就连拉姆都罕见地瞠目结舌起来。

“咦？我说了什么怪话吗？”

爱蜜莉雅困惑道。

“嗯，不是说了怪话，只是觉得你很帅啦。”

昴挠挠脸，答道。随后，拉姆也看向爱蜜莉雅。

“是啊。爱蜜莉雅，对吧？真奇怪，看到你，拉姆脑袋的一角就感到一阵酥痒……就和雷姆那时一样。”

“这是……”

“看来是忘了你之后，大脑中的空洞难以弥补吧。真难想象，除了雷姆之外，拉姆身边竟然还有这样的人。”

拉姆眯起眼睛，感慨道。听她这么说，昴产生了一种不合时宜的感动。

虽然拉姆一直嘴上不饶人，但她和爱蜜莉雅的关系十分亲近，就连旁观的昴也看得十分清楚。如今这段回忆被人夺走，拉姆会感觉诧异也不奇怪。不过……

“看到你，拉姆所感受到的这股头疼证明了你和拉姆的关系。所以，你就放心吧——拉姆最讨厌单方面挨打了。”

“我也一样，一定会对他还以颜色。”

“嗯，亿倍奉还。”

“太多了吧?!”

看着相视一笑的爱蜜莉雅和拉姆，昴心中十分安详。一般来说，“名字”被夺走后，人便会陷入孤独，所有的人际关系都会瓦解。然而，爱蜜莉雅没有向孤独服输，仍然保持了强韧的心灵。所以，瓦解并没有摧毁她和昴、拉姆他们的关系基础。

不仅如此……

“巴鲁斯，说出计策吧。只是回想起忘事的自己，可不能弥补至今为止的失分。”

“我知道啦，你还真敢说啊！”

不用任何解释就愿意配合，真是太好了。这座沙塔制造的绝境根本就等不及众人慢慢积累信任，说明情况，再去解决各个问题。因此……

“就用我们之间的友情，打破邪恶三兄妹的大胃王祭典吧。”

“嗯！”“当然了！”“哼！”

昴向反应各异的三人深深颔首，然后……

“虽然回答很零散，但我总算有一种回家的感觉了！”

3

“听好了，现在这座塔的情况很严重，就像是奥赛罗的四个角都被对手夺走了。”

“真是糟透了……”

昴竖起一根手指，神秘兮兮地开始说明。听到昴的解释，拉姆、爱蜜莉雅、碧翠丝的脸色全部严肃起来。

“奥赛罗”——或许还是“黑白棋”这个名字更加耳熟能详吧。这是使用黑白两面的棋子，在8×8=64格的棋盘上争夺领土的棋盘游戏。

这个游戏很早便由昴传入罗兹瓦尔邸，如今已经在宅邸内卷起一股风潮，尤其深受爱蜜莉雅的喜爱。所以，通过昴的解释，三人很快便理解了问题的严重性。

“四个角都被占了，还真是陷入死地呀……让子也太多了。”

“要是能收复这些角，计无所出的我们或许也能赢……”

“现在已经没人说‘计无所出’啦……”

“昴，再说一遍刚才的话！”

听到昴说出约定的吐槽，爱蜜莉雅顿时兴奋起来。

“等会吧，等会。”

遭到拒绝后，她显得有些失落，昴对此产生了一些罪恶感。只是之前也说了，卿卿我我还是静待之后吧。

现在必须优先打开局面。因此，昴继续说明：

“两个‘暴食’、魔兽暴动，还有——”

“袭击众人的夏乌拉，这便是四角呀。”

听完昴的说明，碧翠丝总结道。爱蜜莉雅和拉姆也都面色复杂地沉默了。也难怪，监视塔正面临前所未有的大问题，甚至连夏乌拉都成了问题之一。

“她早就发过声明，只要打破规则，她就会变成敌人。真麻烦……”

“不过，她还是夏乌拉吧？就不能劝劝她吗？夏乌拉很喜欢昴，如果昴好好和她聊聊……”

“我也想和平解决，但恐怕很难和夏乌拉进行交涉。从某种程度来讲，她喜欢我这件事情不会改变。”

“也就是说，夏乌拉会集中攻击巴鲁斯。能确定攻击目标，也是一件好事。”

夏乌拉也可能只是瞄准了弱小的目标，但昴同意拉姆的看法。相比潜伏在塔中伺机而动，她这样执着地对准昴，昴也更容易设计对策。

“不幸中的万幸是，因为贝亚子的安排，有两个角都已经处置过了。”

就在昴和鲁伊在“记忆回廊”中对决时，聪明可爱的碧翠丝向众人下达了指令，分头对付袭击塔的外敌。

此时，梅莉正在对付魔兽暴动，碧翠丝她们也顺利接到了雷姆。只可惜，众人在路上遇见了莱伊，为他们殿后的爱蜜莉雅被夺走了“名字”……

“没事的。昴还记得我，所以我没问题。尽管昴经常忘记约定，却还是牢牢记住了我的事情，我真的很高兴。”

“咦，为什么我有一种被戳脊梁骨的感觉？”

“看来是你平时的所作所为遭了报应。这女孩看来也很了解昴呀，不过还比不上贝蒂就是了。”

“别吃醋，别吃醋，贝亚子真可爱。”

就在昴沉浸在友爱中时，拉姆唤他道：

“巴鲁斯，正在应对的角有两个，魔兽群有梅莉在处理，另一个呢？”

“是由里乌斯。他正在第二层和敌人交战。”

回答完拉姆，昴按住自己的胸口，将意识下沉到“雄狮之心”中。

通过发动中的“狮子心脏”，昴看到了第二层正在散发激烈热意的光——由里乌斯和雷德之间数不清是第几次的再战，已经开始了。

“决战终究还是无法避免……”

这次指挥同伴们的是碧翠丝，可由里乌斯的对手依然是雷德·阿斯特雷亚。通过这个事实和经验，昴了解到一件事——虽然很让人恼火，但“命运”确实存在。

不论如何都会发生的顽固事实，这便是“命运”。所以，经历过无数次同一时间的昴，确信“命运”的存在。

可是，这种顽固的“命运”，也象征着某种光明。

既然由里乌斯和雷德的对决无法避免——

“吸收了‘暴食’的雷德非同小可，还是交给由里乌斯吧。我们全力对付剩下的三个。”

“这样可以吗，巴鲁斯？”

“你指什么？”

面对拉姆的询问，昴意外地认真反问。

“是吗？”

看到昴的反应，拉姆只是简短地嘟囔了一句，然后回应道：

“巴鲁斯果然是巴鲁斯啊。拉姆也不中用了，竟然只能依赖巴鲁斯的计策。”

“我不太明白，可我知道你在骂我哟。”

“哎？不是，她在夸你啦。拉姆很信赖昴的。呵呵，我也要努力啦。”

“爱蜜莉雅，等会儿拉姆有话要说……”

拉姆不悦地说道。

“是。”爱蜜莉雅听上去有些开心。

可能对爱蜜莉雅来说，不对自己说敬语的拉姆十分新鲜，即使身处如此境地，她依然感到无比开心。在断绝了主仆关系的当下，拉姆应该将爱蜜莉雅看作了朋友或麻烦的妹妹。话又说回来，二人的关系会变成这样，也是因为爱蜜莉雅那异乎寻常的积极心态。

“好了，塔内的情况就总结到这里！接下来，就是把最合适的人安排到最合适的位置。而这个分工工作，正是我菜月昴最擅长的！”

“稀松平常啊……”

“就算普通，也是重要的工作！我这是身为幕后者的大显身手。这是只有我能做到的工作……只有我能做到的事情！这就是我的战斗……痛!!”

“好了，快分配吧。”

拉姆嫌弃昴的前言太长，给了他一记耳光。昴捂着脸，看向三人一龙。

接下来便是真正的总体战了。不论是人还是地龙，都没有差别，更何况平时帕特拉修就比昴更加优秀。

加上新生的超级昴，胜率可以说是翻倍。

“听好，我们要所有人一个不少地赢下来。因为我们……”

“不是为了失去，而是为了挽回才来这座塔的。”

“对。”

昴打了一个响指，朝爱蜜莉雅点点头，重抖精神。

“首先，是‘暴食’莱伊·巴登凯托斯……拉姆，我想拜托给你。”

“当然可以。拉姆一定会将雷姆的仇人碎尸万段。”

听到昴的分配，拉姆摩拳擦掌地表示赞同。可这时，爱蜜莉雅举起了手。

“等等！莱伊是刚刚那人吧？只有拉姆太危险了。因为，拉姆……”

“无角者也有无角者的战斗方式。拉姆也不会鲁莽挑战的。”

“是吗？那你要怎么做？”

“拉姆会保持高度的灵活性，随机应变。”

“这不就是鲁莽的发言吗！算了，我真的有想法。”

先不论拉姆的本心，昴是不会无勇无谋地将拉姆派出去的。

三人闻言，一齐看向昴，只见他闭目凝神。

“‘狮子心脏’。”

然后，他再次驱使起全力运作的权能“雄狮之心”。

他和爱蜜莉雅一起寻找碧翠丝她们会合时，曾感到一股奇妙的疼痛。此刻，他将手伸向了疼痛深处，紧锁门扉的那头。

“Cor Leonis”，在拉丁语中的意思是“狮子心脏”。而“雷格鲁斯（Regulus）”，在拉丁语里——

“意思是‘小国王’。”

这一刻，“强欲”魔女因子的权能觉醒了新的能力。

昴在温暖的心跳中选择了身旁的拉姆，将自己的意识转移到她朦胧而温暖的光上。他运用起不可思议的力量，发誓要支援拉姆的战斗。然后，变化发生了……

4

“巴鲁斯——”

商谈结束后，众人分别前往自己的目的地。这时，拉姆拽住昴的衣领，拉住了他。昴发出仿佛被绞死般的惨叫，但实际上，拉姆并没有用力。

“竟然对我这么体贴，真不像你啊，姐姐大人。”

“观察掌心飞虫的时候，肯定会小心不要太用力吧。这和现在是一回事……可拉姆才不想把飞虫放在掌心呢，好恶心。”

“别自己否定自己啊。”

听着拉姆一如既往地进行数落，昴耸耸肩。在他眼前，拉姆一遍遍张合自己的手掌，确认手感。

她的动作中带着些许困惑。看到一直以来趾高气扬的她竟然露出这副表情，昴感到十分稀奇——能看到这种场景，他身上这股随时都会让他倒下的倦怠感也算是有所回报了。

“权能……真是愚蠢的力量。”

拉姆还在惊愕中。听她这么叹息，昴面露苦笑，因为他也这么觉得。

“无角者”——拉姆身为失去角的鬼族，身体每时每刻都在遭受沉重的负担。即使有着强大的战斗能力，也只能在极短的时间内施展。

只要帮她取消这个限制，拉姆在塔内也能充分发挥出实力。而要想取消这个限制，就要依靠权能的下一级——“小国王”。

“王就是要背负众人的心意啊。”

“狮子心脏”同时拥有“雄狮之心”和“小国王”两个能力。

眼下，昴强烈感受到的身心俱疲，便是拉姆平日里承受的负担。

菜月昴的“狮子心脏”是人民之王，能够分担同伴们的负担。这便是他新觉醒的能力，也表明了他支持同伴的觉悟。

说实话，他现在头好痛，身体也好痛，流淌的血液仿佛变成了剧毒，关节就像灌了铅一样。这就是拉姆的日常世界吗？如果这是开辟未来的前提……

“一边吐血，一边完成准备。”

“笨蛋……不过，如果只有巴鲁斯痛苦，拉姆根本就不会在意。”

“这可是我和姐姐大人的合作。姐姐大人一想到这个，就一刻也不想多待，是吗？”

“是啊。想想就反胃。”

“反胃也太过了吧……”

听完权能的解释后，拉姆就一直一副不爽的模样。看着昴抓头强忍呕吐的样子，她只是一如往常双手抱胸。

“巴鲁斯，拉姆是不会放水的。”

事前就说得这么冷淡，真不愧是拉姆。

毋庸置疑，拉姆战斗起来越是认真，身体负担就会越大。而这些负担，如今全需要昴来承受。

“没问题，千万别放水。你是不是认真，我可是能通过身体的难受程度感知到的。简直就是拷问！”

“拉姆越舒爽，巴鲁斯就越痛苦啊。”

“感觉把核弹按钮交给危险的家伙了。”

看着苦笑的昴，拉姆眯起淡红色的眼睛，和平时一样骂道：“笨蛋。”

至此，昴和拉姆的沟通便全部完成了。虽然想说的话和提醒多如牛毛，但就言尽于此吧。拉姆转身，背对着昴，说道：

“巴鲁斯，请尽量保重。死了的话，可就见不到雷姆了。”

“嗯，我也爱你。”

针对拉姆不坦率的关心，昴也故意开玩笑道。看着她渐渐远去的背影，他也向在通道前等待的爱蜜莉雅她们走去。

“昴，你和拉姆不要紧吧？”

“拉姆一定没事，大概……要是我出了什么馊主意，她不会一言不发的。”

“你还真信赖拉姆呀。”

“我也一样爱你，不，是更加爱你。别闹别扭啦。”

“贝蒂才没闹别扭呢！”碧翠丝气鼓鼓地说道。接着，她朝昴伸出了手，昴随即牵住。看到这一幕，站在他身旁的爱蜜莉雅微微一笑。

“爱蜜莉雅炭？”

“没事。我只是觉得很安心。”

“真巧，其实我也这么觉得。”

爱蜜莉雅的发言毫无根据，却是对昴最大的鼓舞。

与其不安，不如期待；与其交付，不如信任；与其依靠，不如相信。哪怕现在还没有解决任何问题，昴也坚定地说道：

“相信同伴是理所当然的，我也会相信信赖同伴的自己。自从来到这座沙塔，现在是最有希望的时候。”

“这才是贝蒂喜欢的昴啊。”

碧翠丝也得意地笑了。听她这么说，爱蜜莉雅的美丽笑容更加灿烂起来。

“什么呀？”碧翠丝不满道。

见状，爱蜜莉雅摇摇头，说道：

“可能碧翠丝已经不记得了，其实我也是一样的想法。”

5

超越常识的怪力抓住巨兽的后腿，将它猛然甩出，狠狠地砸在地上和墙壁上。巨兽遭受沉重打击，发出直冲霄汉的刺耳惨叫，仿佛无数婴儿在哭泣。

形似半人半马，相貌却更加丑恶的魔兽——饿马王，它的巨大身躯被丢出塔外，从露台上滚落下去。可砸到地上的沙海之王竟然立刻再度站起，鬃毛上喷出火焰。

旋即，白光刺穿了鬃毛喷火的饿马王，在它体内爆炸，无数光剑瞬间将它撕成碎片。哪怕生命力顽强如斯，一旦所有关键内脏遭到破坏，也无法存活。饿马王同样在光面前凄惨战死。

而立下奇功的夏乌拉，并没有结束她的杀戮。

夏乌拉与魔兽战斗的舞台，位于普勒阿得斯监视塔的第四层。虽然露台高度足有数百米，但肋插双翅、翻墙如履平地的魔兽并不在少数。

攀登者们被一一击落，露台渐渐化作一片血海。哪怕消灭了如此多的魔兽，夏乌拉依然没有一点气喘吁吁的迹象。涌上沙塔的魔兽数不胜数，却依然无法攻入塔内，这个现状无疑是她的功劳。

然而，夏乌拉守护的脆弱平衡即将打破。

“夏乌拉！”

“呜啊啊啊！”

同伴高呼夏乌拉的名字，她却没有做出回应，只是挣扎着消灭袭来的飞行魔兽，俏脸痛苦地扭作一团。

血花在空中绽开，魔兽们驻足不敢上前。可击退它们的夏乌拉，样子没有丝毫好转。她抓着自己的脸，两腿痛苦地挣扎。

透过夏乌拉的指缝可以看到，她的黑眼睛已经发生分裂，开始出现血红色的跳动。随着复眼的生成，她身上发生了异变。

“有人破坏了规则……”

夏乌拉以手覆面，痛苦地呻吟道。她仍在不停地击落来犯的魔兽，但动作明显迟钝了起来。

“糟了，她已经到极限了。梅莉！你……”

“如你所见，我光是对付这些飞来的孩子就已经竭尽全力了！要是光溜溜大姐姐无法战斗，防线绝对会人手不足！”

“是啊。这可真是糟了。”

看着夏乌拉的苦战和苦闷，暂居安娜塔西亚身上的艾姬多娜面色严峻，一旁使用加护协助防御的梅莉也是同样神色。

艾姬多娜三人进行的监视塔防卫战中，梅莉拥有“魔操加护”，夏乌拉负责火力输出，不敢使用全力的艾姬多娜基本就是个摆设。

“现在可不是退缩不前的时候啊……”

看见关键的夏乌拉变成这副模样，艾姬多娜咬牙切齿地计算起她们为数不多的手牌。

夏乌拉发生的异变，大概是因为她身上根植的机关。

这是某种无法摘除的枷锁。身为人工精灵，艾姬多娜也有相似的情况，所以能切身理解夏乌拉，这是个人意志无法改变的事情。

如果夏乌拉刚刚说的没错，那就意味着普勒阿得斯监视塔内有人打破了规则，所以她作为监视塔的守卫，必须纠正犯规行为。

“真是讽刺……”

守卫了这座监视塔许多年后，她终于遇见了自己的心上人。可是，只要她还是这个监视塔的守卫，她就不得不执行命令，伤害自己的心上人，这正是被创造者的悲哀。或许，能真正理解她的痛苦的人，就只有同为被创造者的艾姬多娜和碧翠丝吧。所以……

“嘿呀啊啊啊啊!!”

随着一声响亮的呼喊，一个人影从与塔相连的通道中蹿上了露台。见状，艾姬多娜目瞪口呆。

6

蹿上露台后，昴一方面为眼前景象与自身记忆的差异而惊讶，另一方面也立刻理解了战斗的激烈程度。

露台上堆着无数魔兽的尸体，已经化作一片血海。

前仆后继地朝监视塔进行无谋突击的魔兽们，将能眺望沙海的露台染红。如果放置不管，魔兽们很快便会涌进监视塔，进一步扩大塔内的混乱。

而将这一灾难防患于未然的最大功臣就是……

“夏乌拉!!”

“师匠？”

听到昴的呼喊，夏乌拉回首，一动不动地站着，瞪大了眼睛——只见她的眼睛已经完成分裂，变成了左右各三只一共六只的复眼。

这是昴曾经目睹过的异变，意味着有人打破了普勒阿得斯监视塔的规则。

终于，夏乌拉被迫变成大蝎子，开始消灭塔内的挑战者，也就是昴他们。

“师匠，请，请……命令人家吧……有人，违反了规则。再这样下去，人家就……要对师匠……在那之前……否则，师匠就……师匠就……”

夏乌拉抱住身体，一副拼死一搏的模样恳请昴命令她。她出于本能无法自尽，所以才需要昴的命令，助推她下定自尽的决心。

看着夏乌拉祈求的复眼，昴坚定颔首道：

“我说过很多遍了，我不知道为什么会被你称作师匠。”

听到昴的回答，夏乌拉的复眼瞬间陷入绝望。

苦苦等待了四百年，却遭到自己等待之人的否定，就连最后的愿望也遭受践踏，她怯怯的像个孩子。

目睹她的怯懦，昴深深地呼吸了一口气。

“所以，先不管我到底是不是你的师匠——”

“哎？”

“我是不会让你死的。我不会丢下哭泣的你，不会让你的四百年就这么结束了。”

经过这些时间，一度“失忆”又恢复“记忆”后，昴终于明白。

这个世界的居民都太麻木了。一心一意地等待了四百年，就算掐住脖子，怎么也要把那个心上人拖出来才行吧。

“我会帮你的！怎么能对别人言听计从！命运之神？放马过来吧！”

昴挥舞拳头，强势宣言。见他这副模样，夏乌拉愣住了。此时，她仍然强忍着体内冲动的爆发，可在这个瞬间，在她心中，塔的规则以及体内爆发的冲动都已经不再重要。

“师匠……人家爱你。”

这大概是对等待了四百年的心上人的，抑制不住的爱之情绪吧。

说完，夏乌拉的变形正式开始了。白皙纤细的手臂化作大钳，丰满的身体也开始重组，披上了黑色的甲壳，鲜红的复眼睥睨着整个世界，八条腿稳稳站在地上——监视塔管理者的完全体出现了。

大蝎子随即发出高昂的吼声，宣判违反塔内规定之人的死刑。复眼闪耀着诡异的光芒，大蝎子朝变身前十分喜爱的黑发少年竖起尾针，白光闪耀——

“嘿呀啊啊啊啊!!”

突然，旁边有人给大蝎子来了一记强劲飞踢。

在飞踢的巨大威力下，大蝎子连同魔兽们一起摔下露台，自空中向沙海坠落。

“姆拉克！”

同时，玛娜开始有目的地干涉世界，几百公斤的大蝎子立即失重，宛如一片树叶在风中飘零。

阴魔法“姆拉克”，能操纵对象的重力。

失重的大蝎子无法回到露台，只能朝地面坠落。最后，她挣扎着将尾针指向露台，瞄准了昴……

“小羽土龙！”

在少女的高声命令下，魔兽飞向在风中凌乱的大蝎子。

魔兽身生鸟羽，头部几乎就是一个巨角，长相十分诡异。它三番两次地冲击大蝎子的外壳，猛地将轻如落叶的大蝎子撞向地面。

大蝎子从几百米的高处落下——当然，它不会这么轻易倒下。不过，这已经为昴争取了足够的时间，他需要的正是这个空隙。

“梅莉！艾姬多娜！”

“菜月！你振作起来了……嗯？”

艾姬多娜闻声抬首。见昴跑过来，她皱起眉头，那张属于安娜塔西亚的脸露出了思索的神色。

“难道说，你的‘记忆’恢复了？”

“理解得好快！你是怎么知道的？”

“看你身边碧翠丝那副得意扬扬的模样，我就知道了。”

艾姬多娜用下巴指了指。果然，碧翠丝牵着昴的手，一副得意的神色。这种一眼便能看出内心喜悦的得意表情，真是太可爱了。

“这个踢飞夏乌拉的陌生女孩……”

“是‘暴食’的权能导致的。她和由里乌斯一样……我还有记忆，但其他人都不记得她了。她叫爱蜜莉雅，是我可爱坚强的公主。”

“感谢你及时分享情报。我能问问你接下来的打算吗？”

“嗯，我已经有思路了。”

昴深深颔首。身后，爱蜜莉雅和梅莉正在携手对付魔兽。他利用二人争取到的时间，连忙向同伴中的智囊介绍他的战术。

“艾姬多娜，你的战场在塔内，去和在第二层战斗的由里乌斯会合吧！之后要做什么，我已经告诉爱蜜莉雅了！”

“我可以跟她一起去，但接下来菜月怎么办？”

“贝蒂和昴的任务已经定好了。”

碧翠丝立刻回答了担忧的艾姬多娜。她看了一眼昴的侧脸，把手握得更紧了。

“要在这里迎战那只大蝎子，还不能对它痛下杀手。哎呀，真是难办呀。”

“口气真大。真不愧是我的贝亚子。”

“呸呸呸。”

为了激励自己和契约者，碧翠丝大言不惭地说道。可她的话马上被昴拆穿，她恨恨地向昴吐了吐舌头。

艾姬多娜目瞪口呆地看着昴和碧翠丝的互动，轻叹了一声，然后立刻认真起来。这么果断，真不愧是安娜塔西亚的同伴。

“事已至此，我不会质疑你的策略。就按你说的办吧。”

“真是荣幸。你的名字叫艾姬多娜，真是可惜。”

“我已经感受到你对我的造物主深入骨髓的怨怼了——你有话要对由里乌斯说吗？”

艾姬多娜开了个玩笑，离开前最后问了一句。

由里乌斯眼下还在上层持续苦战。昴已经和除他以外的所有同伴会合，并直接告知他们自己“记忆”恢复的事……

“不，没什么要说的。”

昴已经没有话要对正在与雷德交战的由里乌斯说了。他通过“狮子心脏”看到，紫发骑士已经到了应在的位置。

“之前的我，还有更之前的我，都已经说过该说的话了，现在已经没有需要补充的。他可是由里乌斯·尤克历乌斯啊。”

因为这个世界顽强的“命运”，由里乌斯和雷德的决战终究无法避免。可是，无法避免并不意味着无法超越。如果雷德就是挡在由里乌斯面前的“命运”，那答案就只有一个——斩杀雷德·阿斯特雷亚的，必须是由里乌斯·尤克历乌斯。

“知道了。我会原样转告他的。”

“对了，还有一句话。告诉他，大家都很辛苦，要他赶紧解决那边，去帮其他人。”

昴最后的挥手告别赢得了艾姬多娜的一声苦笑。目送艾姬多娜离开，昴接着看向艾姬多娜前方的爱蜜莉雅，此时她刚刚用冰剑斩杀了两只魔兽。

“爱蜜莉雅炭！和之前说好的一样！都交给你了！”

“嗯，交给我吧！昴千万不要死啊！”

“当然！”

他高高地举拳回应。爱蜜莉雅平常的一句提醒，引起了他不同寻常的感慨。

不想死的基本原则没有改变，而且因为另一个原因，此时“死亡回归”的风险难以预料。

如果重启地点没有改变，昴死后回归的阶段，鲁伊应该还附在他的身上。到那时，真说不准会发生什么。

鲁伊还会在昴体内吗？“记忆回廊”拥有某种“治外法权”，那“死亡回归”的影响又会怎样体现呢？一切都是未知。

因此——

“这次必须一锤定音！”

遵循昴的策略，爱蜜莉雅抓起艾姬多娜，脱离了露台战场。她们要前往她们的战场，昴他们也有自己的战场。

“这到底是怎么回事？我现在什么都不知道，完全就是一头雾水，大哥哥会仔细和我解释吧？”

梅莉问道。她之前一直强忍着没有插话，直到爱蜜莉雅和艾姬多娜离开才跑到昴的旁边。昴朝她竖起大拇指，说道：

“不好意思，你再陪我一会儿吧，梅莉。我、贝亚子，还有你，我们三个要把魔兽暴动和大蝎子这两个角通通压制！”

“这根本不算解释啊！”

“它来了！”

梅莉晃着麻花辫，鼓起小脸蛋，向昴表示不满。然而，他现在实在没有详细解释的时间。碧翠丝话音刚落，巨兽便沿着塔的外墙冲上了露台。

它有着漆黑的甲壳、狂暴的大钳、红色的复眼。

“四百年的‘家里蹲’来了。”

昴轻呼一口气，抱起一旁的碧翠丝，和身旁的梅莉一起与大蝎子正面对峙。

“来一场‘家里蹲’对决吧。你那边是一个人四百年，我们这边是两个人四百零一年。”

“是三个人四百零二年。”

“也就是说，赢的一定是我们。”

“除了宣誓胜利，贝蒂一点都没听懂呀!!”

昴怀中的碧翠丝吼道。她似乎并不理解昴和梅莉意气相投的玩笑。带着些许紧张，昴盯住大蝎子，呼了口气。

至此，昴计划的人力配置全部实现。接下来——

“一切都拜托了，爱蜜莉雅炭。你是一切的关键啊。”

昴一行人与席卷普勒阿得斯监视塔的“四角”的战斗，正式拉开帷幕。

7

打响乱战第一枪的，是大蝎子。

鲜红的复眼熠熠生辉，身后的尾针绽放出白光。

面对这恐怖的“死”之白光，昴有很多不好的回忆。具体来讲，就是他在塔内至少十五次的试错中，有一半的时候都是被它干掉的。

然而，失败了这么多次，他也明白了一些事情。比如——

“那是攻击的预兆！”

在大蝎子攻击的时候，复眼和尾针都会泛起微光。

这个仿若错觉的微小变化，是昴赌上自己的性命经过无数次尝试、失败后，才最终抓住的生存细丝。

“另一个我，对不起，没能回应你的期待！”

昴向另一个自己道歉。他只会这种丑陋的战斗方式，根本不是另一个自己期待的那种万能之人。此时，端坐在昴的怀中，与他一同出生入死的碧翠丝哼了一声：

“在说什么傻话？昴从来都没有背叛过大家的期待呀。”

这话真让人高兴。话音刚落，碧翠丝便举起与昴十指相扣的小手，薄薄的嘴唇开始了咏唱：

“姆拉克！”

霎时间，昴三人脱离了重力的束缚，跃过释放的白光，飘到了露台的上空。

“梅莉！”

“我知道啦！”

在白光爆炸的气浪冲击下，昴急速上升。他环抱着碧翠丝，而他身旁，此时同样失去重力的梅莉吹起了口哨。

接着，羽土龙便用双脚攫走了他们。它破风飞行，三人很快飞到了沙海上空。

这也是昴从十五次“死”中学到的经验：不要和大蝎子在封闭场所交战。不论是战是逃，在狭隘的场所里都等于自尽。

“话说回来，这也算是自尽行为了吧……”

魔兽抓着他们，一口气下降了过百米的高度。

风沙敲打着面颊，耳朵也嗡鸣起来，三人义无反顾地向着沙海俯冲。要是昴恐高，他现在早就吓死了。

“大哥哥！”

“什……哇?!”

风暴中，昴隐约听到梅莉在说什么。随即，冲击袭来。

冲击波贯穿了羽土龙的身体，白光从小魔兽的体内炸开，昴他们和魔兽的血肉一起被抛向空中，这是大蝎子的追击。

独自留在露台的大蝎子，瞄准昴他们发动了狙击。

真是惊人的精准度。此时，昴和正在准备第二次攻击的魔兽对上了视线。他本能地察觉到，再这样下去，他们就完了。他用力抱住碧翠丝，喊道：

“贝亚子！原创法术第二弹！”

这是一天只能用三次的绝招，可如果死了，就再也没有使出绝招的机会了。

碧翠丝也做出了同样的判断，眼中闪过一丝坚毅，打算使用特殊法术赋予昴无敌时间……

“哦?!”“哇?!”

还没来得及使出法术，二人的身体就被抓走了。此时，白光恰巧穿过二人刚刚所在的位置，他们险些就成了光下亡灵。

“得救了。你是用了什么……哇?!”“呀?!”

昴感觉自己被触感宛如橡胶的东西抱着，定睛一看，随即

目瞪口呆。他怀中的碧翠丝也一样，瞪大眼睛惊叹了一声。

从大蝎子手中救下昴和碧翠丝，健步奔跑在塔的外墙上的，竟然是拥有青黑色皮肤与丑恶外貌的魔兽——饿马王。

“啊哈哈哈哈！在地下第一次看到你的时候，我真想不到我们竟能有朝一日并肩作战啊！”

听到昴虚张声势的大吼大叫，饿马王发自内心不悦地哼了一声。它驮着昴和碧翠丝，加快了俯冲的速度。

“哦哦哦哦哦?!”

“哇啊啊啊啊啊?!”

饿马王从监视塔上垂直往下跑，身体时而向左，时而向右。无数白光擦肩而过，引得昴和碧翠丝连连尖叫。

终于，宛若永恒的逃跑戏结束了。随着一阵强大的冲击，饿马王跑下外墙，到达了沙海。

“我感觉自己要死了。简直就是梦魇……”

“真是的！大哥哥和小碧翠丝刚刚差点使出绝招吧？要多慎重一点啦！”

梅莉骑着另一只饿马王，此时赶到了劫后余生的昴二人身边。她率领强大的饿马王、飞行的羽土龙、地下的沙蚯蚓及无数魔兽，抵挡住了魔兽暴动。昴要向她表示由衷的敬意。拥有强大的应对能力和灵活的战术，她正是昴此时最需要的同伴。

“梅莉！我们配合起来简直就是天衣无缝啊！”

“哇，别说了。我可不想之后被小佩特拉瞪啊。”

梅莉皱起眉头，真心抗拒昴对她的称赞。仔细看便会发现，她现在的脸色很差，额头不断冒汗，呼吸也渐渐慌乱起来。

这并非单单因为她全神贯注地投身到了决死战中。

“奥托那家伙曾经笑着说过，一旦加护超出控制，世界就会化作地狱……使用过度的话，加护也会带来沉重的负担。”

虽然这只是奥托的醉话，但似乎并不能置若罔闻。

如果奥托说的是真的，这场战斗就不能过分依赖梅莉。要是中途梅莉倒下，那才是败局已定。

“看来这场战斗的结果，取决于我对梅莉有多么怜香惜玉！”

“这战术完全不能一笑了之呀！”

“大哥哥珍惜我是好事……不过一味地逃跑可是赢不了的哟。”

梅莉苦涩地说道。昴点点头。

“没错。只是拖延，对夏乌拉……对大蝎子没有任何作用。一切的关键，都系在爱蜜莉雅炭身上。”

“刚刚那个银发大姐姐吗？”

梅莉吃惊地问道。

“对。关键就在爱蜜莉雅炭，还有第五条规则上。”

昴点点头，然后伸出手掌。他通过竖起的五根手指，数起了普勒阿得斯监视塔给挑战者规定的五条规则。

“结束‘测试’前无法离开，不能打破‘测试’的规则，不许对书库不敬，不许破坏塔。还有……”

这四条是梅莉已经听过的内容，但还有一条只有昴知道的第五条规则。只有经历过“死亡回归”的昴从拼命隐瞒的夏乌拉那里问了出来。

夏乌拉闭口不谈的第五条规则——

“允许破坏‘测试’。这座塔的规则是可以打破的。”

“测试”不仅束缚了挑战者的行动，也束缚着考官夏乌拉。因此，即便夏乌拉不想杀昴，也无法违背禁令。这正是束缚了夏乌拉四百年以上的枷锁……

“要来了！”

碧翠丝警告道。随即，昴眼前扬起了巨大的沙尘。

大蝎子并没有沿外墙跑下，而是毫不犹豫地一跃而下，巨大的冲击扬起了大量沙尘。

在沙尘深处，能听见钳子巨大的咔嚓声。

大蝎子的复眼缓缓从沙尘中浮现，它无视塔周围的无数魔兽，一心一意地看向昴他们——看向昴一人。

“贝亚子！梅莉！努力争取时间！我们的胜利条件，便是等待爱蜜莉雅炭胜利。”

“了解呀！”

“具体要多久呢？”

“爱蜜莉雅能解决的最快时间。”

无论何时，爱蜜莉雅都是全力以赴的。她绝不可能和面前的问题妥协，绝不会松懈。她取得的结果，每次都是尽了自己的最大努力。

昴会相信她、爱她、珍惜她，在这里竭尽全力。

“来吧，我要打倒命运——不，是打倒塔的运行系统！”

8

“这样啊，你是为了这个——”

“嗯！没错！昴说了，只要上到最上层，一定能找到改变现状的办法！”

爱蜜莉雅抱着艾姬多娜，一边说，一边加快了脚上的速度。

一开始两人还是并肩奔跑，但性急的爱蜜莉雅很快就抱起艾姬多娜，接着便一直是这样。虽然这样的确更快，可……

“你也不能做多余的消耗吧？第一层可是未知的领域啊。”

“哎？别担心啦！安娜塔西亚小姐很轻的，就算加上艾姬多娜也是一样。很轻松的！”

“我的有无并不会影响安娜的体重啊……不，重点不是这个吧。”

话题似乎有些跑偏。艾姬多娜看着眼前陌生的美貌少女，眯起了眼睛。

因为“暴食”的权能，爱蜜莉雅失去了名字。明明她和由里乌斯遭遇了同样的不幸，她却仍然不屈不挠，是因为她天生心态积极吗？

还是说，因为有某人支撑呢？

爱蜜莉雅说过，因为昴还记得她，所以她不会不安。

这句单纯到仿佛是梦话的话语，或许真是事实吧。

不知为何，昴不会受到“暴食”权能的影响。不过严格来讲，他也不是丝毫不受影响，他之前的“失忆”就是“暴食”造成的。所以，也不能将发生的一切都归功于昴的特殊性。

说不定真的有办法能守住“名字”和“记忆”。那样的话，安娜塔西亚和由里乌斯就能……

由里乌斯和爱蜜莉雅明明遭遇了同样的事，状态却如此不同，到底是为什么呢？

是因为身边的人不同，在于身边有没有人支撑。

如果有人支撑由里乌斯，他的心态也不会崩溃了吧？就像爱蜜莉雅的身边有昴，由里乌斯的身边也必须有人才行。

“我……”

艾姬多娜不知道自己应该做些什么。在自己空虚的人工精灵生涯中，或许还是第一次产生这种烦恼。

“艾姬多娜？”

“我没事。对了，那是真的吗？你真的突破了第二层的‘测试’……突破了雷德·阿斯特雷亚的暴力吗？”

“嗯，是真的。竟然连这件事都不记得了，我该从哪里说起呢？”

爱蜜莉雅嘟起嘴巴，一副可爱的样子。真想不到，她竟然能突破那个宛如“暴力”化身的男人啊。

虽然接触的时间不长，但艾姬多娜可以看出爱蜜莉雅不是个爱撒谎的人，而且也不可能在这种大事上撒谎。所以，爱蜜莉雅说的都是事实。

“那么，只要上到塔顶，就能改变现状的根据是什么？”

“昴说他从夏乌拉那里得知了第五条规则。这是昴经过漫长思考后得出的结论，一定不会错的。”

“你还真是盲目信任他啊……”

“该怀疑的时候我自然会怀疑，可现在即使怀疑，事情也无法有进展吧……艾姬多娜也是相信昴，才和我一起来的，不是吗？”

看着她纯洁的眼神，艾姬多娜沉默了。见艾姬多娜这副反应，她不合时宜地笑了起来。

“看吧，我的骑士大人可是很努力的。”

看到爱蜜莉雅为自己的骑士得到认可而骄傲的样子，艾姬多娜反而有些伤感起来。她捂着安娜塔西亚单薄的胸口，叹了口气。

她明白，这份感情是危险的。

这份感情不合道理，也不合现状，至少现在不应该想这种事情。如果可以，她想永远忘记，至少在这个时候希望能忘记。

“昴拜托我了！”

艾姬多娜无比羡慕能如此信任身边同伴的爱蜜莉雅，可是现在应该忘记这个时刻，因为目前必须集中精力思考解决之道才行。

爱蜜莉雅用修长的双腿优雅回旋，飞也似的跑上了第二层。在漫长阶梯的尽头，灿烂的银光正迸射着火花。

二人定睛细看，才看到一头淡紫色头发的由里乌斯·尤克历乌斯势如闪电般左右横跳，白色的骑士制服已经被鲜血染红。

“呜！”

“来呀来呀来呀来呀！这样就想打败我吗，混蛋？别小看人啊，混蛋。你是来郊游的吗？那样的话，你就化个妆吧。那样被我踩在脚下欺负的时候，才会更可爱啊，混蛋！”

暴力的化身雷德·阿斯特雷亚满口污言秽语，挥舞着两根筷子，不停地使出噩梦般的剑法。

这场攻防早已超出了人智理解的范畴。可悲的是，即便是外行看来，由里乌斯所处劣势也是一目了然。

“到此为止——”

突然，一道银铃般的美丽嗓音强行插入两名剑士的打斗中。

爱蜜莉雅声音美妙，加入战局的方式却是豪爽之极。看到这个场景，艾姬多娜一时间愣住了。

“啊？”

雷德随意抬头一看，无言的由里乌斯也显得有些惊讶。

出现在二人头顶的异物，是一块遮蔽整个天花板的巨大冰块。体积如此巨大，足以将龙车砸成齑粉。冰块随即从剑士们的头顶落下。

瞬间，雷德和由里乌斯做出了截然不同的反应。由里乌斯飞速避开了落下的冰块，而雷德只是咧嘴一笑。

“哈!!”

他狰狞一笑，将一根筷子戳向眼前落下的冰块。

冰块有那么一瞬间停住了。很快，筷子弯曲到了极限，仿佛随时就要折断。此时，雷德的草鞋在地上猛地一跺，威力顺着筷子传向冰块，筷子与冰同时裂开了。

“真能干啊……”

沐浴在飞舞的冰屑中，雷德转过身来，用蓝色的独眼直勾勾地看向对他竖起手掌的爱蜜莉雅，露骨地打量她的脸。

“你还真是好战啊，喂。我倒是不讨厌这种女人……啊?!混蛋，你也太美了吧?!真是个大美人！为什么沙海里会有你这样的美人啊！你来陪我吧，喂！”

雷德自顾自地发着牢骚。

“抱歉，打扰你们战斗了。可是，必须是由里乌斯赢过你才行……”

“什么？”

爱蜜莉雅愁眉不展地回答。雷德的脸色眼看着不豫起来，被救下的由里乌斯却是一头雾水。

看见自己不认识的爱蜜莉雅竟然如此偏袒自己，紫发骑士皱起了俊俏的眉毛。

“我知道她救了我……艾姬多娜，她是什么人？”

“我也很难解释她的身份。简单来说，她的处境和你一样，由里乌斯。”

“什么？”

听到这里，由里乌斯再次认真看向爱蜜莉雅。看着令人印象深刻的外貌，他确信自己对她“没有任何印象”。

“留着银发，眼睛是青紫色的妖精，难道你……”

“没错。由里乌斯，我现在十分理解你的心情。”

“果然是这样啊。”

同为被“暴食”夺走“名字”之人，由里乌斯立刻了解了情况。接着，他将爱蜜莉雅和艾姬多娜护在身后，再次朝雷德架起了骑士剑。

“同样的境遇，便足以让我知道你是同伴了。感谢你刚刚的帮助，只是我还是不懂你的意思，什么叫必须是我赢过他……”

“雷德肯定明白这句话的意思。”

爱蜜莉雅坚定地说道。由里乌斯若有所思地眯起眼睛，可还不等他继续追问，雷德就不满地嚷了起来，歪着脖子，胡乱敲打着蒙在自己左眼上的眼带，问道：

“这是怎么回事，大美人？为什么我无法出手阻止你？绝不可能是因为我怜香惜玉……难道你突破‘测试’了?!”

“嗯，没错！你用筷子碰到我的胸，然后输了！”

“切！真是羡慕的失败方式。我竟然不记得了，真可惜！”

雷德咂舌道。束缚他的契约使他无法阻拦爱蜜莉雅，也就是说，在第二层没有人能拦住她。

“由里乌斯，我……”

“去吧。和我遭遇同样命运，不知名的美人。”

由里乌斯堵住了爱蜜莉雅的话。他已经重新架起骑士剑，朝她指了指上层。见他这般表现，爱蜜莉雅吃了一惊。他随即无畏地一笑，说道：

“你有你的任务。我知道，你在这儿帮不到我。既然如此，没关系的——祝你好运。”

“嗯，你也是！”

听到由里乌斯的激励，爱蜜莉雅一点头，跑了起来。雷德并未阻止她。

终于，爱蜜莉雅跑到第二层的最里面，通往上一层的台阶前。她停下脚步，转过头，说道：

“我叫爱蜜莉雅，就叫爱蜜莉雅——我们待会肯定会再见的！”

留下自己的名字，爱蜜莉雅果断地跑上了台阶。看着她的背影在自己眼前慢慢消失，艾姬多娜长吁了一口气。

去楼上是爱蜜莉雅的任务，而艾姬多娜的任务是……

“你不走吗？就留在这里看我战斗？”

“如果你同意……不，不对。这是我自己的判断，我应该留在这里。虽然我做不到什么，但如果安娜在，一定会这么做吧。在这座塔里，我的立场是模糊的。所以，我至少想顺从自己的心意站在你身后。”

她说到这里停了一下，看了一眼一言不发的由里乌斯，才继续说：

“因为，你是安娜塔西亚·合辛的骑士，对吧？”

要相信没有实感的东西，是一件十分需要勇气的事情。相比于相信有形状的东西，要去相信毫无根据的东西，无论如何都无法令人安心。

然而，艾姬多娜对身前的男人说，自己愿意相信不确定的事物。

听到艾姬多娜的话，由里乌斯垂下了自己长长的睫毛。接着，他平静、深沉地长吁了一口气。

“出乎意料，我深受鼓舞。竟然有人愿意鼓起勇气，相信、期待已经失去身份的我。”

“由里乌斯……”

由里乌斯丢失的立场是含糊的。

艾姬多娜遗忘的牵绊是暧昧的。

凭借如此脆弱的东西，二人本应该缔结与原来不同的另一种关系，可在这个时刻，二人确实感受到了同一种牵绊。

所以……

“由里乌斯，我有话要转告。”

“转告？”

“嗯。大家都在塔内各处奋战，所以——赶紧解决，然后去帮其他人。”

艾姬多娜原封不动地向由里乌斯传达了昴的声援。听到这句话，由里乌斯的肩膀绷住了。

然后，由里乌斯回味着这句传话，最终理解了。他随即而来的反应明确且激烈。

“哈。”

听起来像是一声简短锐利的冷哼，实际并非如此。

那是笑声。由里乌斯发自肺腑地轻笑了一声。如果有认识他的人在场，一定会震惊万分。

由里乌斯・尤克历乌斯竟然在战场上笑了。

“既然他已经打破了束缚，那我也不能输了。”

由里乌斯表达了自己的决心。他平静的外表下，隐藏着火热的赤诚。

他举起骑士剑，与眼前的敌人对峙。剑身上，映照着他的面影。雷德之前一直百无聊赖的脸庞，现在终于露出了鲨鱼般的笑容。

“你终于有干劲了。”

“恕我直言，在战场上我一直都是全力以赴的。”

“不对不对，不是一回事。就算我不说，你也明白吧。”

雷德笑着，用左手掀开遮住眼睛的眼带。作为“剑士的顶点”，他用那双毫发无损的蓝眼睛，向挑战者释放愉悦的杀气。

若是懦夫，光这一眼释放的庞大杀气就足以致命了吧。由里乌斯却正面承受住他的眼神，身后的艾姬多娜也硬撑了下来。

看着撑过剑气风暴的由里乌斯和艾姬多娜二人，雷德把牙咬得嘎吱作响，说道：

“我是‘舞棒人’雷德。记住这个名字，然后去死吧。”

交战前交换名字，象征着承认对方是与自己对等的战士。

虽然不知雷德是否重视这套礼仪，可由里乌斯的想法还是发生了一番天翻地覆的变化。

他强忍自己内心的激荡，深呼一口气，平复自己的心情。

“再次报上名号，我叫由里乌斯·尤克历乌斯，是卢克尼卡王国的国王选举候选人安娜塔西亚·合辛大人的第一骑士——千万不要把我看作是无名小辈啊。”

像是要把自己的名字深深刻在这个世上一样，由里乌斯堂堂正正地宣告了自己的“名字”。

9

将由里乌斯和艾姬多娜二人留在楼下，爱蜜莉雅跑上了台阶。她拼命摆动自己修长的双腿，飞也似的一步迈过二级、三级台阶。上楼的速度已经是非比寻常，可她还是不断告诉自己，再快一点，再快一点。

爱蜜莉雅咬牙坚持，美丽的面容十分决绝。

她很担心留在楼下的二人。雷德强大粗暴，说话也不干不净，下面二人的身心或许都会遭到严重的伤害。

当然，她不只担心由里乌斯和艾姬多娜。昴、碧翠丝和梅莉能顺利抵挡夏乌拉吗？拉姆能完成自己的使命吗？帕特拉修能保护好雷姆吗？“名字”被吃掉，自己还能和大家重新修补关系吗？她的心中充满了不安，如果停下步伐，随时都可能哭出来。

然而，她不会停下脚步，也不会哭，强忍住了自己的鼻酸。

“一切都还没结束呢！”

她相信的东西，别人对她的信任，支撑起了如今的爱蜜莉雅。她有很多担心和不安，可更多的是“信任”。

“光！”

全神贯注跑上台阶，爱蜜莉雅青紫色的眼眸捕捉到一抹白光。那是未知的第一层的光，漫长的阶梯至此终于结束了。

与此同时，爱蜜莉雅猛地一跺脚，再度加速。

“到了！”

台阶结束，爱蜜莉雅冲进了光里。意外的是，出现在她面前的并不是应该称为第一层的空间。

“哎？”

爱蜜莉雅不禁出声。她愣愣地看着眼前的景象，停下了脚步。因为，映入她青紫色眼睛的并不是熟悉的监视塔。

没有墙壁，没有天花板，有的只是广阔的蓝天——爱蜜莉雅所在的地方并不是塔内，而是塔外。跑上第二层的台阶，她直接到了外面。

“第一层是外面？这里已经在云层之上了。”

头顶是广阔的天空，周围也没有围栏，所以能很清楚地看到下面。

监视塔已经被空中的云海包围。看到自己身处云中，甚至可以说是身处云海之上，爱蜜莉雅屏住了呼吸。

她也是第一次到这么高的地方。不过，震惊的她马上又发出了新的感慨。

“啊——”

它堂而皇之地出现在那里，无比安静，以至于爱蜜莉雅之前一直没注意到。

她的注意力一直都放在自己的位置、云的高度，还有第一层的状况上。直到现在，她才透过眼角注意到它。她缓缓地转过身，发出惊呼。

哪怕自己失去“名字”，被全世界遗忘，她的心也没有绝望——没想到，连如此坚强的爱蜜莉雅也说不出话了。

若问为什么——

“你是……”

“汝，登上塔顶之人。踏上第一层，全能的请愿者。”

声音直击灵魂，爱蜜莉雅感到自己的说话声都在颤抖。

可又有谁能嘲笑她内心脆弱呢？做不到，不可能的。因为所有人在它面前，都只能臣服。

它的名字是……

“吾，波尔肯尼卡。依照古老的盟约，询问登顶者的志愿。”

它俯视着爱蜜莉雅，问道。“神龙”波尔肯尼卡巨大的身躯上布满了耀眼的蓝色鳞片，它光是卧在那里，仿佛就能摄走人的灵魂。

10

塔外，化作大蝎子的夏乌拉和昴他们的战斗开始了。

塔的第二层，大笑的暴力机关雷德·阿斯特雷亚和由里乌斯的剑舞再度开始。

塔的第一层，爱蜜莉雅和未曾设想的强者不期而遇。

而在第四层到第六层的螺旋阶梯上——

“啊，真是的！好不容易抢到了，咱们却没能好好利用，真是的！”

少年咂了咂舌，挠挠自己茶色的头发，不悦地说道。他将挠头的手往下一挥，手里便生出了一把装饰精美的冰剑。再现被夺走“名字”之人的能力，说起来简单，但玛娜的调整实际上是一件很困难的事情，和其他“记忆”并用则更困难了。组合不同人的技术需要相应的手感，罗伊和鲁伊全部不谙此道。

“只有擅长的我们能做到。”

虽然三兄妹都有“暴食”的权能，使用方法却有着微妙的差别。

在这方面，自称是“美食家”的长兄，有很多话想对弟弟妹妹说——只是他的优越感源于强大，指点他人完全不符合他的个性。

“可爱的鲁伊和罗伊那家伙都不听话……啊，没办法！他们两个都这么无能，真没办法！这座塔里的美味就全部交给咱们吧！好哎，好呀，好耶，真好，真棒，不好吗？太好了，太棒了，正因为太棒了！暴饮！暴食！”

“暴食”莱伊·巴登凯托斯龇牙咧嘴地咬碎手中的冰剑，决心要将塔里的全部目标都变成自己的盘中餐。

幸好事情都已经清楚了，接下来就只需要考虑顺序还有主菜的问题……

“以为自己有选择的资格吗？真是天真啊。”

听到台阶上方的声音，莱伊停止咀嚼，抬起了头。上方，拉姆在第四层用那双淡红色的眼睛，俯视着站在第四层和第五层之间台阶上的莱伊。

那双眼睛与血和火同色，却带着一股冰冷的热意。她悲悯地看着莱伊严重的饥饿状态。

“听说是你撕裂了拉姆和雷姆的姐妹情啊——就发出杀猪般的惨叫，然后去死吧！”

The only ability I got in a different world "Returns by Death"
I die again and again to save her.

第五章 精神之『死』

Re:从零开始的异世界生活

Re: Life in a different world from zero

1

为了避免呛到沙子，昴拉起防沙巾，深吸一口气。

要是有护目镜就更好了，但很可惜，这只是奢望。他做好眼睛进沙的思想准备，定睛看向风沙的深处。

“贝亚子！梅莉！撑住啊！”

“知道啦！”“真会使唤人呀！”

在因风沙而变得模糊的视野中，昴看到裹着漆黑甲壳的凶恶敌人正朝着三人冲过来。

它要是靠近，一钳就能夺走三人的生命；可要是拉开距离，就会给它足够的时间释放尾针，三人也是死路一条。大蝎子夺人生命的招数数不胜数。

单论可能导致失败的条件，那可真是说也说不完。

“即便如此，也绝对不能放弃！我们可是一直在失败的边缘战斗啊！”

“现在是说这个的时候吗?!真是的！加油，小饿马王！”

并肩奔驰的梅莉无视昴不靠谱的叫嚣，向饿马王下令。

两只形如半人马的魔兽发出婴儿般的吼声，一只驮着梅莉，另一只驮着昴和碧翠丝，全力奔向沙海。

大蝎子猛地一蹬腿，卷起无数沙尘，紧紧地追在三人身后。

正如之前所说，大蝎子远有尾针，近有大钳，都足以危害到这边的性命。要想避开大蝎子的攻击，只能和它保持不远不近的距离。

相比于数不胜数的可能导致失败的前提条件，这边能取得胜利的条件只有一个，那就是打持久战静待时变——也就是要等爱蜜莉雅攻略第一层，破坏塔内的规则。

其实，这样做到底有没有效果……昴的心里也没谱。

“如果不行，这座塔肯定就不会有这条规则呀。”

“Exactly（没错），贝亚子。规则里专门写了‘允许破坏规则’，那就代表规则是可以破坏的。”

而这肯定也是对完成攻略者的奖励，是仅给予通过正当手段完成攻略之人的权利。

幸好爱蜜莉雅正面攻略了雷德，不然拯救夏乌拉的方法就要从指间溜走了。

“不过，我绝对不会放过那个骚扰爱蜜莉雅炭的混蛋！”

昴一想起这件事就一肚子气，但现在也只能期待由里乌斯替他报仇了。

他看着巨大的监视塔，期待由里乌斯能将那个暴力男打个落花流水，接着继续投身到碧翠丝和梅莉的战斗中。

从“狮子心脏”传来的感觉中，最让他牵挂的便是拉姆。

他自信将所有同伴都安排到了最合适的位置，同时也知道，拉姆会面临一场艰难的战斗。因为拉姆的对手莱伊·巴登凯托斯，是将雷姆变成“睡美人”的罪魁祸首，而且拉姆自身也存在问题。

如果拉姆不能发挥出全部实力，她就无法与莱伊·巴登凯托斯抗衡。

与此同时，拉姆自己也想给莱伊好看，所以昴必须担起她日常承受的痛苦才行。因此……

“如果随便远离监视塔，导致权能断开就糟了！我有这么多要求，真对不起，但还是帮帮我吧！”

“之后我绝对不会放过大哥哥的！”

梅莉听到昴的要求，高声喊道。她坐在饿马王的背上，噘着嘴巴，小脸涨得通红。

听到梅莉的高呼，昴抱着碧翠丝，紧紧搂住魔兽的后背，对不在此地的少女说道：

“拜托了，爱蜜莉雅炭。我会带着两个小女孩尽量拖延时间的！”

2

在离监视塔顶端遥远的沙海里，就在昴祈祷的时候……

他早就预料到第一层的“测验”绝对会是不逊以往的难题，但肯定想不到目前爱蜜莉雅所处的情况和遇到的对手。

那是整个卢克尼卡王国，乃至整个世界都无人不知、无人不晓的角色。

如果“嫉妒魔女”是恐怖的象征，那它可以说是希望和信赖的象征，为整个世界立下了不可磨灭的功绩。

这个强而伟大的对手叫作——

“‘神龙’波尔肯尼卡。”

爱蜜莉雅重复着它的名字，感到全身冰冷，甚至觉得如果没有它的允许，连呼吸都不敢了。真龙的压迫力便是如此强大，仿佛是整个世界的主宰。

爱蜜莉雅屏气凝神，观察它的全身。

深蓝色的鳞片宛如宝石一样熠熠生辉，每一片都比上好的宝剑还要锋利，粗壮的前后腿上长着岩石般的爪子。它的长相和地龙十分相似，却有着一双目睹过无数风霜的黄金双瞳，让人觉得它活了很长岁月。头上生着一对粗壮的长角，锐利得仿佛要把苍天戳穿。

“神龙”没有起身，只是收拢着翅膀和尾巴蹲在那里，具体大小看不真切，大概有十五六米长吧。光这样就已经这么大了，难怪不能待在塔里。

第一层之所以建成这种开放的模样，毫无疑问是因为波尔肯尼卡。

“打……打扰了，波尔肯尼卡！我是来进行‘测验’的！我来挑战第一层的‘测验’！虽然不知道会是多么困难的‘测验’……可我现在很急！不努力的话，昴他们的处境就糟糕了。不论是什么‘测验’，都尽管来吧！”

她拍了拍自己的脸颊，让自己从战栗中振作起来。

“我早就习惯被别人打分了。有人因为我是半妖精就讨厌我，也有艾姬多娜这种坏心眼的人……然而，也有人像昴、拉姆、碧翠丝他们一样，对我抱有期待。”

她一边抚摸自己胸前的魔晶石，一边说道。之前一直遭受别人的冷眼，是沉睡在魔晶石中的重要家人最早给予了肯定。除了这个家人，这座塔中也有很多认可自己的同伴。

“所以，不管会面临什么难题，我都不怕！”

站在一度在气势上压制住自己的“神龙”面前，她坦然宣布道。哪怕灵魂险些被压垮，哪怕手足颤抖蜷缩，哪怕震慑于古老的对手，她也绝不会认输。

她攥紧拳头，勇敢地瞪起青紫色的眼眸。

感受到爱蜜莉雅的目光，波尔肯尼卡缓缓地眨了眨眼，然后猛地抬起了下颚——

“汝，登上塔顶之人，踏上第一层，全能的请愿者啊。

吾，波尔肯尼卡，依照古老的盟约，询问登顶者的志愿。”

“咦？”

就在爱蜜莉雅屏气凝神等待波尔肯尼卡会给出怎样的难题时，神龙口中吐出的浑厚话语却让她愣住了。

这句话，总觉得好像听过。

“那个，这句话你刚刚也说过了吧？我是到达第一层的人，你是波尔肯尼卡……没错吧？啊！难道说，你是要我先作自我介绍吗？对不起。我是爱蜜莉雅，就叫爱蜜莉雅。现在大家都不记得我了，所以我也不好证明，但我就是爱蜜莉雅……这样也不行吗？”

爱蜜莉雅本以为是自己不打招呼引起了神龙的不悦，可即便她重新打了招呼，波尔肯尼卡也没有给出任何反应。

“莫非……”

她盯着波尔肯尼卡的金色眼眸，蹑手蹑脚地靠了上去。

一步，两步，她离波尔肯尼卡越来越近，就这样大胆地靠近了连呼吸都那么神圣的巨龙。

接着，她伸出手，摸了摸对方前腿的鳞片。

“好凉——”

龙鳞冷得像冰，又如同冷透的钢铁。它的时间到底停滞了多久，才会冷成这个样子呢？

这不是生物学意义上的“死”。长时间的停滞，夺走的并非只有肉体的活力。

“汝，登上塔顶之人，踏上第一层，全能的请愿者啊。

吾，波尔肯尼卡，依照古老的盟约，询问登顶者的志愿。”

波尔肯尼卡看着抚摸它前腿龙鳞的爱蜜莉雅，再度重复道。接二连三地重复这句话，并不是在指责爱蜜莉雅不打招呼。它深邃的眼眸里，根本没有爱蜜莉雅的影子。

原因很简单。

“难道你因为太老，已经忘记‘测验’的事情了吗？”

发生在长命的神龙身上的，并不是身体的“死”，而是精神的“死”。

这一切对于必须跨越第一层“测验”的爱蜜莉雅而言，或许是比“测验”本身还要麻烦的难题。

大图书馆普勒阿得斯第一层“迈亚”的“测验”——限制时间：同伴们的存活时间。挑战次数：不明。挑战者：一人。实验内容：不明。

“测验”，开始了。

3

“神龙”波尔肯尼卡因为常年无人问津，在精神上已经“死”了。

具体来说，就是因为常年的停滞，忘记了自己的职责。

“你要是像帕克一样就糟了！喂，波尔肯尼卡！”

“汝，登上塔顶之人，踏上第一层，全能的请愿者啊。”

“真是的，完全没反应！”

不管爱蜜莉雅怎么敲打它的前腿拼命呼喊，换来的也只有龙鳞的坚硬触感和名为遗忘的顽固精神壁障。

虽然第二层的“测验”也很让人为难，但与现在相比，雷德的反应都算可爱了。真没想到，竟然有一天会觉得粗暴的雷德可爱……

“呜呜……怎么办，怎么办……波尔肯尼卡该不会像雷德一样，也得打赢才行吧……”

要是这样，那就糟了。不过，第三层和第二层的“测验”内容就截然不同。

第三层“塔吉忒”的“测验”，是要通过思考解答提出的难题。幸好昴拥有来自大瀑布彼端的知识，成功解决了难题。

要是没有昴，众人可能就止步于此了。

而第二层“厄勒克特拉”的“测验”之壁，便是众人再熟悉不过的雷德·阿斯特雷亚了。在第二层，爱蜜莉雅使出浑身解数，好不容易打到雷德的头，顺利过关。而她之所以能成功，很大程度上是占了首次挑战的便宜。

毫无疑问，第三层和第二层的胜利来得一点都不轻松，所以第一层的挑战肯定也不会简单。

“结果连考题都不出啊……”

“吾，波尔肯尼卡，依照古老的盟约，询问登顶者的志愿。”

“真是的！我早就记住了！想听你后面的话啦！”

说不定再等一会儿波尔肯尼卡就会继续说下去，可爱蜜莉雅已经没有时间了。

她强忍住自己跺脚的冲动，认真观察起周围。

第三层的“测验”是在一个白色的房间里，而题目是黑色的石板——当时昴和由里乌斯开心地将它称作独石板，说不定在第一层也有同样的东西。

既然波尔肯尼卡靠不住，她只好自己寻找问题。

“我必须尽我所能才行！”

爱蜜莉雅一边观察波尔肯尼卡的反应，一边察看第一层的情况。

首先，第一层是普勒阿得斯监视塔的最上层——它高耸入云，在地面完全看不清上面。圆形广场的半径在百米左右，周围有六根石柱，中间也有一根巨大的柱子，波尔肯尼卡就蹲靠在这根柱子旁。

而在第一层中，最奇怪的地方是——

“在广场最中央，波尔肯尼卡蹲靠着的大石柱。”

只是瞥一眼，爱蜜莉雅就看出这根石柱才是整个广场上最奇怪的东西。

与其他六根柱子不同，这根柱子伸向了更高的地方——或许，那里就是比一层更高的第零层。

“汝，登上塔顶之人，踏上第一层，全能的请愿者啊。”

波尔肯尼卡口中的话依然没有变化。

爱蜜莉雅并没有感到失望，相反有些安心。只要波尔肯尼卡没有反应，那它自然也不会在意抚摸它前腿的爱蜜莉雅。

她怀着这种自信，绕到波尔肯尼卡的背面，打算调查这根大石柱——

“哎——”

爱蜜莉雅一摸石柱，就听到了风声。还不等她反应过来，她就下意识地在头顶做出了冰壁。刹那间，冲击突破冰壁砸向爱蜜莉雅，击飞了她纤细的身体。

“咳咳。”

后背受到的冲击让她在第一层打了好几个滚，才堪堪用手止住身体，她不禁连连咳嗽。

到底发生了什么？爱蜜莉雅慢慢抬头望去，发现依靠着柱子的“神龙”正将尾巴慢慢收回到地板上。

“我被尾巴抽到了？”

仔细想想，刚才的攻击十分简单。

龙喜欢用尾巴表达感情，这在昴和帕特拉修之间也能经常看到。一旦昴做了什么坏事，拉姆和帕特拉修就会竞相敲打他。

然而，波尔肯尼卡用尾巴抽出的一击可不是在表达它对人类的亲密之情。如果不是爱蜜莉雅当机立断进行了防御，恐怕现在已经脑袋搬家了。

认识到这点，她背后生出一股冷汗，同时确认了一件事情。

“这根柱子果然古怪。你之所以出现在这里，是因为你是

‘测验’的考官。哪怕你已经忘记了‘测验’，也不会忘记自己的任务，所以才会不断重复说明。”

波尔肯尼卡看似已经忘了自己的职责，但端坐于此的“神龙”即便迎来了精神的“死”，遵守约定的意志也依然顽强。

“贤者”“剑圣”和“神龙”分别在考察挑战者的智慧、力量和意志。既然如此……

“那我也不能吊儿郎当，必须认真对待。”

在确认对方会造成妨碍后，爱蜜莉雅发出拼尽全力的宣言。

这时，爱蜜莉雅周围的空气发出哀鸣，世界开始冻结。一个个寒冰战士凭空出现，将爱蜜莉雅像女王似的拱卫起来。这是她从寒冰烙印艺术发展出来的新招数。

新招数在狭窄的监视塔内无法尝试，但在如此广阔的空间就可以尽情施展了。更何况面临如此强大的对手，她更要竭尽全力。

她还没有告诉昴这个新招数，昴自然也没有为它取名，因此她自己取了名字。

“寒冰士兵！寒冰烙印艺术！”

生出的七名寒冰人形士兵各自拿起武器，勇敢无畏地与爱蜜莉雅共赴死地。

“我要上了，瞌睡虫！你还是快点醒过来吧！”

说着，爱蜜莉雅操起寒冰武器，和寒冰战士们一同冲向波尔肯尼卡。

波尔肯尼卡用毫无感情的眼眸目视着冲过来的爱蜜莉雅，缓缓开口道：

“吾，波尔肯尼卡，依照古老的盟约，询问登顶者的志愿。”

它的意识，依然埋藏在茫茫大海的彼端。

4

她一层层解除自己的枷锁，慢慢热身。鲜血在沸腾，全身的肌肉都绷紧了。少女的身体看似柔弱，其血肉筋骨却是这个世上最优秀的种族。而在族内也被称作“鬼神”的最高杰作，如今再度降临。

“这就是姐姐大人！啊，多么出色！多么闪耀！雷姆无论如何都赶不上，不愧是姐姐大人！”

“别唾沫横飞，真不愉快。还有，不要把拉姆和别人比较。”

“哎，你的意思是？”

“还用说吗？拉姆只是雷姆的姐姐大人，其他的头衔都不需要。”

拉姆在台阶上一蹬腿，飞跃而下发起了先制攻击，莱伊连忙后退。她毫无保留地运用自己的手足，尽情施展筋断骨折、直伤肺腑的惊人战斗技术。

这不是单纯的身体能力或者技术。如果这只是纯粹的技巧，对手完全可以依靠“记忆”中全世界从古至今的技术来应对。

然而，拉姆的战技与其有着天壤之别。

近身后，拉姆的一肘一膝，全部开始变幻无常地收缩自如。她将自己擅长的风魔法缠绕在自己身上，创造出了虚虚实实的效果。

她靠风随心所欲地加速、减速，完全打乱了莱伊的认知，最终利用风将自己的气息散布至四面八方，迅速转入对手的盲区，接连进行了数次致命攻击。

“哈！真是欲罢不能！”

莱伊一边躲避拉姆的攻击，一边兴奋地喝彩。

“暴食”的右脸已经挂彩，他摇摆着杂乱的焦茶色长发，兴奋地比较着彼此的能力。

“欲罢不能的麻辣！苦涩热血的陷阱！幸福满满的活力！姐姐大人果然是最适合咱们的美食！”莱伊嗤笑道。

二人在螺旋阶梯上下翻飞，相互交错。莱伊挥舞双剑挡住拉姆的短杖，随即拉开距离，口中涎水直流。

“真好啊，真好呀，真好哟，都很好，太好了，不好吗？很好吧，都很好吧，正因为真好！暴饮！暴食！这个愤怒的味道尤其好。竟然会有人如此憎恶我们……如果能吃到，该是何等的美味！”

他拍着手，为未知的快乐战栗不已。

看着眼前的怪物，拉姆重重地叹了口气，确认起自己身体的情况。

“离完全恢复还远着呢……”

虽然没有表现出来，但她心中早已掀起了惊涛骇浪。

一些根本不了解自己的人，经常说自己最了解自己。与这种白痴不同，拉姆是真的完全了解自己。

失去鬼族的角后，“无角者”拉姆每天都承受着沉重的负担。因此，她一直在下意识地给自己设限。

平时做用人的时候，她会施加全部封印。遇到不得不靠魔法解决的问题时，她会解开一道封印，允许自己使用最低限度的魔法。

如果这样还无法解决，她便会解开第二道封印。虽然只能进行短期决战，但此时的她可以发挥出原本两成的实力。一年半以前在“圣域”对战加菲尔时，大概就是这种情况。

那就是“无角者”拉姆能使用的全力。她确定，要是继续发力，自己的身体便会支撑不住。

这些封印就像双刃剑，而如今，她准备解放下一层。

有那么一瞬间，她的心中生出一丝踌躇。

正如刚才所说，她完全掌握自己的身体状况。若是战斗的副作用回来，她必须做好会头痛欲裂、眼鼻流血、动弹不得的心理准备，可她没有变成那样。这些代价，全部被身为命运共同体的昴承担了。

“拖太久的话，巴鲁斯会死吧。”

昴之前说，他会去对付暴走的夏乌拉和魔兽群，所以他大概是和碧翠丝以及梅莉在一起吧。

爱蜜莉雅——拉姆一想到这个女孩，就会感到头痛。目前这个女孩正前往上层孤身奋战。

不知为何，拉姆很在意那个积极的银发少女，在失去“名字”之前，肯定是个很让人操心的孩子吧。

没有拉姆，这些人都靠不住，真没办法。

“拼命忍住啊，巴鲁斯，不然雷姆会哭的。”

拉姆对不在场的昴说道。接着，时隔十年，她再次解开了第三道封印。

5

同一时间，“狮子心脏”的反作用让昴疼得龇牙咧嘴。

身处塔内的一团淡光突然明亮起来，他随即感到一阵绞痛，口吐鲜血，险些跌落马下。

“昴！”

碧翠丝连忙扶住他。

此时昴和碧翠丝骑乘的并不是老友帕特拉修，而是从未驮过人的魔兽饿马王。

昴几乎没有在缺少“避风加护”情况下骑马的经验，饿马王的背上也没有供人上下、骑乘的鞍韂，因此稍不小心就有可能摔落。

他之所以至今还没有摔下马，全靠他将基尔狄鞭缠在魔兽上身充当缰绳，再加上碧翠丝用精密的魔法帮助控制重力，他绝不能让这些努力白费。

“拉姆的反作用来了吗？”碧翠丝马上明白过来。

“没错……抱歉，我会努力撑住的……”昴握紧鞭子，答道。

他感觉自己嘴里涌上一股铁锈味，整个身体已经千疮百孔。不过，这也是拉姆努力的证据。

“如果拉姆能干掉一个‘暴食’……”

那也不能保证情况一定会得到好转。

首先，击败“暴食”并不能保证被夺走的“名字”和“记忆”能回归。唯一能保证的，只有他的负担会降低。这样一来，他就能集中承受梅莉一个人的负担了。

“呼……呼……”

梅莉抱着饿马王的上半身，不断向魔兽们下达着指令。

要想对抗一直对昴凶猛地挥舞大钳子和尾针的大蝎子，梅莉的奋战是绝对不可或缺的。

在面临四大障碍的普勒阿得斯监视塔里，为了解决这些障碍，爱蜜莉雅、拉姆、由里乌斯的力量全部不可或缺，但是维持这些战场的关键，毫无疑问就是梅莉·波多尔德。

所以，昴从刚才起，就已经在负担梅莉施展出的加护的反作用了。

“小羽土龙！小花魁熊！联合攻击！”

梅莉俯瞰战场，高声下令，将魔兽们逼入绝境。

加护全开会对身体造成怎样的伤害，昴已经通过自己的头昏脑涨体会到了。

“我这人还真是双标啊……”

昴一方面认为绝不能依赖加护和权能，另一方面又毫无节制地全力使用。弱者没有选择，只是他也不想因此成为一个卑鄙之徒。

他不想忘记自己强逼着同伴们开辟出了道路一事，也不想将其一笑了之。

“大哥哥！你还有意识吗?!大哥哥和小碧翠丝要是死了，可就全完了啊！”

“我知道——喂，梅莉，等战斗结束，成为我们家的一员吧？”昴强忍着头痛，问道。

“我都说了，要保持意识啦!!”梅莉怒吼道。

二人都没有闲情逸致了。要是不能保持意识，他们就会立刻失败。然而……

“现在过得这么辛苦，要是没有美好的未来，可就划不来了。”

菜月昴一边吐血，一边思考。

6

梅莉在沙海中继续战斗，同时暗念道:“真是太奇怪了。”

当然，奇怪的人有很多，例如变成大蝎子的夏乌拉、活泼的银发半妖精、在监视塔中对抗强敌的拉姆和由里乌斯、一起战斗的昴和碧翠丝。不过，最奇怪的——

“肯定是我自己吧。”

为什么会变成这样呢？梅莉也不明白。

一开始她会跟着昴他们一起来到奥格利亚沙丘，就已经很不像自己了。她原本是想和自己之前的处世之道一样，继续随波逐流，可是……

“都怪‘死者之书’。”

听说能体验死者的想法后，她输给了自己的好奇心，暴露了自己长久以来隐藏的对艾尔莎·葛兰希尔黛的感情，然后做出了一生中最不应该做的蠢事。

代价便是，她被盘问了一遍，然后被昴高高在上地教训了一顿。不可思议的是，她并没有对昴的说教嗤之以鼻，甚至在不知不觉间答应了之后继续帮助他。

“真是的，真是的，真是的！之后我绝对要跟大哥哥耍赖耍个够！”

梅莉没空擦拭额头上的汗水，向与她一起若即若离地牵制大蝎子的昴抱怨道。

说实话，这种绝地反击的战斗，根本不是梅莉原来的风格。

梅莉战术的重点是战前准备——她会提前支配一批附近的魔兽，然后将它们送上战场发起总攻，这才是“魔兽使”梅莉·波多尔德的真本领。

梅莉·波多尔德年纪虽小，却是个杀手，只会依照别人的命令、指示和要求，夺走他人的性命，所以这样战斗对她来说尚属首次——她竟然会为了拯救、保护别人而战斗。

“这根本就不是我的风格啊！”

她为先前昴的胡说八道气愤不已。

昴经常对梅莉说，想让她成为他们家的一员。这种生怕她不知道自己遭人嫌的态度真是太讨厌了。

然而，她明明一直在批判昴的言行，可在不知不觉间，她竟然和其他人一样，也成了他棋盘上的一枚棋子。

若这一切都是昴的深谋远虑，那梅莉倒还能够接受，只是他无论如何都没有这样的本事。他有的只是努力和强加于人的期待，以及将自己性命交于他人之手的盲目信赖。

“怎么感觉连我都变傻了。”

梅莉说着，命令她在地下捕捉到的魔兽上浮，攻击大蝎子。

染血的沙海一分为二，沙蚯蚓抖动着巨大的身躯钻了出来。它扭着十多米长的身体，猛然朝大蝎子砸去。

如果它能将大蝎子压死在沙里那就完美了，可惜事情并不会如梅莉所愿。

白光闪过，沙蚯蚓的巨大身躯霎时被击飞了。它被切成上下两段，哀叫连连，体液直流。随即，后续的尾针攻击将下落的沙蚯蚓射成了齑粉。

不过，沙蚯蚓的生命和血肉不过是障眼法，真正的撒手锏是随着沙蚯蚓一起从地下蹿出的三只饿马王。

燃烧的半人马发出宛如婴儿啼哭的吼声，朝大蝎子发起了攻击。

即使在魔兽遍地的奥格利亚沙丘，饿马王的战斗力也是单体中最强的。

“我现在好像状态很好啊。”

梅莉自己骑着一只饿马王，让昴和碧翠丝骑着另一只，还操纵三只发起攻击，照理说负担应该十分沉重。

不可思议的是，她竟然至今都没有感到任何反作用。

或许只是战斗的兴奋掩盖了疲惫，但这样也无妨。

这次攻击无法击败大蝎子，可只要能给予它重创，昴就能离目标更近一步了。

从某种意义上讲，眼下也许是一直以来随波逐流的少女梅莉，第三次按照自己的心意行事。

第一次是她在夜晚的监视塔里闲逛，向“死者之书”寻求救赎。第二次是她在走投无路的情况下，向站在楼梯上的昴逼近。而第三次便是现在，为了争取时间，企盼得到超出预想的成果。

“梅莉!!”

三只饿马王逼近大蝎子的那一刹那，有人向梅莉发出泣血哀号。

和文字描述的一样，这是昴嘴角流着血发出的呼喊。

这声呼喊既非痛快，亦非喜悦，更不是惊呼。梅莉很诧异，自己干得这么漂亮，他为何要朝自己怒吼呢？然而……

“哎？”

三只饿马王挥舞炎枪，冲向大蝎子。就算大蝎子的大钳子和尾针再厉害，也绝不可能完全防住这次夹击。然而，大蝎子的变化打破了她的幻想。

既像是燃烧的火，又像是吸血的沙，大蝎子宛如钢铁般哑光的黑色外壳，发生了醒目的变化。眨眼间，大蝎子漆黑的外壳变成了如血般的红色。

某些魔兽，会发生名为“攻击色”的变化。魔兽的行为会发生明显变化，攻击也会变得更加凶猛。而这种变化最明显的特征便是外表的变化，饿马王的爆燃、白鲸身上的无数眼睛也都属于这种。

大蝎子——不对，该称其为“红蝎”，它也有属于自己的变化。它会变得更有攻击性，更有破坏性，更有侵略性。

“啊——”

全方位放出的白光消灭了冲上去的三只饿马王。同时，四处乱飞的白光余波波及沙海，仿佛要疯狂地收割眼前的一切。

小小的梅莉也被炸裂的白光吞没，口吐鲜血，飞了出去。

7

从小，她就讨厌鲜血沸腾的昂扬感。

那是一种仿佛能支配一切的全能感。如果一直沉醉在这种错觉里，就算自己有着坚强的内心，久而久之也会走上错误的道路。

她知道自己优秀，可也不会为此感到自负。

她也会犯错，但会下定决心下不为例，努力改正错误。

她之所以能够这样，多亏了她没有沉醉于全能感之中。

她之所以没有在众人的追捧中迷失，多亏了她没有相信这些因循守旧、迷信神秘的群氓。

她为什么没有被这些外因诱导呢？

肯定是因为她现在回忆不起来的那个人吧。

若问知晓的原因——

“因为拉姆不仅可爱，还很聪明。”

先把拉姆的自卖自夸放到一边，只见她一个冲锋，踏碎了螺旋阶梯的台阶。

环绕着风的桃发之鬼挥手，瞬间打碎了敌人格挡的手臂。敌人的手腕、肘部和肩膀，无不扭曲骨折。

“啊。”

还不等敌人发出惨叫，拉姆就一拳打向他的脸颊，白皙的手指宛如散弹一般。

无数攻击打向莱伊全身，他吐血倒飞了出去。拉姆立刻追了上去，踩着脚底生成的旋风高高跃起。

“嘿嘿。”

浮空的莱伊两脚回旋，准备对拉姆实施反击。随即，空间发生扭曲，碰到了拉姆的肩膀，在她的衣服和身上留下了浅浅的裂口。空中隐藏着看不见的刀刃，看来是莱伊用风魔法布下了烦人的陷阱。

“区区这种程度——”

“姐姐大人准备用风魔法驱散吗？没用没用，完全没用！这些陷阱都是固定在空间上的！就算是姐姐大人也无法将它们踢散，真遗憾！”

莱伊像是看穿了拉姆的想法一样，露出了血染的笑容，对着空气踢了一脚。

那自然不是真正的空气，他只是借助之前伤到拉姆肩膀的刀刃，在空中行走——踩着这些只有他知道的刀刃，就能利用监视塔的空间，在螺旋阶梯上自由辗转腾挪。然而……

“‘千里眼’——”

哪怕拉姆自己看不到，可只要借用设置了这一切的人的视线，便能轻易知道刀刃的位置了。她同样踩着刀刃，抢先莱伊一步跳上了他的头顶。

“哈！啊哈哈哈哈哈！姐姐大人是认真的？真的假的?!”

“说话真像巴鲁斯，帮拉姆打消了想动粗的顾虑。”

就在莱伊惊讶的时候，拉姆毫不留情地扫下脚跟，砸向他那张让人不悦的面庞。

“那么，在落下之前，还能品尝几次拉姆的足底呢？”

拉姆一脚踢折了莱伊的鼻子，踢得他矮小的身体在空中旋转起来。上升之势已尽的“暴食”，在拉姆这一脚的威力下坠落。

拉姆两手上举，放出旋风，追着莱伊急速下落，朝着坠落的莱伊的脸踢了一脚、两脚、三脚、四脚。

拉姆的脚踢毫不留情，一脚踢碎鼻子，一脚踢碎门牙，一脚踢碎下巴，一脚踢碎额头。

那张嬉皮笑脸的面孔，还有屡次喊拉姆为“姐姐大人”的嘴巴，都让她很不愉快。

“怎么样？后悔了吗？”

拉姆在空中灵活地控制着身体，踩着对手的脸和胸，问道。

莱伊没有回答，反而皱起满是鲜血的脸，准备朝拉姆挥出短剑。拉姆顿时挥下手刀，卸了他粗鲁的双臂和肩膀的关节。

“怎么样？后悔了吗？”

无论他拥有多么优秀的技术，一旦肩膀脱臼，胳膊也就动不了了。拉姆看着那张目瞪口呆的脸，再度问道。

随后，她寻找起莱伊眼中是否浮现出恐惧之色。

将恐惧、痛苦，以及无法违抗的失败感刻进他的心里，便是拉姆的目的。这个做法并不是为了复仇这种小事——

“把雷姆——”

这是为了夺回雷姆。

这是为了夺回除了雷姆以外，也曾遭受过“暴食”伤害的大量牺牲者，是为了夺回被掠夺的“名字”和“记忆”，夺回大家被篡夺的共通的历史。

如果只是杀他，拉姆随时都能做到。就和踢碎他的脸一样，她只要在脚底缠上风刃，就能轻松砍下他的脑袋。她早就知道，即便是肮脏的魔女教徒，只要身首分离，也只有死路一条。

在熊熊燃烧的鬼族之乡里，拉姆报复了毁灭村子的祸首们。

魔女教徒虽然个性恶劣，但终究只是一群愚昧弱小的人。所以，相比杀死他的肉体，拉姆更想杀死他的内心，故而连连逼问。

“怎么样？后悔了吗？”

“‘日食’！”

三次提问后，莱伊满是鲜血的脸上终于有了一丝惧色。

接着，他突然从拉姆眼前消失了，但并不是高速移动造成的那种程度的消失。

拉姆脚底下踩着莱伊的脸的触感消失了，“千里眼”却依然连接着对方的视野。她马上发现，莱伊逃到了螺旋阶梯的中央。

拉姆缠着风追了上去，看到一个一身僧袍的秃头老人。

若是拉姆以外的人，或许会被他变样的外表迷惑，但拉姆因为和他共享了视野，所以不管他怎么变化，拉姆都能一眼认出来。

“听说变形是‘色欲’的把戏，只是拉姆现在没空陪玩。”

拉姆在战斗中取得了压倒性的优势，可距离解开大封印已经过了一分多钟。哪怕她也承受了些许负担，大部分负担还是由昴承受。

她曾要求昴稍微调整一下，但如她所料，他还是不知好歹地接下了全部负担。不管到哪里都会耍帅，明明这种事情只在喜欢的人和雷姆面前做就好了啊。

“把至今为止作为‘暴食’吃掉的东西全部还回来。这样的话——”

“这样的话？难道这样你就能放过老朽们吗？”

“不。这样的话，拉姆就赏赐速死。不坏的条件吧？万死难辞其咎的罪孽，只要一次就能洗清了。”

“呵呵。”

莱伊自称老朽，连笑声都变得老朽起来。

拉姆观察着他的举动，推测这种变形应该是完全发挥人物本领的必要工序。

莱伊刚才使用的短距离空间跳跃技，应该就是他化身的这个秃头老人的技能吧。

“奇怪。既然有这种底牌，应该早点拿出来才对。为什么一直没有亮出来？是有不想用的理由吗？难道是会被化身侵蚀？”

“哎呀呀……老朽们从未见过这么恐怖的女子……没见过啊。姐姐大人好可怕。”

就在拉姆通过零散的可能性进行推理时，老人又渐渐变回了矮小的少年。

这证明了拉姆的推测，同时也证明了变身后并不会让伤口痊愈，因为莱伊现在浑身是血，鼻青脸肿。

“肩膀能动了？”

“撞墙安回去了。我们撞了不止一次……好痛，啊，好痛。”

莱伊转了转重新装上的双臂，努力恢复感觉。早知道就不卸关节，而是直接砍下来了，拉姆在心中反思道。

或者直接砍下他的手脚，他就不能再玩这些把戏了。

“这个也是，那个也是，姐姐大人在所有事情上都跑到了我们前面……好厉害啊，姐姐大人。难道说，姐姐大人有和大哥哥一样的权能吗？”

“真令人意外。拉姆只是洞察力比较优秀，可别把这个跟巴鲁斯那种莫名其妙的直觉相提并论。拉姆很不愉快，给拉姆去死吧。”

“啊哈哈哈，真是辛辣。不过，这样啊，原来如此。”

莱伊张开豁牙的嘴巴，耷拉着破损的舌头，露出血染的笑容。见他露出这副毛骨悚然的模样，拉姆暗暗在肩膀上用力。

只要他胆敢有什么奇怪的动作——

“还是除恶于未萌好了。”

拉姆决心在莱伊干坏事之前，用风刃斩断他的四肢。

她懂得止血。虽然不会止痛，但只要莱伊不死，就不耽误她继续审问。想到这里，拉姆的风刃并没有使出全力。

“是咱们赌赢了！”

满脸胡须的胖子在风刃的攻势下朝后方跳去。他的皮肤很厚，甚至能弹开风刃，只留下淡淡的红痕。

“姐姐大人，你大概误会了——懂得观察敌人的可不只有你哟。”巨汉说道。

就在拉姆准备追上去时，她被埋伏的气刃轻轻割伤了脖子，慢了半拍，而莱伊并没有放过这半拍的空隙。

“老朽们接近，然后俺们攻击！”

眨眼间老人便消失了。接着，拉姆从身后感受到强烈的敌意。还不等她转身，敌人就一拳狠狠地打在她的侧腹上，将她纤细的身体打飞出去。

打飞拉姆的是一个壮硕野蛮的男人——莱伊刹那间完成三人之间的转换，联结也恰到好处，完美利用了各自的特性。

“这种雕虫小技，以为还有用吗——”

“我们不觉得，不觉得哟，不觉得啊，完全不觉得，真的不觉得，正因为不觉得，无论如何都可以说不觉得！”

莱伊高喊着，再次变为老人，捂住了自己的一只眼睛。

拉姆感到一阵诡异，长腿一蹬墙面，打算先声夺人，向敌人发起进攻。

然而，已经来不及了。

“老朽们知道的——雷姆的姐姐大人能这样连续行动，一定是有原因的。”

拉姆的动作没有破绽，莱伊是从雷姆的记忆中得到答案的。

看到拉姆的动作超出“无角者”能承受的界限，莱伊肯定了自己的推测。等到她落回台阶，他终于完成了自己的诡计。

“姐姐大人，我们根本不打算和姐姐大人正面较量。”

莱伊说着，露出老谋深算的笑，从空间中消失了。

只要莱伊通过空间扭曲连续进行短距离的瞬间移动，他就能轻松逃离战场。不过，拉姆也从未想过她能将他一直拖死在这里。

“跑得很快啊。不，是想——”

既然他知道拉姆有“千里眼”，那他应该明白拉姆是不会轻易让他逃走的。

他明知道这样，却还是选择与拉姆保持距离，应该是想到了拉姆的时间限制。很遗憾，拉姆的时间确实不多了。

时间一分一秒流逝，昴身上的负担也会越来越大。

必须尽快找到莱伊在塔内的藏身之所。那个邪恶化身的大罪司教深入塔内，绝不单单是在逃跑。那家伙很清楚，要怎样才能最大限度地威胁拉姆。那个方法就是……

“雷姆——”

终于，拉姆再次捕捉到了他邪恶的视线。

视线中映出的，是驮着“睡美人”奔跑的黑色地龙的尾巴。

The only ability I got in a different world "Returns by Death"
I die again and again to save her.

第六章 Good Loser

Re:从零开始的异世界生活

Re: Life in a different world from zero

1

普勒阿得斯监视塔的各地都在发生激战。

爱蜜莉雅在上层挑战健忘的“神龙”，拉姆在下层因莱伊·巴登凯托斯的恶意气得咬牙切齿，昴和两名少女则在沙海为拯救同伴而拼死挣扎。

发生在第二层“厄勒克特拉”中的剑士间的碰撞，也是这场激战的一部分，只是这场战斗一直处于单方面的压制状态中。

“喂喂喂喂，怎么了！我这边可是少了一根筷子，只剩一根筷子了啊！这样你还打不过我，难道你是在玩吗？混蛋，混蛋，混蛋！”

红发男子长发翻飞，一边大骂，一边猛地踢出一脚。

“呜……”

俊美的骑士用剑柄接住这一脚，借势远远朝后跳去。这一跳将红发男子踢出的力道卸去不少，但势头仍在，就在骑士仍在努力化解腿劲的时候，男子的下一击到了。

第二层的战场上，剑士连续单方面地压制着骑士。

不知是第几次的交锋后，剑士一筷子将骑士击飞，打得骑士连连后退，然后唾弃道：

“气势变了的话，剑势也会改变。我可是很期待你能发生变化的，没想到过了这么久你还是一点没变，混蛋。难道说……”

红发剑士雷德说着，歪头邪魅一笑。

绝代的剑士摆出一副嘲弄的模样，看向对面的骑士。

“你准备就这样拘泥于规则输掉吗，混蛋？你能接受吗，混蛋？”

“你还真会信口开河啊。”

被雷德痛骂的骑士由里乌斯缓缓露出笑意。

“你一直告诉我，这是无聊的战斗、规矩的剑术，不值一提……我也是深有感悟。”

“哼，是啊。即使不是我，别人也能看出来吧，你的剑只有一股拼劲。”

“拼劲吗……”

雷德的话并不是深思熟虑后得出的结论，他只是直率地说出了自己的想法。即便刻意用眼带盖住一只眼睛，他那只蓝色眼眸还是轻松看穿了本质。

他大概已经看穿由里乌斯所谓的理想，只是披在本性外面的浅薄之物。

由里乌斯瞥向身后，那名女子一直注视着他和雷德的战斗。

对他来说，这名女子是这个世上最尊贵的人。然而，此时她的内在已经是另一个人了。出于某种不可抗力，在水门都市的战斗结束后这两个月里，他们的主仆关系变得有名无实。

“现在想想，我和你应该更加开诚布公地聊聊。”

“由里乌斯？”

“那样的话，我们一定能成为亲近的友人吧？毕竟我们都同样尊敬、憧憬着那位女子。”

由里乌斯说着，正了正在战斗中乱掉的衣领。现在他已经不是无名之人了，必须遵守骑士的礼仪。

见由里乌斯这副态度，雷德又不悦地“嘁”了一声。

“我可是很期待在之前的大美人和你后面的美人来了之后，你能发生改变啊，混蛋。我能看出来，你是个为了胜利不择手段的人。你根本就不懂自己吧，混蛋？虽然你装得像个彬彬有礼的骑士，但你的本性并非如此。你的本性和我一样，是个‘舞棒人’。你这么憋屈，真让人看不下去，混蛋。”

雷德用筷子指着由里乌斯，郁闷地说道。

听到雷德的话，由里乌斯闭上眼睛。在沉默了一会儿后，他呢喃道：

“这样啊，我终于明白了。”

“啊？你明白什么了？”

“我明白了，你为什么会这么执着于我。”

雷德明明很讨厌他，却还是一直和他讲话。

雷德没有意识到，自己这种粗暴的做法，完全就是前辈对后辈的悉心教导。

通过刚刚的对话，由里乌斯终于明白雷德为什么会对他如此苦口婆心。

“你在我身上，看到了和你一样的东西吧？”

雷德之所以嘲笑由里乌斯无聊的战术、规矩的剑法，是因为相信由里乌斯心中有一头沉睡的狮子。

竟然说自己是狮子，还真是吹过头了，由里乌斯暗忖道。

“我不知道你这个毛头小子的具体情况，我只是在做自己想做的事。不过我的直觉告诉我，你还是把那个面具扒下来比较有趣。所以，就让我给你扒下来吧。你也明白吧，混蛋？再这样下去，你是打不赢我的，那就没法跟后面的美人耍帅了。”

见雷德用下巴指向艾姬多娜，由里乌斯苦笑了一声。

果然，雷德的眼光非同凡响，他把什么都看穿了——由里乌斯·尤克历乌斯就是个虚荣的男人。

“正因为如此，我不会改变自己。”

“什么？”

“你的话大概是对的，我也有很多细节可以印证……我已经被这个世界遗忘，无人知晓我的历史，可我还是要坦言，其实我并不是尤克历乌斯家的嫡子。”

面对皱眉的雷德和勇敢的艾姬多娜，由里乌斯说起如今只有菜月昴记得的由里乌斯·尤克历乌斯的历史。

“贵族出身的父亲和平民出身的母亲私奔，生下了我，所以我算是平民出身。父母死后，直到养父——也就是我的伯父收养我为止，我都没有接受过正统的贵族教育……因此，我的性格其实是被塑造出来的。”

“那不过是虚有其表罢了。”

“大概是吧。我的本性，还是那个穿着平民服饰，和伙伴们在原野里嬉笑打闹，不知理想为何物的小孩子。”

不知礼节，亦无理想，每天都在为了生存而努力挣扎。

原本这才是由里乌斯的未来，结果这个未来随着父母的去世，也被带去了那个世界。

“所以，我扮作了骑士。我拘泥于虚荣，隐藏了本来的自己。”

“你……”

“原本一无所知的我，邂逅了自己的理想。我很憧憬骑士，憧憬那些威风清廉的骑士，所以我会贯彻自己的憧憬。”

紫发骑士激昂地说道，收拢斗篷，他黄色的眼眸中充满了力量。

一脸不悦的雷德，表情渐渐从愤怒变为了诧异。他发现自己被人否定后，竟然无法出言反驳。

这个唯我独尊的男人，竟然被由里乌斯驳倒了。

正因为如此，由里乌斯继续高声宣告：

“我是个没用的男人，对事物也只知晓皮毛。一直以来只是拿着华丽的剑，穿着漂亮的衣服，说着规范的话语，相信这样就能让自己像一个骑士。因此，我会继续贯彻自己的意志，维持自己的虚荣。”

由里乌斯知道有很多人讨厌虚荣。就好比突然想起的菜月昴，菜月昴可能是世上最厌恶虚荣的人了。不过，由里乌斯有自己的想法。

“挺直腰板，规范自己的举止，扮作自己理想的模样，以此贯彻自己的意志。我下定决心，要一辈子戴着这个面具。有很多人看不起虚荣，但我相信同样会有人被这种虚荣的形式吸引，就像我一直执着于骑士这个身份一样。”

他已经不记得是谁让他对骑士产生了憧憬。可是，他当上了骑士。

他之所以被人称作“最优秀”，并不单单因为他高超的剑术和精湛的精灵术这种个人的强大实力，还是因为大家相信，由里乌斯·尤克历乌斯的一言一行便是理想的骑士守则。

正是因为他虚张声势的模样如此耀眼，才会被人称作“最优秀骑士”。

说到这里，由里乌斯扬起嘴角，看向艾姬多娜。他看着这个借用了自己敬爱主君外壳的女子，这个为不记得他而懊悔不已的女子，轻轻地摇了摇头。

他想告诉她，这种懊悔大可不必。

“没必要为遗忘而恐惧、懊悔、哀叹，我就是所有人都知晓、所有人都向往的骑士道的化身。”

这句话，同样也是对在场的“她们”说的。

“至今为止抱歉了，我的花蕾们。我硬拽着失去的牵绊，不肯对你们放手，让你们困惑了。现在，我就把你们从枷锁中解放出来。”

随着由里乌斯这声呢喃，几团色彩鲜艳的淡光浮现出来。这是六只属性各异的美丽精灵，即由里乌斯·尤克历乌斯的六只准精灵。她们从由里乌斯当上骑士之前便伴随在他身旁，早已经与他难舍难分。

由于“暴食”的权能，她们也忘记了“名字”被剥夺的由里乌斯。可是，因为精灵与契约者之间的契约依然存在，再加上他“诱精加护”的力量影响，她们仍然与他若即若离。

他也一直相信，只要夺回“名字”，就能挽回与她们的关系，因而一直没有放手。

这是何等的愚蠢啊。

正因为一切都已改变，所以他才紧紧抓着手中仅剩的东西，不希望发生变化。然而……

“谢谢你们之前一直陪着我，花蕾们。我一直沉迷于你们的亲切，优柔寡断地不愿放弃这份温情，自欺欺人地想着一切都能顺利恢复原样。不过，我已经不是那个软弱、怯懦、丑陋的我了。”

六名准精灵困惑地围绕在他的身旁，左右摇摆。

他朝她们伸出了手，准精灵们像是鸟儿看到了停靠的树枝一样，缓缓停在了他的手上。

见状，紫发骑士朝停在手上的微光微微一笑。

“我害怕改变，可如果不做好失去的准备，便不会有所收获。假如这便是爱之花蕾的绽放，那么就让我来亲眼见证，长期以来陪在我身边的你们又会绽放出怎样的花朵吧。”

她们什么都没有回答。不过，她们似乎也都预料到接下来会发生的事情。

所以，由里乌斯顺应她们的期待——

“我的花蕾们啊，我要解放你们！我为一直执着于破碎的牵绊，向你们道歉！”

话音刚落，围绕在他手臂上的准精灵们被一下子弹开了。

一阵冲击袭来，由里乌斯和准精灵们感到一种宛如被闪电击中的痛苦。

相连的牵绊，灵魂之间的契约，确实断掉了。

只有精灵术师才能感觉到这种丧失灵魂深处契约的痛苦和悲哀。但由里乌斯不知道，爱蜜莉雅之前也曾体会过同样的痛苦，那时她跪倒在地，泪流不止。当下，他也和六名准精灵一起经历了这种痛苦，而这份痛苦必将在他的灵魂留下深深的伤痕。他感到一股揪心的疼痛，仿佛自己的一部分灵魂被剥离了。

相比之下，自己因为“暴食”的权能被花蕾们遗忘时的痛苦，根本不值一提。

不只是他，准精灵们也感受到了同样的痛苦和悔恨。她们或许为灵魂上的伤痕而气愤不已，后悔不该和人类缔结契约。然而……

“然后，我再次呼唤你们——我爱你们。如果你们愿意接受这份虚荣的求爱，就请和我重新缔结——我和你们的新契约吧!!”

由里乌斯重新举起手臂，高声呼唤。

听到他的呼唤，四散的准精灵们静静地闪烁了一秒。

一切犹豫和逡巡，就在这短短一秒内结束了。随即，温暖的光包裹了他的全身，温柔地照进了他断绝契约后留下的灵魂伤痕。其中有喜悦，有愤怒，有悲伤，有爱情，有憎恶。这些感情，同样也是他和她们十多年的回忆。而现在，他们将一切清零，准备重新开创新的未来。

他不知道这样是否正确，可是，他想选择正确的道路。

或许，他会犯下无数错误；或许，他无法一直做出正确的选择，中间也会行差踏错，不过到那时，这些也会成为他的一部分。

即使犯了错，他也不是孤身一人，前方有伟大的先人们开创的理想。即便暂时顿足，他也有一直深情守护自己的花蕾们带来的温暖。而朝身旁望去，能看见他发誓奉献自身信念的主君的侧颜。

对由里乌斯·尤克历乌斯而言，前方又有什么可怕的呢?

“没错吧，我美丽绽放的少女们？”

说完，六名花蕾——不对，是绽放的少女们便给出了回答。

光亮了起来——

“从今往后，我们还是会互相伤害吧。有时痛彻心扉，有时春风化雨，但无论如何，我都会继续坚持这条道路。”

牵绊重新缔结，治愈了契约断绝的痛苦。

由里乌斯·尤克历乌斯看向前方，身上环绕着六道更胜往昔的神秘光芒。

站在那里的，是献身于剑之人，是世人憧憬的顶点。

然而，他并不是由里乌斯的憧憬的顶点，因此由里乌斯完全毫不犹豫地用虹光撕碎这份憧憬。

“久等了，‘剑圣’雷德·阿斯特雷亚——初次见面。”

他挥舞骑士剑，抓起斗篷，优雅地行了一礼，然后抬起头，化作自己在世间最憧憬的“模样”，报上姓名。

“我是‘最优秀骑士’由里乌斯·尤克历乌斯，是即将斩杀你的王国之剑。”

2

要自称“最优秀骑士”，还是蛮需要勇气的。

骑士是一种荣誉。只有经过钻研和努力，获得与之相称的优秀实力，才配得上这个名号，而“最优秀”更是需要无与伦比的奋斗和精进。

那么，自己是否付出了足以配得上这个称号的努力呢？

自己有没有通过不懈努力，超越自己的极限呢？自己有没有每天锻炼到精疲力竭呢？自己有没有在他人奋斗的激励下，下定决心更加努力呢？

回答自己的问题吧，由里乌斯·尤克历乌斯到底有没有做到呢……

“我是‘最优秀骑士’由里乌斯·尤克历乌斯，是即将斩杀你的王国之剑。”

看着抓着斗篷向他行礼的由里乌斯，“剑圣”沉默了。

他闭上没有被眼带遮盖的那只眼睛，不去看由里乌斯，而是静静地抱起他壮硕的臂膀，沉思起来……

“你只有突破那层外壳，才会变强。”

雷德看着由里乌斯身边五颜六色的精灵们，撇嘴说道。

听到这话，由里乌斯挑起眉梢，然后摇摇头，说道：

“既然你这么说了，或许那条路真的存在吧。”

既然要追求剑道，那就拿出不顾一切的气势——雷德希望紫发骑士拿出这样的态度和觉悟，于是指明了可行的道路。

“不过，我已经下定决心走上这条道路了。或许像你说的，要是我能打破外壳露出本我，我就能变得更强。”

由里乌斯自己也清楚，如果自己没有坚定的意志，或许就那么做了。万一真到了千钧一发、生死存亡的时候，他一定会现出原形。不过，这么做的前提是他没有坚定的意志——现在他已经不会动摇了。

“我声明，我会作为骑士继续精益求精，然后比起你想引导我成为的人，各方面都会更加优秀。”

“哼，你是怎么得出这个结论的，混蛋？”

“这还用说吗？我坚信的骑士，便是我理想的化身。他清廉正直，比任何人都要强大，所以自称骑士的我也必须变成这样才行。”

向身为剑术顶点的初代“剑圣”如此宣言后，由里乌斯感到身心一阵轻松。

仔细想想，自从他来到普勒阿得斯监视塔——不，是从在水门都市失去自己的“名字”后，他就一直很不稳定。

他尽可能告诫、控制自己，没有将其表现出来。

这种堪称钢铁理性的自制力，并不是什么好事。

而隐瞒自己的问题，欺骗自己和同伴的后果，便是在塔里连战连败，最终导致了那次惨败。

他首先应该相信别人，应该坦诚交流，主动表达善意，就像对花蕾们做的那样。

“我应该去恢复那些断绝的牵绊。即便成为一个无名之辈，也能做到任何事……我自己就是最好的人证。”

默默无闻的平民之子，最终成了这个世上最帅气的骑士。

那身为无名之辈的由里乌斯，肯定也能做到任何事情。

“不管重来多少遍，我在那天都会对那个如火的少年产生憧憬，从少年骑士的背影中看见理想，然后挑战位于‘剑’之顶点的你！”

“哈——”

由里乌斯也觉得自己这种专横的言论毫无道理，被人嘲笑也在所难免。

意外的是，雷德听到这番话，既没有发怒，也没有无奈轻蔑，而是露出森森利齿，笑了。

“我一定要弄哭你——”

雷德说着，丢下手中的筷子，大步后跳，然后在一脸戒备的由里乌斯面前缓缓将大手伸向一旁，抓住插在白色地板上的选定之剑。“剑圣”在摆脱原本的考官职责，获得自由后，终于伸手拔剑了。

“练就天剑之愚者，征得其准许吧。”

“那是我的台词吧……哎呀，我这健忘的脑子已经忘光了。”

雷德重新握了握剑柄，确认了一下手感，接着便将剑直接指向由里乌斯。

光是这个简单的动作便释放出澎湃的剑气，使得由里乌斯全身汗毛倒竖。

“你要哭了吗？”

“不，能挑战‘传说’，我感到兴奋不已。”

由里乌斯没有虚张声势，而是用实力证明了自己的答案。

没错，面前的敌人可是雷德·阿斯特雷亚。由里乌斯也曾听过“剑圣”的传说，为其感到欢欣鼓舞、两眼放光、崇拜不已。

实际见到本人后，虽然“剑圣”的人品让由里乌斯有些惊讶，但实力还是与理想中别无二致。

正因为如此，至今为止自己做了多少无用之事？还真是浪费。想到这里，由里乌斯不禁翘起了嘴角。

“你在笑什么？”

“没什么，我只是在想——等完成任务回去之后，一定要找我的友人莱因哈鲁特打一架。”

听到雷德的问题，紫发骑士不假思索地说出了心中所想。

不只是剑术，由里乌斯至今从未与莱因哈鲁特较量过什么。他很后悔，自己竟然从未想过要与莱茵哈鲁特比肩。这也是他侍奉安娜塔西亚参加国王选举的理由之一。

然而，即使没有这种想法，他也会被安娜塔西亚的出类拔萃吸引，想和她追逐同一个理想，达成同一个目标。

换言之，他从一开始就不需要这种无聊的借口，早该提着两把木剑去找莱因哈鲁特较量一番了。

莱因哈鲁特曾经和佛拉基亚帝国的最强剑士比试过一场。

那一日，练兵场内剑气翻腾，也让由里乌斯心潮澎湃。

而这就是答案——

“你叫什么来着？”

被“传说”问到名字，由里乌斯惊讶地扬起了眉毛。直到刚才，他向雷德说过无数遍自己的名字，结果雷德一直没有记住。不过，这样也无妨。

“我叫由里乌斯·尤克历乌斯。这个名字很容易忘，希望你能记住。”

由里乌斯讲了个前不久绝对说不出口的冷笑话，接着提剑指向雷德。

同时，紫发骑士开始寻求六精灵的帮助。她们刚刚与他重新缔结了契约，正美丽绽放。

考虑到双方现在的关系，他的虹色极光肯定能达到更高的水准吧。

借用六精灵的力量，聚集六种属性能量的虹色极光，名为阿尔·克劳泽列和阿尔·库拉利斯特。克劳泽列能释放强大魔法，库拉利斯特能附着在骑士剑上。

除此之外，他还有一个因为他的不成熟而从未成功过的秘密技能——

“阿尔·库兰拜尔。”

极光瞬间覆盖了整个白色空间，接着，在魁伟的红发男子面前出现了一条虹色光带，这是由里乌斯·尤克历乌斯独创的虹光精灵术中的绝密之术。

同样是聚集六种属性的虹光，但由里乌斯没有将虹光聚于剑尖，而是附着在自身。亲身化作极光攻击敌人，可以说是他的必杀绝技。

“决一——”

“随便来吧。”

“胜负!!”

白色剑光正面迎上了精灵骑士的终极攻击。

3

从最初产生自我意识时起，艾姬多娜便有一个预感。

自己这种非自然之物存在的意义，在诞生那一刻便结束了。

硬要这样说的话，诞生这件事才是目的，在她诞生的那一瞬间，目的就已经实现了。因此，她才会被丢在一边，漫无目的地在全世界流浪，不得不经历了数百年的空白岁月。

就这样，在经历了几百年的空白后，在无意义的生命中，她和那个少女邂逅了。

她被那个少女鲜活的生命吸引，自己冰冷的生命也获得了温度。

身材矮小却口出狂言的少女会成为怎样的人物呢？少女会成功还是失败？她想亲眼见证。

不知不觉间，这份兴趣和关心就不再重要了，因为……

“我不想失去你，还有你珍视的人们。”

时间的流逝，温柔而又残酷。

时间可以治愈伤痕，也会侵蚀人的心意。

她活了无比漫长的时间后，第一次感觉——她不想让这一切变成历史。

身披虹光的骑士，义无反顾地冲入了白光之中。

相比于由里乌斯展示的秘技，雷德·阿斯特雷亚的行动就要单纯许多。他只是向下一挥剑，这一世上最常见的剑招便在他手里成了能切断世界、粉碎沿途一切的破坏之光。

这不是什么特殊的魔法或者技能。他只是一挥剑，发出的剑光便能毁天灭地，真是莫名其妙。

只有雷德·阿斯特雷亚如此不同凡响吗？还是说，所有“剑圣”都是这样？

“由里乌斯——”

她只知道，她想尽自己的全力，帮助极光战胜那道强横无匹的白光。

然而，她什么都做不到。

如果有什么能帮助化身极光的由里乌斯·尤克历乌斯……她抚摸着薄弱的胸膛，将意识集中到体内沉睡的睡美人身上。

艾姬多娜之所以会来沙海，就是为了寻找这具身体的主人沉睡不起的原因。不过，这只是借口罢了。

艾姬多娜知道身体的主人沉睡不起的原因。

女孩声称自己十分贪婪，豪言自己想获得世上的一切。任何东西只要到了她的手里，她就绝不会撒手。她最讨厌的，便是失去。因此，她沉睡的原因只有一个。

“你将身体让给我，暂时藏到自己的魂力里，这样就不会受到外界的干涉了——毕竟，魂力算得上是一个固有的世界。”

女孩将自己关在了那个世界里。

她这么做的理由很简单——如果走到魂力之外，便会受到大罪司教“暴食”可怕权能的影响。到时候，她就不得不忘记，不得不撒手。

安娜塔西亚·合辛就会忘记由里乌斯·尤克历乌斯。

可是，还有艾姬多娜在一旁，目睹了慌张的无名骑士所做的各种事情，无论是好是坏。因此，哪怕安娜塔西亚已经忘记了他，艾姬多娜也可以将这一切告诉安娜塔西亚。

“啊，原来是这样。”

她从诞生之初便完成了自己的任务，只是一个毫无意义的人工精灵。她一直以为自己只是这样的角色，没想到她的使命似乎还没有结束，那就是给彼此珍视而未能相见的少女和骑士牵线搭桥。

这是何等重要的任务。一想到自己生来担负着如此重大的使命，她都要笑出声了。所以……

“你应该不会不来看自己的骑士最帅气的一幕吧？你那么小气，肯定不会做这么可惜的事情。”

4

白光即将击溃极光。

由里乌斯用出浑身力气，还借助了重新契约的六只精灵的力量，可依然被压制了。他已经放出了自己的绝密之术，对方却只是认真地挥了一剑——世上竟会有如此不合常理的人物，真让人无可奈何。

只是，他同时想着只有这样的人才配做他的对手，心里感到一阵心潮澎湃，看来他也是无药可救了。

一剑便能斩断世界，这便是“剑圣”的绝技，不愧是和莱因哈鲁特同样有着“剑圣”名号的人。

就在性命相搏时，他突然想——莱因哈鲁特和雷德较量起来，谁会比较强呢？

“传说”对“传说”，“剑圣”对“剑圣”，在这场注定无法实现的决斗中，到底是谁会更胜一筹呢？

很遗憾，他没有见证这场决斗的机会。

“看来只能由我亲身体会了。”

只有来到这座塔里的人，才有机会既和莱因哈鲁特・梵・阿斯特雷亚，也和雷德・阿斯特雷亚较量一番。

那么能做到这件事情的就只有由里乌斯，以及已经前往上层，名为爱蜜莉雅的女子。而由里乌斯并不打算将这个机会拱手让人，所以他接下来只需要考虑如何胜利。

他要用虹光压倒白光，讨伐雷德・阿斯特雷亚。

为此，他竭尽了自己的全力。就差一步了，只要再提升一点实力……

只要“最优秀骑士”的剑尖上，再多一点骄傲和力量……

“由里乌斯——”

这是一声不可能听到的呼唤，但是，他确实听到了。

这声呼唤或许不是传到他的耳朵，而是传到他的心田中吧。

既然他已经下决心继续披着骑士的外壳，那他就必须回应这声呼唤——

“上啊，我的骑士。”

这句话，成了他需要的最后一把助推力。

“伊安！库娅！亚罗！伊克！茵！涅丝！”

为了最后一把助推力，他呼唤与他共同化身极光的精灵们。

需要打倒的敌人就在白光对面，他要跨越白光，用剑刺穿白光那边的敌人。

“哦哦哦哦哦哦——”

前所未有的高呼，声音凄厉得宛如吐血。

由里乌斯摆出一副搏命的架势，丢弃一直以来的优雅，只是为了不让一直以来支撑自己的信念破灭，最大限度地为信念努力，向前迈进。

雷德的剑光斩断了空间，抹除了声音和颜色。

这是“剑”之概念的显现，与他手里是选定之剑还是筷子无关。

“剑”是斩断万物之物，剑技则是用剑斩断一切的技术总称。因而斩断世间一切的剑光，便是“剑”和“剑技”发挥到极致后的本心。

被斩到之物，永远都不会忘记自己被斩到的事实，所以由里乌斯·尤克历乌斯左眼下的伤痕永远不会消失。这是他正面挑战“剑圣”，在近处承受其剑光付出的代价。

迎击的白光加强了力道，毫不动摇的虹色极光也变得愈发耀眼。

虹光和白光越来越强，越来越强，激烈地碰撞在一起……

“啊——”

宛若永恒的对抗，出乎意料地迎来了终结。

5

遮住“剑圣”左眼的眼带，轻飘飘地落在白色的地板上。

“啊——”

由里乌斯惊讶地听到自己发出了细微的惊呼声。

就在双方全力碰撞时，终结突然来临。可是，剑的势头并没有停止，缠绕着极光的剑笔直地刺入了敌人的要害。

“喊，啊，混蛋，这下变成无聊的落幕了。”

刺穿敌人的由里乌斯有些手足无措，被刺穿的雷德却是泰然自若。

哪怕胸口被刺穿，雷德依然没有露出丝毫疼痛的模样。或许是因为他有强大的精神力，又或许是因为这个魁伟男子身上发生的异变吧。

雷德·阿斯特雷亚健壮的胸脯上，除了由里乌斯的剑刺出的贯穿伤外，还有另外一条伤痕——不，是裂痕。

不仅是胸脯，他的手脚、脖子，还有脸颊都出现了龟裂的痕迹，且范围在不断扩大。

由里乌斯下意识地理解了裂痕的真相。

这是对不应该出现的扭曲进行修正的过程。

“是这么一个结局啊。别人的身体终究容纳不了我这个人。”

雷德盯着自己破碎的手掌，慧眼如炬地点明了真相。

雷德·阿斯特雷亚被“暴食”的权能吞噬，然后反过来抢夺了“暴食”身体的控制权，获得了实体。不过，这具身体依然只是大罪司教“暴食”罗伊·阿尔法德的身体。

雷德·阿斯特雷亚远超常人，要想支撑他的灵魂运转，罗伊·阿尔法德身体的承受度还远远不够。最终，在与由里乌斯的战斗末尾产生了破绽。

“那么，你干脆……”

“哈哈哈，弱者是无法随心所欲的。你要哭出来了吗？”

雷德丢下选定之剑，龇牙坏笑起来。

为什么他还能笑出来？明明他的消失已成定局。

如果打倒由里乌斯，雷德就能重新开始自己一度逝去的生命，没想到他放弃了这份希望。

“白痴。复活又有什么意义呢，混蛋？顶多就是跟刚刚过去的大美人、你背后的美人，还有那个性感的女人玩玩罢了……”

“你……你真的没有留恋吗？”

“没有。想做的时候就去做，这才是我的风格。我建议你最好也这样做，会轻松很多。”

“感谢你的建言，但对我来说，你指的这条路反而困难重重。”

他早就选择要披着骑士的外壳前进，会昂首挺胸地走在自己的道路上。可以说他在伪装自己，在隐藏自己的本心，假扮成别的东西。可是他知道，只有这样，他才能活得像自己，才能活成自己想要的样子。所以，哪怕雷德的潇洒在他看来十分耀眼，他也不会选择这条道路。

由里乌斯摸了摸自己左眼下永不消失的伤痕，对着剑的顶点宣誓道。

听到紫发骑士的回答，雷德不悦地哼了一声。接着，他指了指自己胸口上的伤痕——唯一一道与超出身体界限而产生的龟裂不同的伤痕。

“你可别误会。你的剑碰到我不过是巧合罢了。要是这是我的身体，就连你的一块鼻屎都碰不到我。”

“我根本不会做这种事……”

“哼！无聊！”

雷德骂完，用刚刚指着自己胸口的手拍了拍由里乌斯的肩膀。因为雷德的举动，由里乌斯僵住了，然后长吁了一口气。

紫发骑士还没能理解和接受眼前的事实，但哪怕为眼前的事感到狼狈、动摇，也不会比错过这一刻更难受。

裂痕逐渐扩大，终结的时刻已经近在眼前。

所以，由里乌斯将自己拔出来的骑士剑举到眼前。

“我发自心底地钦佩你的实力。”

“才不要你这个混蛋的憧憬。这是我的凯旋，由里乌斯。”

由里乌斯愣住了，没想到雷德最后会叫到他的名字。

不过，由里乌斯早已决定不会露出动摇的模样，所以他用微笑隐藏自己的震惊，向雷德行了一礼。

由里乌斯·尤克历乌斯努力不让自己的理想和憧憬蒙羞，就像之前堂堂正正地向传说中的对手报上姓名时一样，摆出了一副最优秀骑士的模样。

“嗯，直到最后都是你的胜利，雷德·阿斯特雷亚。”

“哼，区区败家犬，表情倒是不错。”

说完，雷德·阿斯特雷亚身上的裂痕越来越多了……

6

虽然看起来夸张，但裂痕的扩散没有发出丝毫声响。

并没有想象中的玻璃破碎声，随着光点四散，魁伟男子消失了——取而代之的是，白色的地板上出现了一个翻着白眼的矮小少年，瘫在那里。

随心所欲吞噬他人“名字”和“记忆”的亵渎者“恶食”——大罪司教“暴食”罗伊·阿尔法德，倒下了。

“暴食”一动不动，生死不知。只是看他左胸上有和雷德一样的深深伤痕，想必是活不成了吧。

由里乌斯看了他一眼，随即放下致敬的骑士剑，收剑入鞘，转过身，慢慢地向前走去。

极光散去，由里乌斯身边的六只精灵也变得更加闪耀。

如果没有这些从花蕾绽放成少女的精灵们的力量，现在倒地的恐怕就不是“暴食”，而是他了吧。所以，他必须要感谢和慰问她们。

遗憾的是，这份感谢必须推迟一会儿了。

在紫发骑士面前，有一个眼眸是浅蓝色的纤细小巧女子正紧紧地盯着他。她留着一头淡紫色的大波浪头发，穿着一身和沙丘格格不入的白衣。

在她脚边，还有一只黑眼睛的白狐，眼神看上去十分不安。

原来这才是一直扮作围巾的她的真身。

由里乌斯再次集中注意力，闭上眼睛，然后重复起刚才挑战“剑圣”时说过的话：

“初次见面。”

此时，他的胸中已经没有了挑战时的昂扬之情，只是心中依然有着不变的东西。

就像翻开新的冒险小说一样，憧憬骑士的少年心中依然充满了对冒险的期待。

少女看着跪在那里和她打招呼的由里乌斯，开口道：

“我是——”

由里乌斯依然伏着身子，等待她接下来的话语。不管多久，他都会等下去。

只要等待，就能听到她的话语，这是何等的幸福。

“我是安娜塔西亚·合辛，想要这个世界的一切……那么，这个帅气的小哥，你叫什么名字？”

他很清楚，此时的她一定露出了优雅的微笑，然后微微歪了歪美丽的脖子。

他保持着下跪的姿势，没有抬头，轻轻地呼了口气。

“我叫由里乌斯·尤克历乌斯，是你的一名骑士。或许你已经不记得了，但我已经把剑献给了你。为了你，我会竭尽全力，支持你的志向。”

他将剑放在地上，向安娜塔西亚行了骑士的最高礼节，然后抬起头来。

不论他的主君如今是什么样的眼神，他都不会后悔。

慌乱、迷惘、退缩，这都不是骑士应有的样子。比谁都虚荣，一直装腔作势，才是由里乌斯所憧憬的。

少女俯视着由里乌斯，眯起了圆圆的眼睛。

“是这样吗？我已经不记得了，不过……第一眼看见你，我便在想——我一定要让小哥成为我的人。”

近处，永远都在求取的主君眼睛熠熠生辉，表示自己不会放弃任何东西。

由里乌斯·尤克历乌斯为这意图获得世间一切的“强欲”，再次向她献上了自己的剑。

眼前这一幕，宛如故事中的女王和骑士，庄严又神圣——在第二层“厄勒克特拉”，被夺走的“主仆”牵绊再度复活。

菜月昴所说的四大障碍之一，成功排除。

大图书馆普勒阿得斯第二层的“测验”——落幕。

The only ability I got in a different world "Returns by Death"
I die again and again to save her.

第七章 拉姆

Re:从零开始的异世界生活

Re: Life in a different world from zero

1

那天，鲜红的熊熊烈火烧尽了一切，将她团团包围。

平稳、停滞、颓废的日常至此唐突地迎来了终结。

在极具破坏性的暴力面前，不论是最强亚人种的名声、村中最受人敬畏的村长一职，还是守护子女的父母之情，都失去了意义。

总之，村里的大家早就被和平安宁的生活磨平了棱角。

鬼族曾经被称作最强亚人种。有人说，只要鬼族加入“亚人战争”，就能扭转卢克尼卡王国的形势——即使这个假设真的发生，鬼族肯定也取不了太大的战果。

敌人最初的奇袭便消灭了一半的村民，第二波袭击又消灭了一半，至此，胜负已分。

“拉姆！快突围！你一定要活下去!!”

长老如此吼道，两根巨大的角变得更加粗壮，全身的肌肉也膨胀开来。

他拿着自己的大刀从家里冲出，对正在用风魔法扫荡杂兵的拉姆说了这些话。只是，他想让拉姆活下来并不是出于关心，而是因为他愚昧地相信，只有拉姆才是鬼族的光明未来。

早已忘记战斗为何物的鬼族最后的族长，对拉姆这个神童寄予了殷切期望——希望她是“魔女”时代声名远扬的“鬼神”的转世，能重现鬼族曾经的荣光。

拉姆对此嗤之以鼻，简直太愚蠢了。

“鬼族的荣光……无聊。”

自己身上竟然流淌着鬼族最纯粹的血脉，这个事实真让她感到恶心。

如果她能健康成长，族长的愿望或许能够实现吧。

然而，她并不希望如此。

她不想被困在这个狭小的世界里做什么神子，她有自己渴望的未来。

相比于被村民们赞美说是鬼神再临，做同族们追忆过往已逝荣光的神舆，她渴望的那个未来更有价值——她要做■■的■■。

她将意识集中在额头上，让火热的玛娜从白色的角上流向全身。然后，她将风魔法缠绕在自己娇小的身体上，像一阵风一样穿过村子。

“■■——”

她嘴上念的、心里想的，只有她唯一的■■。并不是她薄情寡义，她只是在转移注意力罢了。她的父母一开始就被杀死，成为那半数村民中的一员，早就没救了。

她并不讨厌父母。

只是他们是在这个村子里出生、长大的鬼，早已下定决心要在这个村子里落叶归根，所以在不知不觉中接受了慢性毁灭的命运。

他们会死在今晚，也是某种必然的结局。

“不过，这并不代表我不会复仇。”

从头到脚裹着一身黑袍挡在她眼前的黑影，便是她的敌人。

面对这些手持十字剑向她挥来的敌人，她毫不留情地放出了风刃。

不知是因为他们小看了拉姆这个孩子，还是因为他们本身就很弱，他们没能抵挡住拉姆的风刃，纷纷倒下，死相凄惨。之后拉姆依然缠绕着风，在火中像跳舞一样持续进行杀戮。

这一幕简直就是一场美丽的舞蹈。

然而，她举手投足间都会收割一条有形的生命。每当这时，她幼小的心灵都会发出欢呼，产生一种阴暗的喜悦。

心里的她向她呼唤，去杀更多的人，去吞噬更多的血肉、骨骼、灵魂、生命。

今晚并不是她第一次听到这种呼唤。从她出生之日起，这个声音便一直抓住一切机会诱惑她。

心里的她渴望着觉醒，不停地让她去渴求血肉、骨骼、灵魂和生命。

心里的她在诉求继续杀戮，继续破坏。

拉姆完全无法理解，这些事情有什么了不起?

长老和父母都不知道这件事，她也不想告诉这些希望她变得不再是她的人。

仿佛，她已经被角操控了。

要是没有坚定的自我，她幼小的人格肯定会被吞噬、毁灭。接着，周围人期待的鬼神就会真的降临吧。

可是，她没有变成那样，是因为……

“■■!!”

听到这声高呼，她回头望去，看见了火光照耀下的■■。

她连忙用风魔法击飞逼近的黑影，呼吸间就驱散了他们。

然后，拉姆快步跑到■■的身边。

“■■……”

两腿绵软的■■眼中充满了恐惧，瘫坐在那里。

她朝心爱的■■伸出手，将■■拉了起来。她会遵从长老的心愿，好好活下去，只不过不是她一个人独活，而是和■■一起活下去……

意外就在这一刻发生了。

发现■■没事后，她顿时松了口气。

等她回过神来，才发现她们已经被敌人团团围住，无处突围。她倒是能独自突围，但如果只有她活下来，对她来说也与死无异。

她必须想办法打破困境。

为此，她解除了全部力量封印，打算用呼啸的狂风消灭敌人，但突如其来的可憎全能感，让她的心里产生了一丝恍惚。

一个黑影穿过风刃，一刀命中了她的额头。接着，她感觉眼前一花。

在巨大的冲击下，她向后倒去，感到一阵强烈的空虚感。她看到，在被焚村的火光照得通红的夜空中，有一只白色的角，正在旋转飞舞。

注意到那是自己的角后，由于疼痛和空虚，她稚嫩的嗓子发出了惨叫。

可同时，她也发现，那个从她出生以来就一直侵蚀着她的声音也不见了。

啊，原来这么简单啊，自己之前真是太蠢了。

她看着红色夜空中画出抛物线的角，心想：啊，终于断了。

2

通过“千里眼”的共享视野，拉姆看到黑色地龙正在拼命逃跑。

而它背着的，正是相当于拉姆的另一半的那个重要少女。那是拉姆如今已经想不起来，只留下空虚怅惘的半边翅膀……

“雷姆——”

知道少女的身份后，她更是怒从心头起，恶向胆边生。

虽然不愿意承认，但昴的权能确实让她取回了巅峰时期的部分力量。她运用这份力量，将大罪司教“暴食”莱伊·巴登凯托斯压制得死死的，终于将他逼入绝境，却让莱伊燃起了生还的执念之火。

结果，莱伊使用权能逃离了拉姆，反而去追逐相当于拉姆另一半的雷姆——在知道自己正面取胜无望后，他开始使用卑鄙手段。

而让人恼火的是，这种作战方式正中拉姆的软肋。

“在捉弄对方啊……”

通过“千里眼”，拉姆能看出，莱伊显然在戏耍帕特拉修。他明明随时都能追上，却故意缀在后面，享受狩猎的乐趣。

透过共享的视野，她将这一幕牢牢地记在了心里。

“不会再允许对方任意妄为，拉姆现在就——啊？”

她急忙发动疾风，准备追赶莱伊。

就在她准备跑上螺旋阶梯的时候，她的视野突然一晃，“千里眼”也变得模糊起来。右眼中莱伊的视野，以及左眼中自己的视野开始变得朦胧。

“呜……”

不仅如此，她的身体也感受到了之前未有的严重疲劳和抓心挠肺的疼痛。

毫无疑问，这正是她平时体会到的“无角者”的诅咒。

“难道说……巴鲁斯死了？不，不对……”

她知道，如果昴真的惨死，那反作用在她身上的负担绝不会如此轻微。从她这几分钟释放的力量来看，她要承受的代价绝对不止于此。

就算她吐血倒地，痛苦得满地乱滚，也一点都不奇怪。

“既然没有变成这样，看来巴鲁斯的能力还在延续……应该是又多承担了别人的负担……是碧翠丝大人或者梅莉吧……”

她能想到的人选只有这些，但寻找这个问题的答案是无意义的。

现在的关键是，她很难再发挥出刚刚压制莱伊的力量了——现在她顶多只能解开第一道封印，如果解开第二道，她连两秒都撑不住。

这样的话，她还能战胜莱伊·巴登凯托斯吗？

“说什么丧气话——拉姆必须找到胜利的办法。”

在这样的间隙，己方阵营的胜算正在不断下降。

她再次踏上刚刚踩空的螺旋阶梯，朝上跑去。

她感觉，过去似乎也曾这样追赶逃跑的妹妹。缺失的记忆隐隐作痛，让她有些喘不过气来。

3

“嘶——”

投来的短剑削去了地龙的鳞片，但黑色地龙依然在通道中疾驰。

聪明的地龙放出了“避风加护”。它知道自己取得胜利的条件，那就是防止自己背上的蓝发少女摔落，竭尽全力逃离“暴食”的魔掌。

不得不夸赞，它真的很勇敢，可是……

“地龙真好啊，又努力，又忠于主人。如果你是人类，身为‘美食家’的我们一定会对你垂涎欲滴的！可是，可是可是，可是可是可是可是可是可是！遗憾的是，地龙是无法填饱咱们的肚子的！”

地龙有意志，有灵魂，有“记忆”，有“名字”。然而，“暴食”的权能只能吃人类的“那个”，所以莱伊没法用他最上等的方式来“爱”这只地龙——俗话说，画饼不能充饥，现在的情况正是如此。

“啊，就是这个！完全符合！肚子好饿好饿好饿好饿好饿，饿到受不了了！看上去这么美味的食物竟然只是画中之物，太煎熬了，完全就是虐待儿童！”

他追赶着奔跑的地龙，鼻腔中积攒的鼻血结块喷涌而出。

在刚才的战斗中，他的脸颊和眼眶都被打碎了。牙齿断了，舌头也破了，鲜血流个不停，沾湿了他的下巴。不过，全部无所谓了。

一想到拉姆会看到这一幕，他就感到兴奋不已。

“姐姐大人——”

她清高完美，无懈可击。这既是莱伊心中沉睡的“记忆”的心声，也是他被打得落花流水后得出的正确评论。面对认真的拉姆，他根本没有招架之力。可以说，认真的拉姆能轻易杀死任何一个大罪司教，或许雷格鲁斯能凭借他的权能的绝对性和拉姆一较高下吧……

“姐姐大人肯定不会那么愚蠢地杀他。如果杀不了就不杀，干脆把他丢到大瀑布底下也行。”

哪怕杀不了，封印的方法也有很多，就好比“三英杰”虽然杀不死“嫉妒魔女”，却可以将她封印在封魔石的祠堂中一样。

如此优秀的拉姆，让现在的莱伊感到无比自豪。

“作为姐姐大人的妹妹，一定不能让她蒙羞，要努力成长才行。”

他怀着这种崇高的使命感，从自己体内抽出了“记忆”。

“暴食”的权能里有一种名为“蚀”的能力。“蚀”可以简单分成“日食”和“月食”，用好它们却是一件难事。

一方面，“月食”是月亮缺损的现象，对应的是能抽取吃掉的人的“记忆”，然后用自己的身体进行再现的能力。莱伊平时浏览各种各样的“记忆”，将它们组合运用，这种超级合成体术可以说是“月食”的本领。

另一方面，“日食”是太阳隐藏的现象，对应的能力不仅能再现吃掉的人的“记忆”，更是能直接化身成那个人，发挥出他的原本实力。只是身体化作他人后，精神也会受到那人的强烈影响。由于害怕失去自我，不到迫不得已的时候，莱伊和罗伊都不会轻易使用这个能力。

莱伊·巴登凯托斯和罗伊·阿尔法德主要使用的能力是“月食”。鲁伊·阿内芙主要使用的则是“日食”，这是因为她既没有自己的身体，也没有稳固的自我，所以她才敢轻易使用。

可是，莱伊被拉姆打得半死不活时，为了求生用“日食”化作了“跳跃者”多尔凯尔，然后他便顿悟了。他找到了能确实维持自我、无所畏惧地使用“日食”的方法，这样他就能毫不浪费、更好地品尝对方的“人生”这道主菜了。

“本来老朽这种老家伙是不可能在战斗中得到成长的。哈哈！这可真是杰作啊！没错吧，姐姐大人！”

由于保证了顽强的自我，他感到神清气爽。一定要让姐姐大人看看觉醒后的他是多么优秀。为此，必须要让姐姐大人更恨他才行。

比如说，将眼前地龙背上的“自己”……

“说起来，我们确实没做过这种事。如果自己杀了自己，我们也能发现新的价值观吧。”

眨眼间，他就通过短距离的空间跳跃干涉了世界。

“嘶——”

地龙看到本应该在后面的莱伊突然出现在自己旁边，惊愕地发出嘶鸣，奋力疾跑想将他甩到身后。

“嘶——”

“乖乖，不要乱动，看你这么努力，我们就给你点奖励吧。”

眼看地龙就要超过自己，“拳王”一拳打在了它的身上，将它砸在墙上。它倒地后马上蜷缩起身子，拼命想要保护从背上摔落的少女。

勇敢，真是勇敢。然而，这种勇气不过是之后悲剧的调味料罢了。

“你！可要！好好！搞清楚！啊！”

莱伊一字一顿地说着，一拳一拳地打向黑色地龙。

在他的无情攻击下，地龙的颧骨和前腿都被打碎了。受到这么惨痛的攻击，它这回肯定长教训了吧。

幸好，莱伊无法吞噬地龙的“记忆”，所以他并不打算杀死它，而是想让它和自己一起牢牢地记住今天发生的事情。接下来……

“为了姐姐大人，雷姆要亲手将姐姐大人珍视的雷姆……”

“别说这么恶心的话，好吗——”

就在他准备扑向雷姆时，突然听到一声凛然清澈的声音。他闻声抬起头，随即被当面而来的两脚狠狠地踹在脸上。他重重地朝后方摔去，后背擦着地面倒飞出去。然后……

“啊哈哈哈哈……你终于追来了，姐姐大人。咱们……咦？我们……俺们？雷姆和大家等了好久。”

倒在地上的莱伊只是双脚用力，直接一跃而起。就在他深情地看着他的另一半时，拉姆露出了前所未有的神色。

“才过了这么短时间，就变得这么丑了……”

4

“才过了这么短时间，就变得这么丑了……”

拉姆追上这个恶劣的猎人后，诚实地发出了感慨。吸引了莱伊的视线后，她拖着未能完全解放的身体，跑向遍体鳞伤的地龙和在一旁沉睡的雷姆。

扑到雷姆身上后，就听到莱伊说：

“竟然说我们丑，姐姐大人好过分……咱们明明、明明、明明！这么重视姐姐大人啊啊啊啊！”

他的语气、语调变幻不定，话里已经没有任何逻辑。不只是拉姆，任谁都能看出，他的精神已经完全异常了，因为他现在的模样实在是太扭曲了。

通过提取“记忆”再现对方的身体，从而发挥出对方技能的全部实力，这本是他的秘技。现在看来，这对于他来说也是一种禁忌。如今拉姆眼前的“暴食”，的确有他所提取的“记忆”的模样，却又谁也不是。

他看上去已经完全是一个合成怪物了。

其中有能跳跃空间的秃头老人的部分，有没能挡住拉姆风刃的肥胖大汉的部分，有格斗能力已达神技的格斗家的部分。除此之外，还有各种各样的人的身体特征，整个人变得十分诡异。然而，他本人似乎并没有察觉到这种扭曲。

莱伊开始成为谁也不是的怪物。

一个不断夺走他人“记忆”的人，自我的基础往往是薄弱的。正因为如此，他坏掉了。

“结果就变成了一个以为自己是雷姆的怪物？说实话，拉姆还是第一次这么生气。”

拉姆低头看向妹妹，她是弥补拉姆心灵空虚的碎片。而莱伊的脸上同样也有雷姆的部分，更激起了拉姆对他的怒火。

“帕特拉修很努力了，带着雷姆一起退下吧。”

“嘶……”

地龙的应答声十分微弱，拉姆随即将吐血的帕特拉修护在身后。

帕特拉修拖着自己巨大的身躯，叼起雷姆的衣领，开始撤离战场。

“不行啦，姐姐大人。那可是重要的前菜……是享用主菜前必须要有的东西——”

“去死吧——”

莱伊迈出足有人头大小的脚，开始讲述起他的歪理。拉姆直接一掌朝他的脸上拍去，打算用掌中回旋的风刃撕裂敌人的脑袋。事已至此，她也不准备再手下留情了。

她本想通过拷打莱伊，获得恢复“记忆”的方法，结果让雷姆的安全受到威胁，帕特拉修也受了重伤。而看他之前语言混乱，应该很难给出清楚的回答了。综合考虑过后，她做出了正确的选择。

她得赶紧击败莱伊，消除昴承受的身体负担，然后带帕特拉修和雷姆回到绿房间，再去支援别人——她是这么考虑的。

可就在旋风即将撕碎莱伊的脑袋时，眼前的一幕却让她惊呆了。

没有什么新的事情发生，只是莱伊的外观再次发生变化，但就是这个变化恰恰是她无法视若无睹的。

莱伊那张集合了无数人特征的脸，从额头处长出了一根白色的角。

“姐姐大人——”

那一瞬间，他用那张和雷姆一模一样的脸、那副和雷姆别无二致的嗓音，呼唤起拉姆的名字。

她立即僵住了，然后，莱伊的巨掌一击命中了她。

5

拉姆没有死，可受的也绝不是可以一笑而过的轻伤。

她感到强烈的脑震荡，鼻子也流血了，双腿开始打战，但与身体的高负担无关。以上这一切都证明她受了重伤。

而伤害她的，正是眼前这个温柔可爱的蓝发少女——诡异的是，现场竟然能看到三个长相相似的少女。

“快哭吧，姐姐大人。”

蓝发少女看似说着祈求的话语，蓝色的眼睛里浮出泪水，手上却挥出重拳。拳头的冲击深入骨髓，直击灵魂。

“生气吧，姐姐大人。”

她先是朝着拉姆的肚子狠狠揍了一拳，然后趁着拉姆下意识低头的时候，对着拉姆的下巴来了一个上勾拳。就在拉姆庆幸自己没有咬到舌头时，少女对着拉姆的肚子又是一拳，打得拉姆连连后退，接着一记肘击狠狠砸在拉姆的头上。

“要笑啊，姐姐大人。”

每一句亲密的话语，都打动着拉姆的心。

拉姆知晓的雷姆一直在沉睡。在拉姆失去“记忆”后，也失去了原本一直陪在她身边的妹妹。

她一直在等妹妹醒来，期待妹妹初次唤自己一声姐姐。她不知道那时候她的记忆会不会恢复，但不论恢复与否，妹妹苏醒后的第一声呼唤肯定就像新生儿的初啼，是一种特别的东西。结果……

“哭吧。”“愤怒吧。”“笑吧。”“苦闷吧。”“微笑吧。”“痛苦吧。”“生气吧。”“振奋吧。”“羞愧吧。”“睡吧。”“发脾气吧。”“吃惊吧。”“祝福吧。”“姐姐大人——”

“不——”

不许这么叫拉姆——拉姆想要怒吼，却因为嘴巴被掌心捂住，说不出话来。

这个被拉姆逼到山穷水尽后诞生的怪物，他的力量是压倒性的。他已经不再犹豫，随心所欲地提取体内的记忆，对他正在失去自我一事浑然不知。而且，他还一直化作拉姆最重要的另一半的样子。

月亮和太阳都已经遮蔽不见，黑暗完全笼罩了“暴食”。

“姐姐大人，姐姐大人，我们觉得这样不像姐姐大人。”

妹妹噘起嘴巴，撒娇似的用拳头纠正姐姐的错误。拉姆的前胸毫无防备地挨了一拳，骨头嘎吱作响，整个人猛地撞到了墙上。

普勒阿得斯坚固的石墙直接被撞得粉碎，拉姆倒在了通道的那头。

周围扬起了蒙蒙的烟尘，她嘴里满是尘土和鲜血的味道，用力咳嗽起来。此时，折断的骨头和撕裂的血肉也开始了惨叫合唱，争先强调自己的苦痛。

她扭扭脖子，打算确认到底是哪里受伤了。

“啊——”

她发出轻微的惊呼。其中有失望，也有无奈的感伤。

她在自己倒下的通道前方，看见了帕特拉修的身影。他们的距离只有十几米——尽管她一直忍受着无穷的痛苦，但争取到的时间也不过十几秒罢了。

“姐姐大人，姐姐大人，你没事吧？”

莱伊无辜地问道。透过浓密的烟尘，拉姆能听到他的脚步声，他正从通道那头慢慢绕过来。其间，拉姆吐着血，和满身是伤的帕特拉修交换了一下眼神。

“嘶——”

“嗯，拉姆知道。等一切结束后，一起好好教训巴鲁斯吧。”

说实话，她听不懂帕特拉修在说什么。可是，既然黑色地龙并没有出言反驳，看来她的回答也八九不离十吧。

不得不承认，她的决定起了反作用。所有的手牌都已经打光了，抽到的牌也全部是坏牌。

她自认为全身都是优点，不过她也知道，她有一个无可救药的缺点，那就是时运不济。

自从她的角被斩断，变成一个不完整的鬼族后，霉运就一直如影随形。

其实她对鬼族的身份并不执着。这个世界上最讨厌额头上那只白角的鬼，大概就是她自己了。然而，她现在不得不承认，要是现在那只角还在就好了——不，这种说法并不正确，角确实还在她身上。

那只角如今还在她手里，那根形影不离的魔杖就是以她折断的角为基础做出来的。

角是鬼族的重要器官，能高效收集玛娜，支撑鬼族强大的身体。作为使用魔法的触媒，没有比它更适合的东西了。为此，罗兹瓦尔专门回收了角，特制了这根魔杖。

角是在魔杖里还是在额头上，明明只是所在位置不同，结果却有这么大的差别——就在她思考角的事情的时候，突然灵光一闪。她想到了有角无角的差别，想到了她曾经一度压制莱伊的事实，然后，她动员起自己所有智慧，终于想出了一个打破现状的可能性。

罗兹瓦尔收留了断角的拉姆以及沉睡的雷姆。为什么他会同时收留拉姆、雷姆姐妹两个呢？

拉姆知道他赋予自己的职责。在这期间，她也知道了罗兹瓦尔正在进行的计划，知道在这个计划中她格外重要，等时间到了自然会掌握解决方法。所以，她本打算不到必要的时候就不去追究。可在此时，为了让她、让沉睡的雷姆、让为了她们姐妹一直战斗不止的帕特拉修活下去，她产生了一个想法。

这个想法十分荒唐，但她自信这是个可信的推论。

若是她深爱的罗兹瓦尔·L.梅札斯，他一定——

“即便被人骂是畜生，他也一定会这么做吧。”

说着，她用颤抖的手拔出了腿上的魔杖。

她盯着这根陪伴了她十年的魔杖，然后用力将它砸到墙上。

在破碎的魔杖中，睽违多年的某物飞了出来。

它烦人地旋转不停，就像是当年一样。

6

莱伊轻轻挥开通道里弥漫的白色烟尘，举止端庄、脚步轻盈地走向前方。保持安静是女仆必备的教养，也是为了不让主人蒙羞的最基本礼仪。

他最爱的姐姐大人，就倒在烟尘的那头。

他好想多看看她丰富多彩的表情，他好想被那双充满激情、熊熊燃烧的淡红色眼眸注视。这么青涩的欲望，简直就是恋爱。

“哎呀。”

他穿过烟尘，最先看到的是一瘸一拐的黑色地龙。

就在他和姐姐大人交流接触的时候，这头地龙不知不觉间就不见了。说实话，他对地龙没有兴趣，但需要找到地龙带着

的那个“麻烦人物”。

倾慕姐姐大人的只有他就够了。姐姐大人是他的所有物。

“啊，找到了。”

在踉跄的地龙对面,“麻烦人物”正靠在墙边。

她靠在那里，正好方便了他瞄准脖子和心脏。他得赶紧把她解决，然后去享用身为主菜的姐姐大人。

就在他接近“麻烦人物”的时候，他突然发现——低着头的蓝发少女的头上，闪烁着淡淡的光。

“拉姆要订正一下。”

“姐姐大——”

“拉姆一直以为自己运气不好，其实不是的。”

他想呼唤正在说话的少女，却根本来不及开口。

还不等他说完，拉姆就一掌打到他的脸上。还不等他回过神，下一秒，他就受到冲击波的袭击，飞到通道的另一头。

由于这一掌的威力实在太大，直到他连着撞穿两面墙壁，冲击的势头才慢慢弱了下来。

沉重的攻击打得他站不起身，只能屈膝跪在地上。不过，他心中的愕然完全盖过了身体的痛苦，美丽的面容上写满了震惊——到底发生了什么?

“看来即便是老天爷，也被拉姆和雷姆的可爱迷住了。”

就在莱伊定睛看向自己砸穿的墙壁洞口冒出的烟尘时，一只超音速的手掌打在他的脸上。

“姐姐大人……”

“很遗憾，拉姆能通过‘共感觉’清楚地感受到，拉姆的妹妹正在里面熟睡呢。”

“公……敢? ”

“是‘共感觉’。拉姆和雷姆可是亲密的姐妹，所以能共享喜怒悲痛——也能共享角的活性化带来的恩惠和负担。”

他完全听不懂拉姆的意思，但是，眼见为实。

就在他被揍飞之前，他看到了靠在墙上的“睡美人”额头上的白角——鬼族少女与生俱来的器官，也是她唯一胜过姐姐的财产。

那只角出现了，那只角在发光。通过那只角又能做什么？

“虽然从巴鲁斯的战术中获得灵感让拉姆有点不爽，不过算了。”

“昴的战术……”

“别顶着那张脸和那副嗓音叫巴鲁斯的名字。”

拉姆飞速按住莱伊的脸，将他的后脑勺直接撞到了地上。

她看着四肢抽搐的莱伊，反复张合手掌，确认自己现在的力量。额头上的旧伤血流不止，然而她对此并不反感，反而愉悦地扬起了嘴角。

对她来说，这份鲜血和痛苦，便是姐妹之间的牵绊复活了的证明。

“生于黑暗之人，终将死于黑暗。啼哭降世之人，亦将啼哭赴死。”

她用手背擦了擦额头上的血，然后用淡红色的眼睛望向莱伊。为了看到她眼中的激情，莱伊至今为止设计了无数阴谋诡计。如今，她俯视这个大罪司教“暴食”的眼神中，只有冰冷透骨。

7

从很早以前，她便一直抱有怀疑。

她效忠的主人罗兹瓦尔·L.梅札斯要想达成自己的最终目

的，就必须杀死守护卢克尼卡王国的“龙”。

十多年前，在熊熊燃烧的鬼族村，罗兹瓦尔在救下拉姆和■■后，要求拉姆付出代价。罗兹瓦尔告诉她，她是他实现目的必不可少的一枚棋子。

接着，在罗兹瓦尔答应为鬼族复仇后，拉姆决定付出代价。

所以，不论他是要屠龙还是要做别的什么，拉姆都会帮他。

在她残损的记忆里，当她询问主人屠龙之法的时候，主人是这么回答的：

“到时候便知道了——只有你们姐■才能做到的任务。”

奇怪的是，至今为止，她竟然从未认真思考过这件事。

“拉姆终于明白了，罗兹瓦尔大人的目的到底是什么。”

罗兹瓦尔漫长一生中的一切行动，都是为了那个最终目标。

为此，他深深地潜伏在卢克尼卡王国；为此，他救出了拉姆和■■；为此，他将“圣域”作为试金石，测试了菜月昴的决心。

所以，罗兹瓦尔收留她们姐■的理由是什么，拉姆如今也有了答案。

■■是作为拉姆失去的角的替代品，才被罗兹瓦尔收留的。拉姆和■■两姐■将合二为一，完成屠“龙”的目的。

毫无疑问，罗兹瓦尔也无法避免“暴食”权能的影响，因而他也忘记了自己当初为什么要把■■收留在自己的宅邸内。可即便当时忘了，他肯定也会很快注意到自己的目的。

然后，他坐视拉姆他们努力从“暴食”的迫害中夺回■■，完全没有说出真相。他还真是——

“一如既往地滴水不漏啊。”

哪怕罗兹瓦尔的计划被昴粉碎过一次，他仍然在暗中虎视眈眈地推进自己的计划。唉，真是个不知悔改的人。

可是——他之所以同意拉姆跟着■■一起参加这次旅行，便是预料到了这种可能性吧。

或许只是拉姆想多了，或许只是拉姆把自己仰慕的男人想得过于无所不能了。

“即便如此，拉姆还是愿意相信，拉姆喜欢的男人信任拉姆啊。”

罗兹瓦尔信任拉姆一定能守护好■■和其他同伴。他相信，到了关键时候，拉姆一定能发现他的隐藏意图，主动打出屠“龙”的王牌。

这十年里，罗兹瓦尔·L.梅札斯一直信任拉姆——她愿意这么相信，所以……

“拉姆现在的心情好极了，你赶快去死吧。”

“姐姐大人——”

莱伊被按在地板上，手脚不断地抽搐，再次变换了模样。

他的脸依然是雷姆的模样，手脚却左右不对称地膨胀、伸缩了起来。这并非什么自由自在的变化，只是在反复进行混乱的变化，试图摆脱现在的劣势罢了。

敌人的心性已经混乱，他早就失去了自我。要对付这样的敌人，真让人不悦。

“真傻。”

倒地的莱伊摇摆着自己不成形状的庞大身躯，强行从拉姆的手中挣脱了出去，接着一个鲤鱼打挺高高跃起，甩出粗如圆木的手臂。

拉姆毫不犹豫地迎了上去。她的额头流下了鲜血，可这份疼痛和空虚反而让她心底的鬼血沸腾了。

啊，真让人恼火。她一直很讨厌这种昂扬的心情。

喜欢战斗、想要施展力量、心血来潮地渴望杀死敌人，真是可憎的鬼族本能，她一直很讨厌这种本能。所以，那晚她额头上的角被折断后，她觉得自己终于解放了。

“真讽刺啊。”

说着，她抓过莱伊攻过来的手臂，给他来了一个过肩摔。等他摔到地上，她又一脚踹向他的脑袋，将他踢向通道的另一头。她绝不会让他靠近身后负伤的地龙以及靠墙的少女。

熟睡少女的额头上，白色的角依然闪着淡淡的光芒。

原本这个被迫进入沉睡的鬼族少女是无法发挥出角的力量的，拉姆却用“共感觉”将它强行唤醒了。

在她失去姐妹记忆后，这种血浓于水的隐形联系，也客观证明了雷姆和她的关系。

多亏了这个联系，哪怕她在这一年里未能与雷姆进行任何语言交流，也依然能够确信二人的关系。

她之所以能发现这种“共感觉”的逆用，也不过是一种巧合罢了。

令人恼火的是，这是从昴那里得到的灵感。因为他用奇妙的能力背负起拉姆的负担，使拉姆获得了战斗的能力，所以拉姆才有了同样的想法。

作为“共感觉”的双方，可以共享强烈的感情，有时连伤痛都可以分担。

她不明白原理，不过她曾在碧翠丝的禁书库里看过一种假说——“共感觉”是源于不同个体之间魂力的联系。

魂力即是人的灵魂，是人体深处蕴藏的力量之源。它也可以代替玛娜使用魔法，但它其实是一个人最纯粹的本质。

从同一个胚胎中诞生的二人，在任何人都无法入侵的领域缔结了联系，这就是“共感觉”。

虽然这不过是一种民间假说，可她很喜欢这种说法。自己生来就和另一个人联系在一起，这是多么浪漫的事啊。

如果她真的生来就和某人有联系……

“拉姆肯定生来就注定要去爱这个孩子吧。”

即使拉姆只是一个婴儿，也会不惜一切地保护这份牵绊。为了守护她、照顾她、疼爱她，拉姆愿意付出一切。因此……

“原谅拉姆这个给你增加负担的坏姐姐吧。”

拉姆通过“共感觉”，让沉睡的妹妹分担了身体的负担。

因为实际体验过昴的权能，所以拉姆轻松地搞明白了其中的诀窍。她很聪明，只要看过一次，就能复原大部分的技术。她的做法和昴大致相同——通过将别人的魂力和自己的魂力强行连接起来，进行单方面的“共感觉”。

其实昴也能将自己的负担传递给拉姆，但他是个笨蛋，并没有这么做。他只是一味地分担同伴们的伤害，努力减轻她们的负担。

“真傻——”

这和她刚才对莱伊说的话一样，却蕴含着不同的感情。

昴用权能做到的事，她也能通过“共感觉”在有联系的雷姆身上做到。

她不知道昴那边怎么了，但这样应该能多少减轻一点他的负担吧，而且也能摆脱和昴的恶心连接。

取而代之的是，她的负担就得让雷姆来承担了。

沉睡中的雷姆，依然一言不发，只是通过拉姆手中那个——原本藏在魔杖里的——断掉的白角，将流入自己角中的玛娜源源不断地给拉姆输送过去。

拉姆所需的大量玛娜，毫无疑问也会给雷姆的身体带来巨大负担，所以必须速战速决。

“姐姐大人——”

刚刚被踢飞的莱伊又哭号着跑了回来。

利用名为“跳跃者”的魔技，他能瞬间拉近与对手的距离。然而，只要对方彻底看穿他的企图，这种神出鬼没的技能就完全没用了。

“太慢了，低能儿。拉姆都快等成老婆婆了。”

拉姆靠“千里眼”盗取敌人的视野后，便能先发制人挫败敌人的一切进攻。她先是掰折了莱伊刺来的五指，又一肘撞向他丑陋的喉咙，最后一个回旋踢将他踢到了墙上。

“哇……”

“话说回来，就算拉姆老了，也依然可爱。”

说着，她抓起敌人的衣领将他提了起来，又狠狠地摔到地上，给他的后脑勺开了个瓢，然后高抬长腿一个下劈，攻向他的面部，将他的鼻子砸得粉碎。

莱伊伸出双手想要抓住她，她一个后撤轻松躲开，随即放出无数风刃。

“呀啊啊啊啊!!”

“脸这么可爱，惨叫声却很难听啊。”

在风刃的攻击下，莱伊全身鲜血四溅，被打飞了。

他的身体依然在不停地发生变化，全身上下只有那张脸仍然维持着拉姆熟悉的面容。

她都快要看吐了。当然，她是不会做这么粗鄙的事的。

莱伊鲜血直流，可还是笨拙地攻了上来。

其实他的技术已经堪称神技了，因为集合了无数超越者的力量，他能创造出独一无二的技能。然而，这些五花八门的优秀攻击，全部被拉姆强大的暴力击溃了。

如果说莱伊的战斗力是成百上千，那拉姆就用上亿的暴力将他碾碎。这便是这场战斗的实质。

相比于昴，果然还是与雷姆的连接更让她感到怀念，此时她再次解开了两道封印。

恐怕她已经发挥出全盛期实力的五成——不对，考虑到她也在成长，现在的她应该比那时更强，而且绝不会痴迷于这种强大正是拉姆的强大之处。

“果然那个时候角断了是件好事。”

要是没有那晚发生的事，她说不定就会败给角的诱惑了。

或许她不会输，但这种无法验证的事是没有答案的，所以她宁愿认为这是一件好事，为自己清高的人生感到骄傲。

因为没有了角，她才没有变成自己讨厌的“鬼”。

“再说了，要是没有那晚上的事，拉姆就遇不到罗兹瓦尔大人了，前后完全不能相提并论。”

得出最终结论后，拉姆掌心朝外，伸出手掌。

莱伊一个空间跳跃，正好出现在她的掌心前面。他没想到拉姆竟然掌握了他的出现地点，顿时大吃一惊，拉姆一把抓住他的脸。

“没法连续跳跃吧？拉姆已经受够那个把戏和那张脸了。”

“等——”

“拉姆不等。”

她冷漠地说完，便从抓脸的手掌中射出风刃。

风刃瞬间撕裂了莱伊脸上的所有器官，眼耳口鼻无一幸免。他口吐鲜血，惨叫连连。

“啊啊啊啊啊啊——”

他哭喊着，脸上血泪横流，在通道里滚来滚去。

拉姆无情地俯视着痛得满地打滚的他，朝他走了过去。

听到拉姆接近的脚步声，莱伊变了模样，变成一个高大健壮的男人，给她来了一记重拳和膝撞。没想到拉姆先是轻松地拍开他攻来的拳头，又打折了他的腿，将他踢倒在地。

为了从拉姆手中逃跑，莱伊再次变了模样。

他化作一个满脸胡子的大汉，想靠圆滚滚的身体巩固防御，可拉姆一脚踢飞他的身体，接着用一套连环拳将他死死地钉在了天花板上。此时，他自以为固若金汤的皮肉，早已经被拉姆打成了一摊烂泥。

莱伊再次变换模样，想杀死给他带来无限痛苦的拉姆。

他这次又化为秃头老人，使出神出鬼没的魔技，可惜在拉姆眼中早已是个露馅的把戏。她怜悯地抓住莱伊，将他的头按在墙上，然后像磨姜泥似的按着他跑了起来。

“啊啊啊啊啊啊——”

在拉姆力量的压制下，无处可逃的莱伊全身都要被碾碎了。为了寻求脱身方法，他在拉姆的手里不停地变化着。只是拉姆封杀了他的一切努力，用自己的力量成功为成千上万的牺牲者们报了仇。

这些牺牲者们被“暴食”吞噬后，他们学到的技术、走过的人生、珍爱的感情全部遭到“暴食”的鄙夷践踏。如今，拉姆依靠自己的力量，告慰了这些牺牲的男男女女。

“暴食”已经不能再利用牺牲者的技术、人生和感情了，因为这些统统对拉姆没用。

“自己的责任，自己负责。”

她一摆手，将摩擦得遍体鳞伤的亵渎者丢到地上。

莱伊在监视塔的地板上连打了几个滚，全身不停地抽搐。他的模样再次慢慢发生了变化，混杂着无数“记忆”的他这次化作了——

“哎呀，好久不见。拉姆可是很想念这张脸，算是第三想念吧。”

“哇……啊……”

拉姆擦了擦额头上的血，扬起了嘴角。

出现在她眼前的是莱伊，名副其实的莱伊。他没有再要小聪明借用他人的技术和容貌，变回了原本的自己。

不论一个人再怎么想要成为别人、依赖别人，他永远还是他自己。

就像她虽然没有了角，但依然是鬼一样。

就像她失去了记忆，依然还是雷姆的姐姐一样。

“都到最后关头了，要用自己的力量抵抗看看吗？对了，在螺旋阶梯的时候，你说了一件有趣的事啊——你有弟弟妹妹吧？要不要为了弟弟妹妹，展现一下自己的兄长气概呢？”

倒在地上大喘粗气的莱伊突然停止了呼吸。他并没有断气，这只是他对拉姆的话做出的反应。

听到弟弟妹妹后，他的呼吸微微平静了下来，接着慢慢站起身。

“不要对我们的……咱们的妹妹……”

“不要对她动手吗？很遗憾，你没有这么要求的资格。你哪怕有一次听过别人的祈求吗？”

“可是……”

他满是血迹的脸皱成一团，带着哭声恳求起来。

拉姆听到他悲伤的诉求，轻轻眯起眼睛。然后，她叹了口气，垂下视线，说道：

“也不是不能——”

“姐姐大人真的太温柔了。”

就在拉姆没有看莱伊的那一刹那，莱伊留下这句话后消失了。利用“跳跃者”多尔凯尔的“空间跳跃”，亵渎者了无痕迹地消失了。

他逃走了。

8

“哈哈！啊哈哈哈！啊哈哈哈哈哈！”

莱伊利用“跳跃者”多尔凯尔的异能，成功从拉姆身边逃脱了。

他已经不奢求吃掉拉姆，现在只想不择手段地逃走。

赢不了，他完全赢不了她。她既不是美食，也不是恶食，完全不属于食物的范畴。

“虽然对不起鲁伊和罗伊，但准备一道美食，备菜十分关键！”

他带着一身伤痕，嗤笑起与他盯上同一个猎物的弟弟妹妹。

鲁伊早早脱离战斗，罗伊此时则在别的地方战斗。要是那只鬼真的能转去对付弟弟妹妹，他就可以轻松地逃之夭夭了。

“恶食”罗伊是一个不知悔改的人，说不定会被杀死吧，但这也是没办法的事情。不如说，莱伊其实很讨厌“恶食”罗伊，因为那家伙会把猎场搞得一片狼藉，有时候甚至还会抢走莱伊的美食——不，至今为止莱伊吃的东西，真的可以算作“美食”吗？

“一个个都是废物……啊，可恶！可恶，可恶，可恶！竟然会有那种人！要是咱们没见过她就好了!!”

这并非妹妹仰慕姐姐引起的感情。这是一种深不见底的庞大欲望，是他发自内心的真实的强烈愿望。

他想吃掉她，全心全意想吃了她。

他标榜自己是“美食家”，想要品尝世间的一切感情和优秀人才。可惜在认识到何为“真正的美食”后，一切都变得索然无味。

莱伊·巴登凯托斯作为大罪司教“暴食”，所有价值和信仰至此全部崩塌，化为灰烬。

原本餐桌上的豪华料理，全部变成了沙地里的泥丸。

“我们想吃掉她。”

为了吃掉她，他可以抛弃一切。

为了吃掉她，他愿意吐出至今为止吃掉的一切。

他已经不想吃除她以外的东西了，除她以外的东西已经满足不了他。

“呜哇。”

他跑着跑着，突然呕吐起来。并不是因为疼痛，而是因为无法忍受。本以为最上等的食物竟然不过尔尔，在知晓了无上的美味后，他感觉自己肚里的东西污秽得无法忍受。

他为什么会觉得除她以外的东西会是美味呢？他怎么会赞美和享受他们呢？他竟然会热爱那些真正美味以外的东西，他还算什么“美食家”？

“啊，没错，没错，没错，没错，没错，没错，就是因为这个，就是因为我们想要这个！所以才暴饮！暴食！”

食欲不断涌出，肚子感觉好饿，他的心在不停地哀号：我们好想要她。

他想和她合为一体，他想和她融为一体，如果说食欲是将外面的东西纳入体内，那刺激他的“暴食”便是穷极的爱。

“没错！我们爱她！我们爱姐姐大人……不，拉姆！咱们爱你——”

心中萌生的强烈感情，让他情不自禁高呼起来，然后呼喊戛然而止。

原因是疼痛，新的疼痛让他说不出话来。

“啊？”

抚过脸颊，莱伊看着被鲜血染红的黏糊的手掌。就在他逃往塔外的途中，脸上突然出现一道新的切痕，是面前一无所有的空间造成的。

他默默伸出手，然后手指也被割伤了。

空无一物的空间里，出现了隐形的刀刃。

“哈！”

这是他在螺旋阶梯中曾对拉姆使用过的技能。在空间中放置隐形的刀刃，是某个传说中的忍者的技能。不过，这个“记忆”如今已经被他丢掉，所以没什么所谓了。问题是，他不记得自己在这里放置过刀刃。

“难道……”

他避开割伤手指的刀刃，继续向前走去。“啊！”他突然发出惨叫，身子疼得后仰，原来是他的手指被切掉了。

接着，他刚刚缩回的后脑勺也被刀刃割伤，他瞠目结舌地僵在原地——隐形的刀刃已经将他包围。

“哈哈，真的假的？”

她明明只见过一次。

在之前的战斗中，他曾经向她施展过一次，但毕竟是隐形的招数，所以不能算她亲眼见过。再说了，她本人根本没有过来，可她还是预判了他的逃跑路线，预先布置了刀刃。

她不会放过莱伊。她的“眼睛”一直死死地盯着莱伊，不给他任何逃跑的机会。

“嘿哈。”

他笑了，也只能笑了。

他爱她。有生以来第一次产生如此强烈的渴望，被她非同凡响的强大迷得神魂颠倒。

“啊！等等，等一下！再稍微等等！只要一会儿就好！只要一会儿就好啦！”

他明白，无论对“千里眼”怎么呼喊，那头都听不到。所以，这一声声呼喊不是说给对方听的，而是为了让自己动起来。

他慌忙贴到旁边的墙上。他不该那么早就放弃胃里的食物，如果还有“拳王”的异能，就不用这么辛苦了。

现在后悔也没用了，他将双臂挥向隐形刀刃，砍下了自己的双手，顿时血流如注。

好痛，好痛，好痛，好痛，好痛，好痛，可已经无所谓了。

“接受我们的感情吧！聆听咱们的愿望吧！”

他将流血的手臂按在墙上，用力地写着。

他扭动自己小巧的身体，用漆黑的血在沙塔的墙壁上写下巨大的文字。

“噗哈。”

然后，他退后几步，睁大右眼看向自己写下的文字，这样就能将这些血字传达给自己寤寐求之的人了。

她一定会一直看着和他视野中一样的风景，直到最后一刻。

“啊，我们爱——”

还不等他说完，大罪司教“暴食”的头颅便被风刃斩落。

9

“芙拉——”

拉姆呢喃道，晃动着手指放出了风刃。

她放出一把风刃，射向逃亡的莱伊。

“千里眼”可以轻松追踪到“暴食”逃亡的路径。为了保证准度，她还特意用了一些让敌人迟滞的小把戏。这些把戏虽然粗疏，但看来还是发挥作用了。

在她射出最后一刀前，莱伊突然做出诡异的举动。

他主动切下了自己的手臂，然后在墙上写起了血字。

真是一个自作多情、毫无价值、污秽恶劣的恶作剧。然而，她还是看到了最后。莱伊的人头落地，血字也随着他的视野不断旋转，直到这时，她才闭上了眼睛。

她没有丝毫必须看的义务感，只是不亲眼看到他死，总感觉不放心罢了。

亵渎者最后做错了一件事。要是他愿意为了弟弟妹妹拼命，拉姆或许会放他一条生路。可惜的是，他只将弟弟妹妹当成欺骗拉姆，让他逃出生天的诱饵。

拉姆这下也不知道该怎么让他返还吃掉的东西了。他本可以将这个知识作为交换条件，让拉姆饶他一命，可他没有这么做，所以他只能付出代价。

“握剑之人为剑所毁，求魔之人为魔所毁，委身于火焰之人为火焰所毁——而向鬼许愿之人为鬼所毁，人终将被寄托之物毁灭。”

这便是拉姆相信的因果循环、报应不爽的道理。

她放下手，长舒一口气，然后转过身，沿着已经破破烂烂的道路往回走。为了不在离他们太近的地方开打，她刻意拉开了距离。

如今这段距离让她心急如焚，她不禁加快了脚步。

“嘶——”

绕过崩塌的墙壁后，最先迎接她的是地龙高亢的叫声。

漆黑的地龙用它的身体好好地挡住了背后的雷姆。它已经做好最坏的打算，如果回来的不是拉姆，就用自己的身体保护雷姆。明明它自己也已经遍体鳞伤，却还是如此忠实地履行着昴的命令。这么好的地龙，配昴真是可惜了……

“不对，你自己也想保护雷姆吧？这样啊……真是个好孩子，帕特拉修。”

拉姆轻轻抚摸地龙的头。

帕特拉修早已伤痕累累，得赶紧把它送到绿房间才行。哪怕它再忠诚，也不能负着伤继续勉强了。

拉姆也不想对妹妹的恩人——恩龙，恩将仇报。

她好好地慰劳了地龙一会儿，这才走向它护在身后的雷姆。

“共感觉”的角力共享现在已经解除，雷姆额头上的角也消失了。不过，既然她分担了拉姆的鬼神之力，那她的身体毫无疑问也会受到影响。

拉姆一想到等会自己会遭受的反作用，心情也不禁沉重起来。但是……

“现在就先不去想这些扫兴的事了。”

她慢慢跪下来，用手抚摸起妹妹沉睡的脸。

之前毫无自觉的姐妹之情，如今更添几分实感，她的心中充满对妹妹的怜爱和珍惜。

在失去角和鬼神之力后，她一步步走到了今天。

在那个燃烧的夜晚，她到底是为了什么而战？她之前一直以为是为了她自己，并对此坚信不疑，可是此时此刻，她的想法变了。

那天，她的角之所以会断——

“是为了拉姆今天能知道自己是雷姆的姐姐大人啊。”

通过“共感觉”，她能感受到她们是灵魂相合、共享世界的双胞胎，是无可替代的姐妹。

“拉姆现在更想和你聊天了。你和拉姆之前到底是怎么相处的？一起经历了什么事情？再来一起填补丢失的回忆吧。”

逝者如斯夫，她们未来还能积累更多的回忆。

所以，为了不让姐妹二人的关系在遗忘中结束，她们每晚都要一起好好聊聊往事。

“和拉姆一起叙旧叙个够吧。”

“睡美人”没有回答。

不过，这份沉默并没有让拉姆感到心痛，她温柔地笑了。

她已经不会再怀疑自己的感情了，微笑着说道：

“爱你，雷姆。”

不论二人一起度过了多少岁月，这份感情也绝对不会改变。

巧合的是，这句话和大罪司教的临终遗言一模一样，可即使话一样，里面的内涵也是不同的。

不懂爱的人和为爱而生的人，说出的话内涵绝不相同。

绝不相同。

The only ability I got in a different world "Returns by Death"
I die again and again to save her.

第八章 问志

Re:从零开始的异世界生活
Re: Life in a different world from zero

1

若想让冰按自己的心意成形，重要的是要有固定的“想象”。

当昴向爱蜜莉雅提出“寒冰烙印艺术”的设想时，她也觉得这是个方便的技术，可对自己能否实现这个技术心怀疑虑。

“没事的！别担心！爱蜜莉雅炭一定能做到！”

就在她不安的时候，昴朝她竖起了大拇指，笑容满面地向她保证。

现在想想，昴的判断其实毫无根据——他之所以会鼓励她，只是因为他所谓的“喜欢”。

为了能做出“想象”中的武器，她进行了很多绘画练习。

虽然不是很会唱歌，但她更不擅长绘画。即便如此，在与昴一起画了很多画后，她的绘画技术也取得了十足的长进。

在她和昴、碧翠丝一起练习绘画的时候，拉姆显得有些无奈，奥托则是一味苦笑，而弗雷德莉卡和佩特拉也加入进来，加菲尔在一旁提出了各种意见。就连罗兹瓦尔，也在远处看着她和碧翠丝画画的样子。

对爱蜜莉雅来说，这是十分宝贵的难忘记忆。

也许大家已经不记得了，但昴还记得。想到这里，她的心中就感到十分温暖。

“我会把这段记忆变成行动的勇气！”

在心中思念的鼓舞下，她手持寒冰武器，和自己创造出的七名寒冰士兵一起，准备正面挑战“神龙”波尔肯尼卡。

如上所述，制造寒冰重要的是有“想象”。

武器是这样，寒冰士兵也是这样，因此这些士兵们的形象被固定为她最好“想象”的人。

直截了当地说，和她一起迎战的七人都是菜月昴的样子。

“不过，相比于昴本人，他们要更强大，也更灵活！”

要是比调皮和活泼的话，肯定还是昴本人更胜一筹，但寒冰士兵与昴的构造从根本上就截然不同。士兵们的强度取决于她注入的玛娜密度，远非一般冰雕可比。他们和寒冰武器一样，身体比钢铁还要坚硬。

“上吧！”

在她的命令下，先锋士兵们进入了波尔肯尼卡的攻击范围。从它之前的摆尾来看，它的攻击范围应该在六七米左右。

“神龙”一动不动地靠在监视塔第一层中央的大柱子上。突然，像是感知到有人要靠近柱子一样，蓝色的龙尾飞快地动了起来。

一阵破风声响起，先锋冰兵的上半身被抽得粉碎，那张和昴一样眼神凶恶的头直接飞了出去。

“对不起！看来就算不是我，也会遭到攻击。”

虽然有些对不起被拿来做实验的冰兵，不过这下她就明白波尔肯尼卡的目标了。孤零零的“神龙”已经不记得“测验”的事了，可它还是会主动迎击靠近柱子的目标。

不管靠近的是生命体还是非生命体，都概莫能外。这样一来，事情就简单了。

“士兵们，拜托了！”

“汝，登上塔顶之人。踏上第一层，全能的请愿者。”

感受到士兵们正在接近，“神龙”再次重复起之前的话。

它向听不见的人偶们说着毫无意义的话，这副模样让爱蜜莉雅感到十分寂寞和心痛。

它到底是为了守护什么，才会变成这副样子呢？她不知道这是它和谁，为了什么定下的约定……

“吾，波尔肯尼卡。依照古老的盟约，询问登顶者的志愿。”

“做好准备！”

为了挡住波尔肯尼卡的摆尾，五名冰兵并排站在了一起。

“神龙”的尾巴再次破风而来，想要将五名冰兵一扫而空。这招摆尾攻击在攻击模式上有点像昴的鞭子，但在威力和速度上完全不可相提并论。

爱蜜莉雅能够轻松抓住昴的鞭子，却完全不敢这么对付“神龙”的摆尾。

“神龙”光是驱赶虫子似的轻轻一摇尾巴，威力便足以抵得上其他生物的全力一击。

摆尾攻击同时打在重心下沉、并排列阵的五名冰兵身上。不过，在知道龙尾的攻击时机后，爱蜜莉雅也找到了抵挡的办法，那就是将冰兵们加强加厚。

冰兵们被摆尾攻击打得全身开裂，可这些神似眼神凶恶的少年的冰兵们笑着撑了下来。在五名冰兵挡住龙的尾巴后，从他们身后冲出了预备的最后一名冰兵。

最后一名冰兵手持防暴钢叉（**注：日本称刺股、指叉、刺叉，是诞生于日本江户时代的一种兵器，长柄，头部呈U形，主要用于捕捉、控制敌人，在现代也是一种重要的防暴武器**），用半圆形的叉头将停止攻击的龙尾按在地上，以防它继续追击。

“汝，登上塔顶之人。踏上第一层，全能的请愿者。”

接着，一阵宛如世界末日的破裂声响起，击掌庆祝的六名冰兵被尽数毁灭了。

上半身被消灭殆尽，只剩下下半身的冰兵们随即被粉碎了。破坏它们的并不是尾巴被封印后的绝地反击，而是龙爪。

尾巴被封印后，波尔肯尼卡立即挥出自己的左前爪。如果爱蜜莉雅看错局势，恐怕也会被这恐怖的一爪瞬间杀死吧。

“尾巴和手脚都没事……真是的！为什么只有关键的脑袋糊涂了啊！”

“吾，波尔肯尼卡。依照古老的盟约，询问登顶者的志愿。”

“我早就听过啦！”

如果换个人，听它重复这么多遍，恐怕早就烦了。然而，爱蜜莉雅勇于挑战的心却没有丝毫屈服。破损的不过是冰兵们罢了，完全不必为他们悲伤。

在爱蜜莉雅背后，冰兵们在初始位置再度重生了，他们投出的七根冰枪越过正在冲锋的爱蜜莉雅的头顶，纷纷射向“神龙”。她最多只能制造七名冰兵，却可以在他们破碎后立刻重新生成。

也就是说，除非她精疲力竭，否则冰兵们就可以无限复活。

这一点可以说和菜月昴本人一模一样。

“汝，登上塔顶之人。踏上第一层，全能的请愿者。”

“呀?!”

从攻击范围外射来的冰枪雨，正面撞上了波尔肯尼卡的前爪。“神龙”挥出的龙爪仿佛撕裂了空间，形成持续存在的爪痕冲击波，刮起一阵狂风，将爱蜜莉雅、冰兵，还有第一层的一切尽数吞噬。

“拜托了！”

在被冲击波吞噬之前，爱蜜莉雅终于来到柱子附近。哪怕她对自己的运动能力很有自信，也知道她已经够不到柱子了——但是，到这里就够了。

刚刚碎掉的冰兵已经再生，它腰部下沉，叠起双手。接着，爱蜜莉雅踩着它重叠的双手，高高跳起。她的目标并不是柱子本身，而是……

“柱顶！”

在冰兵的帮助下，她一个大跳，一下子飞跃了波尔肯尼卡的头顶，来到柱子的上部，准备一口气翻到柱子的顶部。

“哎——”

就在她的手即将够到柱子时，她突然感觉脚下传来一阵无声的热浪——不，它并不是真的无声，只是因为极高的威力和热量湮灭了声音。既然声音的概念已经消失，那自然也不会有声音的现象发生。

爱蜜莉雅也是通过第一层的冰兵消失才发觉到热浪。助力她起跳的一名冰兵、投掷冰枪支援的四名冰兵，还有准备用防暴钢叉控制龙尾的两名冰兵全部瞬间消失了。

热浪的来源既不是波尔肯尼卡的龙尾，也不是前爪。

“吾，波尔肯尼卡。依照古老的盟约，询问登顶者的志愿。”

它的声音依然不失威严，爱蜜莉雅却从中听出空气燃尽的哀鸣。

听到这句陈词滥调后，爱蜜莉雅明白，声音的概念又复活了。这时，她的手指也触到了柱子的上部。

她拼命抓稳柱子，看向下面。

宽阔的第一层，已经被烧成白地。

各处升起了袅袅的白烟，之前的冰兵连残骸都不剩了。这是何等可怕的威力、热量和破坏力——“神龙”波尔肯尼卡的吐息，烧尽了一切。

“吾，波尔肯尼卡。依照古老的盟约，询问登顶者的志愿。”

接着，她目瞪口呆地发现，波尔肯尼卡展开蓝色的双翼，站了起来。

2

“糟了——”

爱蜜莉雅认识到目前事态的严峻性，慌忙向柱子的上部伸出了手。

这时，起立的波尔肯尼卡将之前被防暴钢叉锢住的尾巴抽了出来，徐徐拍打起翅膀。

它准备起飞了。

“神龙”波尔肯尼卡毫无疑问是会飞的。不过，爱蜜莉雅没有见过会飞的龙，所以总觉得有些难以置信。

话说回来，这么庞大的生物，真的能够飞起来吗？

“我只见过帕克和罗兹瓦尔飞翔的样子……”

精灵帕克和怪人魔法师罗兹瓦尔会飞也是理所当然的。

据说，南方的佛拉基亚帝国有一种形似地龙、水龙的龙会飞，叫作飞龙。波尔肯尼卡是不是也是飞龙的一种呢？

还是说，龙和“龙”从根本上就不是一种生物呢……

“嘿咻！嘿咻！哎呀！哒！”

爱蜜莉雅一边喊号子，一边以最快的速度朝柱子上面爬去。

如果有人看到她的攀爬速度，一定会瞠目结舌吧，可即使她有远超常识的运动能力，也无法逃出波尔肯尼卡的掌心。

“汝，登上塔顶之人。踏上第一层，全能的请愿者。”

显然，声音比刚刚更近了。

宣告者不在下面，而是在和她一样的高度处——庞然大物张开双翼，令人难以置信地浮在空中。

“神龙”波尔肯尼卡堂堂正正地飞到了沙丘上空中，丝毫看不出衰败的迹象。

不论是它身上的气势、敏锐的眼神、尾巴、前爪，还是吐息，毫无疑问都是那个传说中的超级巨龙。唯一的不同是……

“我要去第一层上面！所以不是你的敌人！”

“吾，波尔肯尼卡。依照古老的盟约，询问登顶者的志愿。”

波尔肯尼卡充耳不闻地打断了爱蜜莉雅的话，凶猛地向着她攻了过去，用尾巴狠狠地抽向柱子上的她。

爱蜜莉雅连忙拉起身子，躲开了尾巴的直接攻击。然而，柱子遭受攻击后的震荡却将她的手震了下来，她一下子落在了空中。

这样下去，她之前攀爬的高度就全部白费，只能徒劳地摔回第一层——没有摔下去。

“呀！”

就在她为此胆战心惊的时候，原本要摔下几十米柱子的她早早地被什么东西接住了。

她连忙抓住周围，只感觉摸到了什么僵硬的东西。

“难道……”

“汝，登上塔顶之人。踏上第一层，全能的请愿者。”

就在她吹着高空的风，感受着屁股底下僵硬的触感的时候，她的身边突然传来一声宣告。

听到近在咫尺的声音，她才明白过来，原来她落在了波尔肯尼卡的背上。

“现在不是发呆的时候！在这里的话……”

只要拿波尔肯尼卡当踏板，她就能重新跳回柱子上。

就在爱蜜莉雅这么思考的时候，困难降临了，不会让她这么轻易地实现目标。

波尔肯尼卡拍打翅膀，向上攀升，想要将它背上的爱蜜莉雅摔落。

“呜呜呜呜——”

爱蜜莉雅忍受着拍打在身上的强风，拼命地抓住龙的后背。她从未遇到过这种宛如有实体的强风，拼死抓住坚如岩石的龙鳞，可这样支撑不了多久。

“要是摔下去，我就没脸去见昴他们了。”

如果随便开口，吹来的强风就会撕碎她的肺部，所以她伏下身子，咬紧牙关，闭起双眼，心中默想着她在意的人们。

看上去她就像在等死，但实际并非如此。人在面对恐惧和不安时往往会闭起眼睛，与此相对，她心中在意的人们，越是在这种时候越会挺身而出，越是到这种时候越不会闭上眼睛，所以她也必须要睁开双眼才行。

为了触碰到那里，为了能与那人携手——

“那里好怪。”

她的上下左右全是一片蓝色，其中既有云巅之上的青空，也有她此刻抱着的“神龙”身上熠熠生辉的蓝色鳞片。除此之外的景色都因为高速变得模糊了，即便她的动态视力很好，能够看到高速球的球缝，也无法看清这个世界。

所以，她注意到的并非蓝色以外的世界。

“吾，波尔肯尼卡。依照古老的盟约，询问登顶者的志愿。”

波尔肯尼卡不停地攀升，旋转飞行。

爱蜜莉雅抓住的似乎是它翅膀的根部。不知为何，它的翅膀基本很少摆动。鸟和飞虫飞行时往往需要快速摆动翅膀，看来龙的飞行原理与它们并不相同，大概是近似于帕克和罗兹瓦尔的飞行原理吧。既然如此……

“罗兹瓦尔靠的魔法……帕克也有神奇的力量。”

很遗憾，她没有对罗兹瓦尔做过那件事，而且以后大概也不会做。

她在漫长的时间里一直都是和唯一的家人一起生活，可在这一年里，她却一直与它分离，真的非常寂寞。她夜里经常会难过得想哭，只能靠回忆熬过漫漫长夜。

而这段记忆的回响，在此时也给予了她希望。那就是……

“难道说，你的脖子也怕痒吗？”

她强行睁开青紫色的眼睛，盯住攀升中的“神龙”的长颈。伟大巨龙的下颚上，有一枚与它全身蓝鳞格格不入的白色鳞片。

她心中想起了和帕克一起玩耍的记忆。

“不行啦，莉雅。你要是挠我这个地方，我可就没法集中注意力喽。”

“是啊，帕克。”

说着，她聚精会神起来。在强风中，她没法直接碰到龙的白鳞，但要想碰到够不着的东西，她不一定非要靠自己的手。

“士兵先生。”

她思绪一动，寒冰士兵们出现在了白鳞周围。

出现在龙身上的冰兵们只有上半身，可他们依然能够彼此牢牢支撑，而中间的一名冰兵将手缓缓伸向了白鳞。

“嘶——”

终于，“神龙”第一次发出了重复话语以外的声音。

3

有一种东西，叫作逆鳞。

这个词发源于中国古代的神话故事，传说龙首下有一枚不可触碰的鳞片，被称为“逆鳞”。

龙有逆鳞，触则必怒，怒则杀人。

因为这个故事，人们将触碰他人不可触碰的地方，称为“触碰逆鳞”。

当然，爱蜜莉雅不会知道这个异世界的成语故事。她之所以会想去碰龙首下的白鳞，只是为了避免被高速飞行的龙甩下，想要制造混乱，打乱对方的注意力。可是……

“呀!!”

她顿时被抛到空中，感觉一阵天旋地转，不禁叫出了声。

不过，这次飘浮的持续时间比上一次落在龙背上时还要短。她感到身下坚硬的触感后，连忙做出应对动作，打了个滚。

然后，她马上起身，警戒周围。

幸好，她没有遭到突然袭击。这也是当然了，因为此时，最大的威胁波尔肯尼卡正在她的头顶。

“嘶——”

看来波尔肯尼卡真的很讨厌别人摸它的逆鳞，高空中的它看起来十分痛苦。

听到它不断发出毁天灭地般的嘶鸣，爱蜜莉雅目瞪口呆。

“帕克明明很喜欢的……”

只能说萝卜白菜，各有所爱吧。她一边告诫自己，以后绝不能把自己的喜好强加在别人身上，一边确认起四肢的状态。

她在波尔肯尼卡的背上被甩了半天，血液都不通畅了。血流速度变得缓慢，大脑也有点缺氧，时不时还会头昏眼花，只能勉强支撑身体。

“啊！这里是——”

确认过自己的身体状况后，她看向周围，这才发现自己已经到了最上面一层。

周围已经看不到第一层的那六根柱子了，现在她已经到了柱顶之上——也就是说，这里才是最上层。

波尔肯尼卡最终把她从背上甩到这里，她终于到了普勒阿得斯监视塔的最上层，从未有人到过的地方。

“哇，太好了！我的努力有回报了！”

她在胸前拍了拍手，小小地感动了一把，然后赶忙跑向最上层的中央。

要是磨磨蹭蹭地，痛苦的波尔肯尼卡就会回来了。在那之前，她必须找到“测验”，来帮助昴他们。

“拜托了，出一个我会的问题吧……”

忘记“测验”的波尔肯尼卡自然也是个大问题，可能否解开第一层的“测验”同样也是一件大事。

她一脸担心，来到最上层的中央。在那根直达天际的柱子底下，她惊叹不已。

找到了，这里有一个底下六根柱子都没有的特征。

最上层的中央有一块独石板，独石板上有一个独一无二的奇妙特征，那就是……

“人的手印？”

普勒阿得斯监视塔最上层的中央石柱根部，有一块黑色的独石板。然后，在这块黑色独石板上印着手印——有六个男女各异的手印，印在独石板上。

4

大蝎子的体色发生变化的那一瞬间，光束的攻击威力也增强到了前所未有的程度。

扩散的白光射向四面八方，攻向红色甲壳的几只饿马王全被烧成了灰烬。白光的余波继续发散，在沙海上留下了深深的裂痕。

昴和碧翠丝也没能免于伤害，可受伤最严重的是梅莉，她因为要指挥魔兽冲在了最前面，所以受到了大蝎子——“红蝎”的强烈反击。

不幸中的万幸是，梅莉没有遭到白光的本体“尾针”的直接攻击。否则哪怕被尾针蹭到一点，少女娇小的身躯恐怕就要瞬间蒸发。

虽然没有遭受这样的厄运，但射偏的尾针击穿沙海后，梅莉正面承受了随之而来的冲击波，仅是这样就已经重伤垂死。

“梅莉!!”

昴和碧翠丝连忙跑向倒下的梅莉。昴抱起她一看，发现她真是凄惨。或许是因为她在受到冲击时及时蜷起了身体，冲击波造成的伤主要是在背部。黑色的罩袍已经破碎，破损的衣服下露出了遍体鳞伤的肌肤。昴看着她背上严重的撕裂伤和烫伤，不禁眼前一黑。

“现在是发愣的时候吗！我到底是为什么才过来的！”

他一拳打醒自己，努力让自己振作起来。依靠一直发动的“狮子心脏”，即承担同伴伤害的能力，他努力帮助梅莉承担身上的致命伤。

当然，要是承受全部伤害导致他也倒下，那就得不偿失了。因此，他一方面努力维持梅莉的生命，另一方面也注意将伤害控制在自己不会晕倒的程度。

“没事的，我能做到。我能做到的，菜月昴。”

要是以前，他可能已经露出狼狈、混乱的丑态了。然而，在重走了“菜月昴”的人生后，他重新审视了自己的人生。他现在已经明白，自己的职责只能靠自己完成。

“咕——”

这时，梅莉身体的痛苦流入他的体内，仿佛五脏六腑都在燃烧的痛苦让他不由得呻吟出声。老实说，光是承担拉姆的负担，对他而言就已经是严重的消耗了，此时再加上梅莉濒死的重伤，简直就是自杀行为。

“糟了……”

别看他刚才说得信誓旦旦，可他根本不可能同时最大程度承担两边的负担。

因此，他不得不优先考虑生死攸关的梅莉，减少接收拉姆那边的负担。

仅靠这个，聪明的拉姆肯定就能明白他的处境吧。

“之后肯定会被嘲笑的……”

“哼！之前放出那样的大话，结果却这么狼狈。真不愧是巴鲁斯。”

他能想象出拉姆真实的反应，不由得露出苦笑，强行压住了口中的鲜血。

“狮子心脏”的效果明明只是帮助承受负担，可他现在真的尝到了血味，看来他的身体也遭到某种反噬，感觉给身体带来的影响出乎意料地严重。

据说如果一个人相信自己被烙铁烙到了，那他的身体上也会出现烫伤。此时，因为他承受了梅莉后背和内脏上的重伤，他的身体也产生了同样的反应。要是把握不好，这里可能就要出现两具死因相同的尸体了。

“这就有些敬谢不敏了！”

他吐出口中的瘀血，背起梅莉的身体，然后躲过饿马王挥下的炎枪，又靠碧翠丝发出紫箭进行牵制，从饿马王身边逃离。

刚刚袭击他的饿马王，正是之前他们骑乘的那一只。

并不是魔兽聪明，见这边形势不妙发起叛变，只是因为梅莉的加护效果中断，魔兽们又恢复了原本的恶意。

一旦没有梅莉的加护，魔兽就会重新变成与他们敌对的恶兽。而这种魔兽，如今在这片沙海中还有很多很多。

“贝亚子！梅莉的情况很糟！快用治愈魔法！”

“贝蒂知道！不过，贝蒂现在没时间专心治疗她呀！”

“我知道！让梅莉穷追不舍是我的失误，这个错误就让我来弥补。”

严格说来，他已经在偿还自己的过失了。只是因为利滚利的速度实在太快，即使他已经减少给拉姆的融资，目前也只能徒呼奈何。

“不，越是到了这样的局面，我越得努力才行。不然，算什么男人……”

“嘿呀！”

“哦?!”

就在他一边承受权能效果带来的痛苦，一边咬紧牙关奔跑的时候，碧翠丝突然跳了上来。

见碧翠丝突然骑到他的肩膀上，他吃了一惊。当然，她就像棉花糖一样轻，倒是不会耽误他们逃跑。

“昴，不要什么都自己一个人承担。贝蒂和昴可是同伴，梅莉也是我们的同伴呀。承诺要帮助梅莉的，可不是只有昴一个人呀。”

碧翠丝环抱住他的头，轻轻地说道。

听到这里，昴愣住了。接着，碧翠丝隔着他，开始用温暖的治愈魔法治疗起梅莉的伤口。而他也能感觉到，暖光正在渐渐治愈梅莉的伤。

透过这份温暖，他也感受到了碧翠丝对大家的关心。

背后，魔兽们的同室操戈还在继续。万幸，即使没有了梅莉的加护，红蝎和饿马王也不会那么快就缔结和约，其他魔兽也是一样。

红蝎挥舞着大钳和尾针，消灭了一半打算进攻昴他们的魔兽。然而，即便只有一半发起进攻，那也绝对不能掉以轻心。

“选项——”

其实并不是没有。

碧翠丝的话让他感受到了她对梅莉的关心。他虽然没办法打破现在的困境，却有办法做出改变，只是能否做到就只有试过之后才知道了。说实话，昴对于这个选择还是有些犹豫的，因为这个方法的灵感来自他最讨厌的人。可是……

“昴！如果你是因为贝蒂而感到犹豫，那大可不必呀！如果犹豫的人选是贝蒂以外的人，那贝蒂之后也会和你一起去道歉的！贝蒂要和你一起同甘共苦……不要把贝蒂排除在外！这是贝蒂和昴的契约条件呀！”

大概是从怀抱中的昴的侧脸看出了什么，她愤怒地喊道。

碧翠丝正坐在昴的脑袋后面，所以昴现在看不见她的脸。不过，她是昴最自豪的同伴，哪怕发脾气，也一定十分可爱吧。

既然同伴愿意给予他勇气，那他也却之不恭了。

已经没有时间烦恼了，同伴也明确告诉他不必烦恼，因此没有烦恼的必要。

“我永远爱你，贝亚子。”

“贝蒂的爱更胜一筹呀。”

互诉衷情后，昴低头看了一眼怀中濒死的梅莉。然后，他下定决心，绝不会让她死。

“狮子心脏，二挡。”

借由给自己命名的“雄狮之心”赋予新的名字，他明确切换了能力的形态。

借此，他实现了自己身上“小国王”的权能扩大——他不再是那个独自承担众人心意的孤家寡人了。但是，他也不会无耻到像“强欲”一样，将自己的负担全部加在别人身上。对他而言，权能最终的理想状态是共存，他希望和同伴们共同分担。也就是说……

“二挡——负担分配。”

他将原本自己独自承担的负担，分配给了愿意和他一起负担的人。这里自然指的是……

“昴——”

“啊。”

“真的很辛苦呀!!”

“啊，真的很辛苦!!”

“狮子心脏”的第二阶段发动后，他将自己的负担分配了出去。

分配出的负担不到一半，只有四分之一，但他还是感觉自己的压力减轻了许多。与此相对，帮助他承担压力的碧翠丝脸色明显变差了。

为了掩盖这种痛苦，碧翠丝喊了出来，他也高声喊了回去。

辛苦，痛苦，难以忍受。

王竟然需要承受所有人的痛苦，这样的王连狗都不当。所以，无法独立的“小国王”要依靠大家的群策群力，才能支撑下去。

“顺便让你也分担一些如何……不干啊？真遗憾。”

昴一边让与他共同承担痛苦的碧翠丝坐在肩头给梅莉进行治疗，一边将注意力转移到红蝎身上。

红蝎的真身是夏乌拉，此时也通过“狮子心脏”和昴联系在一起，闪着朦胧而庞大的光。遗憾的是，昴似乎不能将他和碧翠丝承受的重担分配给红蝎，因为现在的她不愿意这么做。

能支撑“小国王”的只有愿意支撑的人，真是简单又死板的力量。也正因为如此，昴没有变得傲慢，他不会忘记是谁在支持他。

“贝亚子！手不要停，大脑也动起来吧！”

“还真是麻烦的要求呀!!”

他要求碧翠丝手上继续给梅莉治疗，同时用大脑和他一起思考下一步的策略。毕竟，红蝎发光的尾巴已经转向他们。

“E·M·M!!”

他连忙打出第一张王牌，施展完全防御魔法。接着，三人便被冲击波吞噬了。

5

“这是谁的手印？”

成功到达普勒阿得斯监视塔最上层后，爱蜜莉雅站在中央独石板前，呢喃道。

她瞪大青紫色的眼睛，盯着眼前独石板表面上的几个手印——六个男女各异的手印。

她不知道这些是谁的手印，不过既然刻意一起留下了手印，那他们之间的感情一定很好吧，而且一定和这座监视塔有关。

“等等，这是？”

这时，她突然注意到一个奇怪的手印。

那是六个手印中最边缘的一个，除了旁边相同大小的另一个手印外，它明显要比其他手印小得多。

恐怕是两个女人的手印吧。

而这对手印中的其中一个，引起了她的注意。

“这个手印是我的？”

爱蜜莉雅皱起眉头，低头看着自己的右手，自言自语道。

虽然这很奇怪，可她并没有丝毫怀疑。她相信，这块独石板上的那个手印就是她的。

她屏气凝神，面向独石板，然后为了解答自己的疑问，将右手伸向手印——

“汝，登上塔顶之人。踏上第一层，全能的请愿者。”

“啊！回来了！”

不等碰到手印，她便听到自己头顶传来一声威严的宣告，连忙转身。

刚刚因为被冰兵碰到喉咙处的白鳞而痛苦不已的波尔肯尼卡，拍打着翅膀降落在最上层。

爱蜜莉雅背对独石板，再次与波尔肯尼卡对峙。

她好不容易才爬到最上层，要是再继续之前的战斗，事情可就糟了。最上层比第一层更加狭窄，根本没有周旋的空间。

“如果独石板被破坏，那就不好了……”

就算没有这个似曾相识的手印，这块独石板也很可能和“测验”有关。

爱蜜莉雅摆出防御架势，决心誓死保护独石板。波尔肯尼卡低头看着她，眯起金色的双瞳，用那张能用吐息烧尽一切的嘴巴说道：

“汝这是在干什么？”

“哎？”

没想到，它吐出的并不是龙息，而是话语。

由于这件事实在出乎意料，爱蜜莉雅感到有些混乱，因为它竟然说出了除那两句宣告以外的话。

这句话并不是之前的重复，而是出自它自己的意思。

“难道说你清醒过来了？那你能告诉我一些事吗？‘测验’的事啊，改变监视塔规则的方法啊，我有好多事想问你！”

爱蜜莉雅从它的样子中看到了希望，滔滔不绝地说了起来。

“喂，求你了！听听我说的……”

“这样子蹦来蹦去，摔倒了怎么办？有什么万一，挨骂的可是吾……大家在汝面前，可都抬不起头。”

“波尔肯尼卡？”

就在爱蜜莉雅担心塔里的众人，拼命向波尔肯尼卡提出诉求时，它再次说出并不重复的话。

然而，这好像不是对她问题的回答，她更加混乱了。

只是，波尔肯尼卡看向她的金色眼眸，看起来十分安详。

和之前那种茫然感不同，现在它的眼眸蕴含着感情之光，温柔、安详而慈爱地看着爱蜜莉雅。

“弗里格尔和雷德到哪里去了？走的时候也不说一声，夏乌拉可是很寂寞啊。法赛鲁也吵吵闹闹的。”

它一直用温柔的眼神注视着爱蜜莉雅，继续说道。

龙用无比怀念的眼神，谈起了弗里格尔、雷德、夏乌拉，以及——那是谁呢？因为不知道姓氏，爱蜜莉雅一时有些拿不准，但她确实记得这个名字。法赛鲁，如果她猜得不错……

“法赛鲁是法赛鲁·卢克尼卡？四百年前的先王吗？”

这是她在学习国王选举的知识时，曾无数次在文献中看到的名字。

法赛鲁·卢克尼卡是卢克尼卡王国第三十五代国王，是在四百年前“魔女”时代统治国家的伟人。他就是“最后的狮子王”，正是他与“神龙”波尔肯尼卡缔结了盟约，奠定了卢克尼卡王国长久繁荣的基础。

爱蜜莉雅瞥向背后的独石板。

上面有六个人的手印，如果与波尔肯尼卡的话不是毫无关系，其中四个应该就是弗里格尔、雷德、夏乌拉和法赛尔的吧。

另外两个不清楚，但其中一个似乎与她的手一致。

“难道……我除了森林里的母亲大人他们外，还忘记了什么吗?!”

她开始怀疑起来。过去，她曾经主动封印了自己的记忆，难道她在这里按下过手印，现在却忘记了吗?

“不对，怎么说也不可能。要是帕克在就好了，这样我就能知道自己到底有没有来过了。”

“怎么了，有什么烦恼吗？”

“啊，那个，没事的。谢谢你关心我，不过……”

她感觉十分混乱，总觉得和波尔肯尼卡的对话有些驴唇不对马嘴。

这到底是怎么回事呢？她思考了起来。

“有什么话就说吧，吾来消除汝的忧愁——莎缇拉。”

听到它这么呼唤自己，爱蜜莉雅愣住了。

这不是第一次有人叫她莎缇拉。

银发、青紫色眼睛，再加上半妖精——看到这样的爱蜜莉雅，这个世界的多数人都会产生这个联想。

不可思议的是，波尔肯尼卡竟然会亲昵地呼唤这个名字。

毕竟波尔肯尼卡、雷德，还有将自己的功绩强加到夏乌拉身上的弗里格尔，正是他们三人封印了“嫉妒魔女”莎缇拉。

“既然如此，那为什么你会这么温柔地和‘嫉妒魔女’说话呢？”

她这么问，只是单纯觉得它这种语气有些不妥。

对于此时的她或许有些残忍，但客观来说，正是这句话成了之后一切事情发生的契机。

“‘嫉妒魔女’——”

这句话使得波尔肯尼卡金色双瞳中的怀念之色发生了急剧

的变化。

在森林中长大的爱蜜莉雅拥有野外生存的经验，曾经从突变的动物或者魔兽身上看到过这种情况，因此她下意识地低下了头。

瞬间，她的头刚刚所在的位置发生了爆炸。

并非夸张，空间是真的遭到压缩，然后膨胀爆炸了。

要是她再晚一点低头，她现在就已经死了。

不论是尾巴的拍打，还是刚刚的空间扭曲，她自从登上高塔以来，就已经不止一次身陷险境了。

或许，现在是她有生以来最危险的时刻。

“不过，我都躲过去了，这也是一种幸运吧！”

她必须这么想，不然的话可能就要被连续的事态恶化压得喘不过气了。因为……

“莎缇拉——”

波尔肯尼卡再次展开双翼，向她表现出了明确的敌意。

本以为它终于恢复正常，结果情况又倒退回去了。不仅如此，它现在的敌意反而更强了。

“寒冰烙印艺术——”

因此，她也不再手下留情，拿出死战不退的决心，开始解放自己的魔力。

大气开始冰冻，空气中弥漫起白雾。即使这里是监视塔的最上层，也依然变成白色的冰冻世界。

一阵冰冻声响起，空气中凭空出现一把寒冰兵器。爱蜜莉雅从地上拔出长枪，随即舞了一个枪花，长枪直指波尔肯尼卡。

“不过……”

她看着对方金色的眼眸，怎么也不敢相信它对她这副态度只是因为认错人或者多虑了。

因为它现在的眼神，是那么哀伤和悲痛。

“莎缇拉，对啊，莎缇拉。汝已经成为‘嫉妒魔女’，吾们必须阻止汝。”

“你们曾经关系很好吗？”

“那天，吾要是没有犹豫就好了。那天，只要吾没有犹豫，所有人都……”

波尔肯尼卡没有正面回答问题，可它颤抖的声音已经说明了一切。

悔恨的龙深吸一口气，再次吐出烧尽一切的龙息。

在那之前，爱蜜莉雅必须击中它的白鳞，否则她还有其他人就都完了。

“昴、碧翠丝、拉姆、雷姆、梅莉、小帕特拉修、艾姬多娜、由里乌斯、安娜塔西亚小姐、夏乌拉——”

她默念着仍在塔中受苦的同伴们。

她必须帮助他们。她知道，他们现在也在为了同一个目的而努力。

一想到这里，她的内心深处便涌出了源源不断的力量。

“‘嫉妒魔女’莎缇拉!!”

“不对。我是艾利欧尔大森林的‘冰结魔女’爱蜜莉雅。”

爱蜜莉雅一边将涌出的力量注入身体的每个角落，一边高声回答。看来“神龙”是把她和某个人弄混了。

与“神龙”为敌又如何？她的身后还有大家。所以……

“给我好好记住我的名字啊！”

普勒阿得斯监视塔的最终决战，在云端上下同时展开了。

6

云端上下的光，基本是同时发出的。

上下两个战场被厚厚的云彩分隔，只有世界之外的观测者才能同时观测两个战场。

普勒阿得斯监视塔的攻略战，这时终于迎来了大决战。

“哦哦哦哦——”

昴疾声高呼。光弹把沙地整个掀开，沙尘和气浪扫平了周围的一切。

正中昴全身的攻击杀伤力足以将他瞬间化为齑粉，可他并没有死。

“E·M·M!!”

他及时用出他和碧翠丝一起创造的三个原创魔法之一。

简单来说，这个魔法能够停止他和碧翠丝的身体的时间流逝，从而隔绝外界造成的影响，是一个完全防御魔法。

“啊——”

在他的怀里，昏迷不醒的梅莉发出了一声呻吟。

虽然她看上去十分痛苦，但这也是她还活着的证据。由于碧翠丝治愈魔法的影响，他能感觉到自己所承受的梅莉的苦痛渐渐缓和了下来。即便微不足道，可她的身体确实在好转，一定是这样。

“同时使用E·M·M和治愈魔法是很困难的一件事呀！要不是贝蒂，现在三个人都已经升天了！之后一定要给贝蒂一个感谢的拥抱呀！”

“我会拥抱你成千上万次！只是……”

昴一边向碧翠丝的呼喊表示感谢，一边开始了自省。

要说痛苦，他还能咬牙支撑，问题是他剩余的玛娜不多了。作为一个魔力储罐，他完全是不合格的，毕竟他的玛娜容量甚至还不如一般人多。

因此，使用过E·M·M后，他就像一个破了洞的水桶，玛娜开始飞速减少。再这样下去，E·M·M和治愈魔法就只能保留一个了。

“可是，不能停止梅莉的治愈魔法！”

“那E·M·M结束之后的事就交给昴来处理了！”

“哦，交给我吧。贝亚子，你真是个好用的精灵，既能治疗梅莉，又能立刻执行我的命令，以后也要继续拜托你！”

“说得！真难听！呀！”

即使在对视笑骂时，他和碧翠丝之间的合作也没有一丝混乱。解除E·M·M后，他们连忙跳出敌人的攻击范围。

身后，红蝎和魔兽群正争先恐后地攻向他们。

由于不能远离监视塔，现在最大的难题依然是红蝎的频繁狙击。

“E·M·T！”

看到红蝎的尾针和复眼的亮光后，昴知道他的脑袋下一秒就要蒸发了。“死”的预感让他喉咙发干，他连忙用出了第二个原创魔法。

“E·M·T”消除了“E·M·M”不能移动的缺点，是能够正面消除一切魔法的反制魔法——理论上，它能消除一切带有玛娜的东西。

“E·M·M才用完五秒，你就把撒手锏用掉了呀！”

正如碧翠丝所言，现在他们已经无能为力、走投无路、日暮途穷了。

他接着想到了第三张王牌，也是最后一个原创魔法，可惜那个还没有完成。

要是失败了，他和碧翠丝可能就要掉入虚数空间。

“我可不敢保证自己能在最后关头觉醒啊！”

他承认自己是一个了不起的人，但这并不意味着他是一个能够打破一切困境的超人。

他只是不肯放弃罢了。就算倒下，他也会无数次爬起来。换言之，就是他会倒下无数次。

“现在可不是认输的时候。虽然这是一场大赌……”

“可你还是会靠自己的意志和尊严努力去做吧？真是适合你的决断。”

就在昴决心奋力一搏时，他的头顶突然传来说话声，接着一个身影挡在了昴他们和“死”之攻击中间。耀眼的光芒让昴不禁眯起了眼睛。

这不是比喻，而是真的耀眼——这个人影身上，闪烁着虹色的光。

“阿尔·克劳泽列——”

随后，一道光挡住了猛烈袭来的白光。

极具破坏力的冲击波、燃烧的火焰、以命换命的突击被黑光消减，被大水吞噬，剩下的势头也都被漫天的黄沙分散了。

一切都是这样自然，而做到这些的，正是刚刚从天而降、手持长剑的优雅身影。

“因为某些缘故，我来火速驰援了。看来，你们正身处险境啊。”

赶赴沙海参战的，正是大家熟悉的由里乌斯·尤克历乌斯。

见他潇洒登场，昴的声音都颤抖了。

“由里乌斯……我不是让你结束后去援助其他的危险的战局吗？”

“嗯，我听到了，所以我来了。不好意思，比起其他地方，我认为你们这里才是最危险的。”

“你好吵啊！你脸上的伤是怎么回事！雷德怎么样了？”

昴发现由里乌斯的左眼下留下了白色的伤痕。

“我输了。他愉悦地凯旋了。”

“真丢人！打都打了，至少要打赢啊！你要是不来，我们现在就都死了。我只说一次，你听好，谢谢你啊！”

听到昴恶狠狠的感激话语，由里乌斯呵呵一笑。

紫发骑士这副态度让昴很不爽，不过在和雷德打完后，由里乌斯应该有了什么新的收获。证据就是……

“你和准精灵们和好了？”

“准确来说，是花蕾们开花后成长为精灵了。而且，说和好也不对，我们并没有闹过别扭。”

由里乌斯回答道。在他身边，围绕着亮度更上一层的准精灵——不，是精灵们。他似乎已经鸡贼地和六名精灵重新缔结契约了，真是个花花公子。

“我光是说服贝亚子就已经竭尽全力，真是个狡猾的家伙。”

“很遗憾，我已经被吃掉了。”（**注：日语里“狡猾”一词的字面意思是吃不掉，这里是由里乌斯拿自己实际遭遇讲的冷笑话。**）

“完全笑不出来！你也有点太通达了吧!!”

见由里乌斯连自己被权能吞噬的不幸都能拿来开玩笑，昴目瞪口呆。

由里乌斯说雷德凯旋了，那他和雷德必然是打了一仗。雷德应该夺取了罗伊的身体，也就是说，由里乌斯和其中一名“暴食”的决战也结束了。

既然紫发骑士完全没有言及罗伊的危险，想必是已经成功制服了罗伊。

“由里乌斯！来得正好呀！贝蒂要借用一下你的库娅！”

“明白了。”

碧翠丝坐在昴的肩膀上，向由里乌斯求助。由里乌斯立刻点头应允，他也发现昴怀里的梅莉已经一刻都不能耽搁了。

掌管水元素的库娅从六名精灵中飞了出来，施展起自己温暖的魔力，和碧翠丝的治愈魔法一起向梅莉的身体注入治疗的玛娜。

“接下来就是尽力争取时间。”

“啊，你也看到了，红色的夏乌拉现在可是火冒三丈，你能阻止她吗？你不是刚刚败给一个红色的家伙吗？”

“要是把这看作雪耻战，对淑女可太不敬了。”

由里乌斯举起骑士剑，和红蝎——夏乌拉，正面对峙起来。

虽然骑士加入了战局，但红蝎的复眼没有做出丝毫反应，它的杀意依然直指向昴，中间的东西对它而言不过是障碍。

即使面对已经更上一层的精灵骑士由里乌斯，它也不改这副目中无人的态度。

“昴，夏乌拉小姐就交给我了。其他的……”

“了解了，就交给我自己解决吧。”

“不，希望你能和碧翠丝小姐一起协力解决。”

“我所说的自己，里面有七成都算贝亚子啦。”

说实话，昴说的七成已经是很有水分的数值了。考虑到碧翠丝的职责，她的作用应该有八成到九成半吧。可是，不管怎么说……

“你回来真是太好了……”

“看起来你也重新审视过自己的价值，真是再好不过了。”

二人简单地说过几句，便各自尽心做自己的任务了。

由里乌斯为了不让魔兽们攻击到昴他们，主动闯入枪林弹雨之中，以减少敌人对背后同伴们的伤害。

另一边，昴带着濒死的梅莉远离魔兽们的攻击，努力争取时间，等待胜利的到来。

这时，他突然震惊地抬起了头，原因是普勒阿得斯监视塔中似乎发生了异变。其源头……

“拉姆？”

7

波尔肯尼卡的吐息化作青光，攻向最上层。

刹那间，爱蜜莉雅脑中闪过背后护着的黑色独石板。

这块独石板或许足够顽强，能够在吐息攻击下岿然不动。可万一失去了独石板，这场“测验”就完了。

另一方面，她还有一个与完成“测验”无关的想法。

“要是它坏了，我会很寂寞……”

独石板上有她莫名熟悉的手印。她不知道那是否与她有关，也有可能只是她多虑了，但她想知道这种感觉的真相。

因而，她不能失去独石板。

为了不失去它，她将能感觉到的玛娜全部聚集起来，施展起冰锥战线。

她拥有连她自己都难以置信的大量玛娜，只是她并不能一次性全部操纵起来。不论积攒多少玛娜，一次性能释放的量也只有门那么大。

即便如此，她能输出的魔力也已经有一般魔法师的十倍以上了，而常年以来的精灵术师经历又带给她更广阔的可能性。

魔法师们往往是通过门使用自己体内积攒的玛娜来干涉世界，而精灵术师借用精灵的力量，可以使用大气中的玛娜来干涉世界。因此，两种素养兼备的她便能同时发挥出二者的优势。

虽然水龙头的出水是定量的，但是只要将水蓄到桶里，便能一次性使用更多的水。而她可以利用自己的身体和世界，做到类似的事。

只要将体内溢出的玛娜保存在外界，她就可以无视门的大小，使用大型魔法。

“绝对零度。”

这是昴命名的魔法，不过他只将这个看作是一个异想天开的空谈。

巧合的是，就在昴高呼他不相信自己能够一发决胜的时候，爱蜜莉雅也开始了她从未成功过的豪赌。

然后，她成功了。

如果说她平时魔法的威力是一，那这个利用溢出的魔力使出的魔法，其威力就是十，甚至百吧。

霎时间，席卷世界的白色空白不只冻结了空气，就连永不停止的时间也冻结了，无法躲避的“死”之龙息也毫不例外。

青光和绝对零度的冲突，让世界成了一片空白。这两个庞大的威力并没有对抗，而是刹那间一起消失了。

令人震惊的是，碰撞没有产生丝毫声音和冲击，直接消失了。停止的时间重新运转起来，爱蜜莉雅手持冰枪冲了上去。

“嘿呀啊啊啊啊!!”

她用自己纤细的喉咙高喊着，向波尔肯尼卡发起了冲锋。她感觉自己浑身的力气都被抽空，身体十分沉重。虽然她使用的是溢出体外的玛娜，可还是给她的身体造成了沉重的负担。

“不过，我不能在这里倒下!!”

“莎缇拉——”

见自己的吐息被防住了，波尔肯尼卡咆哮着，挥出前爪和

龙尾。

爱蜜莉雅身边释放的冰粒感知到迅雷不及掩耳之势的攻击，化作七名冰兵，用粉身碎骨为代价防住了攻击，辅助她继续前进。

她一个横跳躲开了下挥的攻击，紧随而来的前爪被冰兵挡住了。接着，她踩在冰兵的肩膀上，一个大跳高高跃起。这时，波尔肯尼阿卡甩尾攻向空中的爱蜜莉雅，却被两名叠罗汉的冰兵以牺牲自己的代价防住了。趁这个机会，她闯入龙的怀中。

“那片白鳞——”

她抬起头，准备攻向白鳞，然后呆住了。

她震惊了，原来“神龙”的弱点并不是白鳞。

那是一个状若鳞片的巨大白色伤痕。

“旧伤……”

伤口早已愈合，只是触碰并不会感到疼痛。然而，“神龙”不愿意别人触碰它的伤口，表现得那么痛苦。爱蜜莉雅呆呆地看着这个伤痕，心想那一定是波尔肯尼卡那永不褪色的古老记忆留下的痕迹。

趁着她犹豫的一瞬，波尔肯尼卡振翅高飞。

“啊！”

它的巨大身躯瞬间升高，飞到了爱蜜莉雅伸手莫及的高度。

“不行!!”

她将手伸向地面，身下瞬间隆起了一根冰柱。

临时造出的冰柱不断向高空延伸，她伸出手，想要追赶飞翔的波尔肯尼卡，可还是够不到它。

“大家！拜托了!!”

听到她的呼唤，跑来的冰兵们立即做出了回应。

一个冰兵从冰柱上起跳，后一个冰兵踩着前一个人继续起跳，这样重复了六次后，爱蜜莉雅踩着最后一个冰兵的后背高高跳起。

“对不起！”

她踩上冰兵的瞬间，充当跳台的冰兵后背直接被踩断了。

然而，七名冰兵在坠落前，全部笑着朝她竖起了大拇指。在它们的支援下，最后跳跃的她终于够到了波尔肯尼卡的尾巴。

“愚蠢——”

说完，它一缩尾巴，爱蜜莉雅直接扑了个空。

就在她瞠目结舌的时候，它收回的尾巴又猛地甩了回来。

她在空中无处躲避。即使她造出冰盾进行防御，神龙尾巴砸碎冰盾后的破坏力也足以杀死她了。

“啊——”

糟了，失败了，要怎么办才好？她脑中产生了无数思绪。

时间仿佛都变慢了。她拼命思考着打破困境的方法，甚至动员起了自己身体的每一个角落，唯独不打算放弃。

因为她喜欢的大家都不会选择放弃，所以……

“我也不会放弃！”

然而，虚张声势解决不了任何问题。像是要教导她人生无常似的，长寿的“神龙”通过摆尾攻向了她。

“爱蜜莉雅大人!!”

千钧一发之际，她身下刮起狂风，帮助她稍微升高了几分。

“神龙”的尾巴原本瞄准了她的脑袋，可由于她的升高，甩尾攻击从头部打偏到了她的身体。意识到这点后，她连忙抱起了自己的膝盖，靠缩小自己的身体减少命中的范围。甩出的尾巴命中了她的指尖，巨大的冲击使得她像陀螺似的高速旋转起来。

她抱着膝盖，身体向上飞去。

她强忍着内脏要从嘴里跳出来的冲击，咬紧牙关，在上空造出一面冰墙，强行挡住了她的身体。

随着咚的一声巨响，她全身狠狠砸在了冰墙上，疼得她泪眼婆娑。她连忙看向下方，由于倒立在空中的冰壁上，此时她的视野完全是上下颠倒的，其中她看见了波尔肯尼卡的头和远处第一层阶梯上的人影。

准确来说不是人影，而是一人一地龙。

“是拉姆和……”

刚才伸手帮助她升高的，是加入战局的拉姆。

哪怕是在这么远的距离，她也能看出拉姆此时已经是遍体鳞伤。拉姆竟然拖着这样的身体赶来支援，让她震惊不已。

多亏了拉姆，她的脑袋才没有被波尔肯尼卡的尾巴抽碎。

借助拉姆的帮助，她再次在膝盖上发力，踩着冰壁向波尔肯尼卡发起了强攻。可这时，波尔肯尼卡露出了奇怪的模样。

它维持着尾巴甩出的姿势，没有去看爱蜜莉雅，而是看向下方。

古老的“神龙”看向拉姆——不对，他看的不是拉姆。

“帕特拉修？”

“呀啊啊啊啊!!”

爱蜜莉雅的高呼盖住了波尔肯尼卡的呢喃。她呼唤着，身体如子弹般射向了波尔肯尼卡。

迟了半瞬，波尔肯尼卡才抬起头，用尾巴砸碎了冰壁，但这时已经晚了。此时爱蜜莉雅已经不在那里，用自己最快的速度逼近了龙的喉咙。

“呀啊啊啊!!”

她避开阻挡擒拿自己的前爪，大腿划出一道美丽的流星，向波尔肯尼卡那道白色的伤痕踢去。近了，近了——命中了。

“嘶——”

波尔肯尼卡被爱蜜莉雅的白色鞋底踢中了喉咙，再度发出吼叫。

“呀啊啊啊！”

裂空般的吼声让爱蜜莉雅不由得捂紧了耳朵，随即在刚才那一踢的反作用力下开始了坠落。下落，下落，下落——

“呀……哇，谢谢！”

之前充当踏板摔落下来的冰兵们接住了她。

被平稳接住后，她站起身，发现自己此时已经回到了最上层，而波尔肯尼卡正在头顶痛苦嘶号。

她再度跑向中央的独石板，跑向那个她熟悉的手印。

“果然!!”

到达独石板的旁边后，她趁着现在没人打扰，立即把手按了下去。

独石板被她按得有些摇晃，不过，那个问题手印果然和她的手形严丝合缝。她不知道这个世上有几个人的手会如此相似，可至少这块独石板上的手印和她的手是一模一样的。

接着，“神龙”拍打着翅膀，降落在将手按在独石板上的爱蜜莉雅面前。

“汝，登上塔顶之人。踏上第一层，全能的请愿者。”

“啊……”

它巨大的身躯依然浮在空中，本来意识已经接近半清醒，不知为何再度重复起了开始的话。

不过，爱蜜莉雅觉得这句话听起来已经和起初那种无意识的话不同了——应该说，询问这时才真正开始。

“吾，波尔肯尼卡。依照古老的盟约，询问登顶者的志愿。”

这两句话她已经听过无数遍了。询问登顶者的志愿——也就是说，询问登到顶端的人的心意。

想做什么？有什么愿望？为什么来这里？

对这个问题，她有无数答案。

想做什么？有什么愿望？为什么来这里？她有无数答案，但在这个瞬间，心急火燎的她的愿望是……

“询问，汝的志愿！”

听到波尔肯尼卡再次询问，她睁开眼睛，大声回答道：

“大家好好相处吧!!”

8

突然，沙海上吹来一阵狂风，掩埋了沙海上的一切。

“哦？”“怎么了呀？”

正在躲避魔兽猛攻的昴和努力治疗梅莉的碧翠丝一齐发出惊呼。

正在与夏乌拉进行非人级战斗的由里乌斯同样感到震惊，不仅如此，他的震惊程度甚至更在二人之上。

在被巨大的沙尘暴遮蔽了视线后，紫发骑士立刻感觉到了危险，连忙后撤，可夏乌拉并没有追击。等他看到真相后，他的震惊不减反增。

“这是……昴!!”

听到由里乌斯的大声呼喊，昴吐出口中的沙子，看向那边，立刻明白由里乌斯大喊的原因，也目瞪口呆起来。

“夏乌拉？”

“嘶……”

昴惊呼出声。他看见红蝎直接被沙尘暴掀翻，仰面倒在了沙地上。自称护星人的塔之管理者之前还对一切攻击不为所动，只会机械地追杀众人，现在却好像发生了什么故障。

“由里乌斯，你做了什么吗?!”

“不，我什么都没做，只是在全力以赴地防御而已。刚刚那阵沙尘暴过后就……”

“沙尘暴……这样啊，是那阵风……”

刚才的狂风差点把昴他们都埋了，但把它称为“沙尘暴”好像有些不对。

奥格利亚沙丘的“沙尘暴”的确大到能把旅人无情埋葬，问题是自从他们突破问题结界后，监视塔的周围还没有刮过强风，因此他从来没见过这里刮沙尘暴。那么，刚才刮的是什么风呢?

“昴！快看天空！”

就在他思绪万千时，碧翠丝娇声喊道。他闻声抬头望去。

普勒阿得斯监视塔发生了显著的巨变。

“云散了。”

普勒阿得斯监视塔直插云霄。

如上所述，监视塔的顶端隐藏在云层之上，在下面是看不见的。可如今，包裹监视塔的怪云完全消失了。

这时昴才明白，刚才的风是吹散云的风的余波。

云雾散去，从下面已经可以看到塔顶。

根据他乐观的猜测，这只意味着一件事。

“爱蜜莉雅成功了。”他呢喃道。

依靠“狮子心脏”，他能感知到塔内的同伴们——此时爱蜜莉雅就在塔顶，身边还有拉姆和帕特拉修。

爱蜜莉雅他们成功了。如果他所猜不错……

“塔的规则被打破了……夏乌拉！喂，夏乌拉！听我说！”

“嘶——”

“我们不用再交战了！你已经恢复自由……”

仰面朝天的红蝎在不停地挣扎，看起来十分痛苦，是因为它体内久远的契约中断了吗？昴不知道这些细微的事情，只是明白，她再也不用这么痛苦了……

“喂，夏乌拉——”

“昴!!”

昴一边呼唤夏乌拉，一边走向她。突然，他被抓住衣领。他倒下之际，面前感受到猛地刺来的蝎尾。

蝎尾卷起一阵风，带来一股烤焦的臭味，昴顿时失声。刚刚若不是由里乌斯及时拉住他，此刻他就被蝎尾刺个正着。

然而，让昴痛苦的并不是“死”的感觉……

“喂，夏乌拉！夏乌拉，你怎么了，快点振作起来!!”

“嘶——”

听到昴的拼命呼喊，红蝎慢慢从沙地上翻过身。

翻回来的红蝎的复眼中闪过一丝迷茫，可它再次慢慢盯住昴，从可怕的长牙上流下口水，实在算不上是什么理性的态度。

“昴，很遗憾。”

由里乌斯说着，按住昴的肩膀，准备上前。

昴看穿了由里乌斯的想法，抓住他的手阻止了他。昴知道，紫发骑士准备替自己做脏活，但昴不能让他这么做。

“我已经决定要救她了。我一定要把她救出来。”

“这算是师匠模糊的使命感吗？”

“不是的。”

他摇摇头，回答由里乌斯。

他之所以要帮助夏乌拉，并不是因为他是什么师匠。

“不是因为我是她的师匠，而是因为我被她缠上了，所以要这么做。她和贝亚子一样，之前一直独自待在这座沙塔里，哭着说和我们一起生活过的几天很幸福，所以我绝对不能丢下她不管。”

昴咬紧牙关，抓着由里乌斯的手，说道。

由里乌斯看着他，叹了口气。

“真强硬。不过，就该这样。”

“由里乌斯？”

“哎呀，我真佩服你。既然大话已经说出去了，那就要贯彻到底啊。”

由里乌斯浅笑着，摸了摸自己左脸上的伤。

听到他的回答，昴眯了眯眼睛。突然，他发现自己空着的左手被一个柔软的小手握住了。往旁边一看，原来是碧翠丝握住了他的手。

她用世上第一可爱的圆溜溜的眼睛看着昴。

“梅莉已经摆脱危险了。接下来——”

“贝亚子，你愿意帮我把夏乌拉救出来吗？”

“要是现在说不行，那贝蒂也太坏了……真是的，昴真是个让人无可奈何的同伴呀。”

听到她的回答，昴苦笑着挠了挠脸颊。

接着，他紧紧握住了重要的契约精灵的手，和红蝎——夏乌拉，重新开始对峙。

精灵骑士也和昴二人一起，看向众人必须要拯救的哭泣少女。然后，昴说道：

“我已经身心俱疲了，所以，赶紧让我把你救出来吧，夏乌拉！”

攻略普勒阿得斯监视塔的最终延长战，开幕。

The only ability I got in a different world "Returns by Death"
I die again and again to save her.

第九章 夏乌拉

Re:从零开始的异世界生活

Re: Life in a different world from zero

1

哗啦哗啦，哗啦哗啦，开始了凋零。

哗啦哗啦，哗啦哗啦，开始了剥落。

哗啦哗啦，哗啦哗啦，开始了褪色。

哗啦哗啦，哗啦哗啦，哗啦哗啦，一切都是那么的遥远而辉煌。

塔外，无数拥来的魔兽造成的暴动，在“魔兽使”的奋战下被平息了；第二层，夺取了罗伊·阿尔法德身体的雷德被击败了；第四层，与众人因缘匪浅的亵渎者莱伊·巴登凯托斯被击败了；第一层，未曾见过的未知“测验”，也在爱蜜莉雅的奋斗下通过了。

在普勒阿得斯监视塔的攻略中，大家遇到的复数难题就这样一项项解决了。

这是所有同伴团结一致、相互信任取得的成果。爱蜜莉雅所说的“大家好好相处吧”，也可以说是实现了吧。

多亏大家团结一致，他们才走到这一步。那么接下来……

“如果不能大家一起胜利，我就变成骗子了啊！”

“上吧！”

并排而站的两名精灵骑士一起冲了上去，其中打先锋的毫无疑问是由里乌斯。

之前负责治疗的库娅回归后，由里乌斯再次借用六名精灵的力量，在身上披起了极光。

通过“狮子心脏”的效果，昴能看出，虽然由里乌斯此时身上拥有无比庞大的魂力，可相对地，他和精灵们也承担着十分沉重的负担。

他还真会要酷啊，不过，确实没有人想打持久战。

“速战速决——”

由里乌斯拖着彩虹色的轨迹，在沙地上跑得飞快。他瞬间拉近距离，一剑砍向红蝎。见此，红蝎张大了自己狰狞的复眼，用大钳和尾针开始狂风暴雨般的回击。

“嘶!!”

大钳带着极高的热度，释放出骇人的威力，让红蝎周围的空气都扭曲了。

昴将这对火热的大钳命名为“圣人巨钳地狱火形态”。

夏乌拉到了现在还在施展出全新的技能，炒热最终的战斗场面。面对她的努力，昴表示敬意，不过作为对手，他还是希望她不要再成长了。

他现在根本不想要这种还会浴火重生的敌人。

“迷尼亚!!”

通红的大钳撕裂大气，攻向由里乌斯，碧翠丝连忙在侧面用紫箭进行牵制。

昴无力掺和由里乌斯与红蝎之间的超级大战，因此在碧翠丝打冷枪援助由里乌斯的时候，他也在努力寻找属于自己进攻的机会。

“昴!!”

“啊。”

就在昴为了抢占最佳位置而斜着进入沙海时，突然听到一声呼喊。他应声抬起头，看到红蝎在避开了由里乌斯的突刺后，已不知不觉间来到他的旁边。

在手牵手的碧翠丝的制止下，他连忙停下脚步。这时，魔兽朝他轻轻一摆尾巴，随意得像是在驱赶一只虫子一样，但他在这记攻击中预感到了自己会“死”。

“拼了！”“姆拉克！”

他和碧翠丝同时做出决断。

重力瞬间减轻，昴和碧翠丝的身体一下子轻得就像棉花糖。与此同时，昴的鞭子也缠住了红蝎的尾巴根部。红蝎立刻将二人扯了过去。

“哇——”“噗呀?!”

它并没有将二人甩来甩去，而是直接将他们砸到地上。

二人的脚刚刚飘离地面，便狠狠地摔在了沙里。哪怕他们现在轻得和棉花糖一样，可要是下面是坚硬的地面，必然也难逃粉身碎骨的命运。好在下面是沙地，二人只是被摔了个七荤八素。

“不要继续追击了！”

“嘶——”

就在红蝎准备继续追击砸进沙里的昴和碧翠丝时，一道虹光挡在了它的面前，灼热和极光立马产生了冲突。

飞溅出的闪光在沙海留下一道道深沟，冲击的气浪也在晴朗的青空下卷起无数道沙尘。

二人的破坏力相当，由里乌斯在速度上更胜一筹，红蝎却在耐力上一骑绝尘——要是不尽快决出胜负，一旦超出时间，由里乌斯可能就要支撑不住了。

“呸呸！可恶，必须得做点什么啊！”

“呸呸！一定要找出胜机！”

昴和碧翠丝好不容易将自己从沙地里拔出来，一起吐起沙子，泪眼婆娑地思考起让由里乌斯的虹光击败夏乌拉，或者将他们的话传达给夏乌拉的方法。

“快想快想快想快想……”

昴的脑筋全速运转。他现在需要的不是乐观的推测或是白日做梦，而是切实可行的办法。

就在他搜寻自己可用的手牌时，他突然意识到，他还有最后一张尚未使用的手牌。

“贝亚子！”

“想到主意了呀！”

听到他的呼唤，碧翠丝仿佛等待已久似的立刻回应。

“嗯！”他抓紧了手中的小手，坚定颔首。有这么理解自己的同伴，这是何等的幸运。

“我要在这招里，使出这场旅行的全部力量！”

2

哗啦哗啦，哗啦哗啦，开始了凋零。

哗啦哗啦，哗啦哗啦，开始了剥落。

哗啦哗啦，哗啦哗啦，开始了褪色。

哗啦哗啦，哗啦哗啦，哗啦哗啦，一切都是那么地遥远而辉煌。

红蝎下意识地挥动双钳，挡住猛烈攻来的虹光。

通红的双钳中蕴含着燃尽一切的火力，不论对象是岩石还是钢铁，她都能将其像是butter（黄油）一般融化。

“算了，人家也不知道butter是什么。”

她说着一知半解的话，追击闪光的目标。

战场位于广阔的沙海上，周围没有任何障碍物，所以她一直没能将敌人逼入绝境。她其实更擅长在无处可逃的地方战斗，或者进行远程狙击。

“Sniper一直都很孤独啊。”

她听说，sniper就是狙击手，为了消灭猎物，会一直静静地等待时机。所以，她也一直在等待。她怀着sniper的骄傲，一直苦苦地等待。

日复一日，她望着沙海的彼岸，盯着来塔的访客，一直苦苦地等待，因为她必须遵守这座塔的规则。

她其实很烦这些规矩，不过如果没有它们，健忘的自己一定会把一切都忘得一干二净。

一起散步、一起聊天、一起生活、彼此思念的日子，她都会忘掉。

“啊……人家不要这样。”

所有人都把她丢下了。

你要人家等，人家就一直等，所以你快回来吧，只要你回来，人家再久也会等的。所以……

“师匠回来了，人家真的很开心。”

所有人都不见了。

她真的可以相信他们会回来吗？她自己也搞不懂了。

她是因为相信而等待吗？还是只是出于单纯的惰性呢？她自己也不知道，也不想考虑。

她不必考虑。因为，在她腐朽之前，他遵守了约定。

“人家好幸福，师匠。”

所以，不要走，一直待在这里吧。

她已经不再孤独，可以说已经完成sniper的使命了。完成sniper使命的自己，应该获得奖赏。

“人家讨厌被抛下，师匠。人家也想要被爱……”

所有人都离她而去。这一次，不论是地老天荒，还是天涯海角，她都要跟着师匠一起。所以……

“爱人家吧，师匠。”

3

红蝎颤抖着，甲壳上的光变得更加明亮。

虽然这个反应看上去像是“攻击色”变得更加强烈了，可昴不这么觉得。

鲜艳的红色，就像是夏乌拉的哭喊一样。

在四百年里，她一直封闭自己的感情，严格遵守约定，留下来监视塔，这个光正是她满溢的思念爆发的象征。

红色代表热情、激情，是无法抑制的“爱”。

红蝎的红光，正是因为她深爱着别人，也渴望被爱。

“人们都说，天蝎座的女人都很深情!!”

昴大喊一声，蹬了一脚沙地，大幅转动肩膀甩出鞭子。

他的目标正是背向自己，和由里乌斯打得不亦乐乎的轻浮红蝎。

他想用鞭子告诉她：百忙之中打扰一下，你执着的师匠在这里。她一直往他身边凑的时候，他总觉得很烦，不过……

“一旦你选择去别的男人那里，身为男人，我果然还是会吃醋啊!!”

“昴，你这话也太差劲了吧！”

听着坐在他肩膀上的碧翠丝的讽刺，昴的鞭子精准缠住了红蝎的尾巴根部。

只是，这样下去，他只会遭受和刚才一样被耍弄、丢进沙里的命运。

红蝎也因为刚刚的处置实在太轻松了，所以选择优先对付由里乌斯，将昴他们放在了其次。

昴他们很弱，他就是要利用红蝎的这个认知。

“埃尔·维塔!!”

“哦哦哦!!”

碧翠丝咏唱的魔法作用在昴的身上，沉重的重量使他的双腿瞬间陷入沙里。与减轻重力的姆拉克相反，维塔的效果是增强重力——这下昴的重量就能从幕下直接升级为横纲，来抵抗红蝎的尾巴了。（**注：幕下，相扑力士等级的一种，相扑力士等级自下往上分为序之口、序二段、序三段、幕下、十两、前头、小结、关胁、大关及横纲。**）

当然了，单单这样还不够。就算他现在增加了重量，也不过是一百几十公斤，远远比不上能轻松拖动龙车的夏乌拉的怪力。因此……

“现在正是表现的时候！上啊！”

昴喊道，双脚深陷沙中，加重了手上的力道。

下一秒，正当红蝎的尾巴即将把他从沙里拖出来的时候，他在沙地上停住了。

原因很简单，红蝎和他——不，是他们的力量达成了平衡。

“嘶嘶——”

庞大的畸形饿马王站在不动如山的昴面前，抓住紧绷的鞭子，闯入了这场拔河游戏。

加入这场前所未有的拔河游戏的不只是它，全身长满花的熊、肋插双翅的鼹鼠、双头蛇也都参加了。

原本是仇敌的魔兽们，纷纷前来给他助力。而能做到这一切的是……

“真的太会使唤人了……”

这是一个听起来有些疲惫的不悦声音。

声音来自脸上毫无血色，站在沙地上还在不停地喘着粗气的少女——梅莉。正是她把魔兽们叫过来帮忙的。

她绷着可爱的脸，深深地呼了口气，然后用力拍了拍双手。

“好啦，大家都来吧。光在一边看着多无聊啊。”

随着她的掌声响起，停了一拍后，整个沙海都震动起来。

那是涌来的魔兽们的脚步声和吼声，“魔兽使”——如今已经是“魔兽之母”的力量，支配了魔境奥格利亚沙丘。

通过她的本领，他们重新利用起魔兽暴动，将这场战斗变成了真正的总体战。

她看起来十分痛苦，可还是恢复意识加入最终的战斗当中，当然也是有理由的。

这个原因，自然就是昴用“狮子心脏”将梅莉受到的伤害进行承接和分配。这便是他最后的手牌。

承受伤害的不是爱蜜莉雅，不是碧翠丝，不是拉姆，不是由里乌斯和和艾姬多娜，不是帕特拉修和梅莉，更不是沉睡的雷姆。

在这次攻略奥格利亚沙丘中，最后的协助者是……

“把你也卷进来真对不起，约瑟夫！帮帮我吧!!”

他把远在监视塔地下第六层的地龙约瑟夫也拉进了“狮子心脏”中，将伤害分配给了它。

这个决定让他十分心疼，而更让他心疼的是，约瑟夫完全符合“狮子心脏”分配负担的条件。也就是说，和碧翠丝还有其他同伴们一样，约瑟夫也选择支持他。

他将约瑟夫那慈母般的关心照单全收，把自己作为媒介，将梅莉的大部分负担交给地龙。这便是梅莉能够站起来的原因。

正是这样，在这次的掰手腕中，红蝎才会出乎意料地输了。

“这便是你失败的原因，夏乌拉。”

如前所述，在借用了魔兽和地龙的力量后，这场战斗变成了货真价实的总体战。随着昴的话音落下，红蝎的腿也脱离了地面。

“最优秀骑士”自然不会放过这个瞬间。

虹光剑从根部斩断了红蝎还在抵抗的尾巴。

被斩断的尾巴瞬间爆炸，和自残时同样的破坏力顿时席卷周围，却不是虹光的对手。见自己的撒手锏无效，红蝎挥起钳子猛地砸向由里乌斯的后背。

“呀！”

虹光剑画出一道弧线，利落地斩断了大钳子脆弱的关节。钳子被斩断让红蝎有些动摇，但它立刻挥起剩余的右钳，夹向由里乌斯。

“阿尔·库兰拜尔。”

就在钳子即将收紧时，包裹着由里乌斯全身的极光脱落，然后立即膨胀。

在他脱下虹光铠甲后，极光爆发似的扩散开来，在收紧的钳子中引发了爆炸，炸飞了红蝎整个右钳。

“嘶嘶——”

冲击波掀起红蝎的身体，将它炸到空中。等它狠狠地摔到沙地上，已经失去了尾巴和双钳，一副遍体鳞伤的模样。

这时，四周的魔兽也包围了仰面朝天的红蝎。

魔兽们按住它的八条腿，封印它的行动。

像是要拒绝逼近的死亡似的，红蝎不断地扭动身体，摇摆长着利齿的头部。

以红蝎的应急能力，就算它能开发出新的技能逃出生天也不奇怪。

“到此为止了，夏乌拉。”

就在红蝎不停地扭动身体时，昴从正面出现在它的复眼前。

它已经失去武器，腿也已经被人按住，陷入山穷水尽的可悲境地。现在昴可以轻松解决它，但他不想这么做。

即使将红蝎逼入绝境后，他也不知道该怎么做才好。

“梅莉。”

“大哥哥你们真是的，要是没了我，你们打算怎么办啊？”

被叫到名字后，梅莉叹了口气，看向红蝎。

她走到昴的身边，呼了口气，然后打了个响指，将红蝎的注意力吸引到自己身上。

“你是谁？是可怕的红蝎子小姐，还是……还是谁呢？”

听到这个问题，红蝎的复眼明显迷茫起来。

充满动摇之情的复眼静静地看着梅莉，然后看向了昴。

原本满是侵略神色的红色眼睛，渐渐变了。

“夏乌拉。”

甲壳上的红光也渐渐暗了下来。

眼睛慢慢变回绿色，甲壳慢慢变回黑色，最终——

“夏乌拉！”

最终——

4

哗啦哗啦，哗啦哗啦，开始了凋零。

哗啦哗啦，哗啦哗啦，开始了剥落。

哗啦哗啦，哗啦哗啦，开始了褪色。

哗啦哗啦，哗啦哗啦，哗啦哗啦，一切都是那么地遥远而辉煌。

哗啦哗啦，哗啦哗啦，哗啦哗啦，一切看起来都是那么地遥远而辉煌。

一切都在凋零、剥落、褪色，那么遥远，那么耀眼。

她被人丢下，记忆慢慢远去，可那段时光仍然在闪闪发光。

那些日子便是她所珍惜的一切，所以她一直都在努力不让自己遗忘。

“你记得吗，师匠？你跟人家说绝对会回来，要乖乖等待，然后消失了。”

夏乌拉抱腿坐在那里，歪头问昴。

看着她这副追忆往昔的怀念模样，昴摇了摇头。

“我不记得了。我告诉过你吧，我不认识你。别让我一遍遍重复啊。”

“算了，这也没办法。毕竟师匠的健忘程度完全不在人家之下，人家和师匠可是很像的。”

“我完全不感兴趣！算了，我们的说话风格确实很像。”

由于夏乌拉经常使用昴的世界的语言，因此昴也对她产生了某种亲近感。

昴远没有她这么亲切、可爱、勇敢。他绝对不会连续四百年去爱一个将自己抛下的家伙。

“我没有什么耐心，也很小气，所以想要立刻获得回报。至少要待在对方身边，我才能坚持下去……”

“啊，这可不行，师匠。听好，有这样一句名言，爱就是忍耐。”

“是美丽就是忍耐吧?!而且所谓尽心的女人，只是坏男人让女人养自己的说辞吧?!”

“全部是为了成就人家心中强烈的思念。师匠尽管笑人家是愚蠢、可怜的女人吧。师匠这时候的笑也很帅气……”

“不，根本笑不出来。你看，我都有点哭出来了。”

昴指着自己的脸，说道。

“在哪在哪？”

夏乌拉一下子站起身，凑了过来。她的脸凑得很近，昴甚至能感受到她的呼吸。从近处看，真是一张俊俏的脸。

她的眼睛又大又长，炯炯有神，鼻梁也很挺拔。除此之外，她还有长长的睫毛，完全看不出长期生活在沙漠中的白皙肌肤，以及因为平时一直耍宝所以看不太出来的美丽身姿。

她被人取了一个星星的名字，一直在这里等待她深爱的人。

“咦？师匠，你眼里有泪花，是不是哭了？”

“你的师匠是个混蛋。我真想亲手揍他一顿。”

“这样的话，人家在一边看着，心情会很复杂啊！师匠竟然要把师匠KO，这是一幅怎样的场面啊！真是的……”

昴嘴唇颤抖着，闭上了眼睛。他感觉一股热流涌了上来，突破眼睑，流到脸颊上。

“真是的。”夏乌拉看着他脸上的水珠，又小声呢喃起来。

突然，闭着眼睛的昴感觉有什么湿润的东西抚上了他的脸颊。他连忙睁开眼，看到夏乌拉缓缓撤回的脸颊。她用手指抚摸着自己的嘴唇，吐出鲜红的舌头，捉弄似的笑了。

“师匠的体液，咸咸的，甜甜的。”

“这种说法……”

“即使换个说法，也什么都不会改变哟。人家的全部感情，都用身体表达出来了。师匠，人家爱你。”

她经常会对昴说爱。

知道她的遭遇后，昴现在不会再说她轻薄了。

她之所以时而触碰他，时而告白爱意，都是因为她的爱已经满溢而出。这些话已经在她心里积攒了好久，现在终于从心里溢了出来。在这四百年里，她一直渴望爱，渴望被爱。

“人家爱你，师匠。”

“我没法说我爱你。”

“人家知道。师匠是坏蛋、害羞鬼，会shy。不过，人家也喜欢这点。人家发自内心地爱你。师匠就是人家的only you。”

赋予的职责像锁链一样困住了她，将她留在了旧时光里。当这个职责即将伤害到她的爱人时，她哭着恳求一“死”。如果一定要伤害他，那她宁愿自己消失。面对哭诉的她，他又能说些什么呢?

他之前明明说过，绝不会再让她哭泣。

“我无法说我爱你……”

“没事的，师匠不愿意说的份额就交给人家来说。这样的话，早晚有一天，师匠也会愿意对人家说的。”

“早晚有一天……你还真是优哉游哉，想再等四百年吗？”

“是吗？四百年很快就过去了哟。”

她曾经悲痛地哭喊着说自己一直在等他。

她被留在旧时光里，成了爱情的人质，曾经哭喊着说自己十分寂寞。

现在的她自然不会知道自己曾经吐露出自己的心情。在她这副满不在乎的态度下，心中又有怎样的暗流涌动呢?

他发过誓，不会再让她哭泣，如今也不准备违背自己的誓言。因此，他希望她能哭出来，希望她哭着说这样还不够。

只要她号啕大哭，哭得稀里哗啦，哭得梨花带雨，那么，不是她师匠的菜月昴，一定会为了擦干她的泪水而竭尽全力。可是……

“四百年，不过是明日复明日罢了。”

红蝎不见了踪影，美丽的少女微笑着说道。

夏乌拉迷人的外貌看起来随时都会消失，十分虚幻。她白皙的脸上涌起一阵潮红，一副恋爱中少女的模样，继续说道：

“因为，在等待的时间里，人家也一直深爱着师匠。所以，师匠，我们以后——”

5

哗啦哗啦，哗啦哗啦，开始了凋零。

哗啦哗啦，哗啦哗啦，开始了剥落。

哗啦哗啦，哗啦哗啦，开始了褪色。

哗啦哗啦，哗啦哗啦，哗啦哗啦，一切都是那么地遥远而辉煌。

哗啦哗啦，哗啦哗啦，哗啦哗啦，一切都是那么地遥远而辉煌。

像一场梦一样，白色世界中的对话结束了。

那到底是真实，还是虚幻呢？又或许只是谁让他做的一场白日梦？不管怎样——

“夏乌拉……”

剥落的一块甲壳落到沙地上，化作了尘埃。

不只是这一块，剥落的其他部位都是如此。

切断的尾巴、大钳、魔兽们按住的八条腿、莱月昴拥抱的头部全部化为了灰烬。

“是因为职责完成了吧……”

昴拼命收集在他胸口徐徐滑落的尘埃，这时，碧翠丝小声说道。

可爱的精灵寂寞地看着眼前这个虚弱崩溃的魔兽——不，这个和自己一样深陷被赋予的命运的同胞。

昴的大脑拒绝理解碧翠丝的话。不过，他的本能还是理解了，这不是“死”。

这是夏乌拉作为普勒阿得斯监视塔的护星人，总有一天会到来的不可避免的终结。

“那……我们……”

如果他们不来这里，她是否就能一直活在这里？她是否就能在这里一直等待那个永远不会回来的爱人？

“昴，你应该明白，这个假设是对她的侮辱。而且，你现在该做的不是后悔。”

骑士由里乌斯此时已经将骑士剑收回了鞘中，正了正被血和风沙污染的衣服，对昴说道。

这话真是绝情，但是，他说得没错。

昴咬牙压住了自己对这种理性的憎恨，呼了口气，接着紧紧抱住了怀中一直孤单一人的夏乌拉——被同伴抛弃，在空无一人的地方待了漫长时间的少女。

昴、碧翠丝、由里乌斯和梅莉一同站在她的身边，送别一直孤单一人、最终孤单死去的她。

“不过，人家有师匠一个人就够了。”

说着俏皮话的夏乌拉身影浮现在昴的眼前，最终化成了他眼中的泪水。

轻轻地，魔兽的牙齿拂去了顺着他脸颊慢慢滑下的泪珠。

无坚不摧的锋利牙齿像是怕伤到此时无比脆弱的昴似的，深情而温柔地拂去了他的泪水。接着……

“啊——”

拥抱的双臂突然失去了支撑。

大蝎子丧失了内在的外壳轰然倒塌，化为了尘土。黑色的尘埃在沙海漫天飞舞，昴呆呆地张大了嘴巴：

“夏乌拉……”

“人家在，师匠。”

“夏乌拉……夏乌拉……夏乌拉……”

“在叫人家吗，师匠？”

“夏乌拉，夏乌拉……”

“啊，真是的，师匠实在是太爱人家了，人家好烦恼啊！”

明明一闭上眼睛，昴就能听见她回应自己的话语。可是，她已经不在了。

“啊——”

他跪在地上，拼命刨起了眼前的沙海。

这时，他仿佛听到有什么声音。是谁呢？他此时已经没有分辨的闲心了，但还是下意识地抬起了头，随即目瞪口呆。

在黑色尘埃堆积的沙海大地上，有什么东西摇摇晃晃地爬了出来。

那是一个只有巴掌大小的小家伙。小家伙有着红色的甲壳，用两把钳子拨开沙子，又用尾巴灵巧地把自己从沙里拔了出来。

它爬到双膝跪地的昴身边，凑上了他正在挖沙的手。

这一简单的触碰，便让昴回想起了那副可爱的面容。

哗啦哗啦，哗啦哗啦，开始了凋零。

哗啦哗啦，哗啦哗啦，开始了剥落。

哗啦哗啦，哗啦哗啦，开始了褪色。

哗啦哗啦，哗啦哗啦，哗啦哗啦，一切都是那么地遥远而辉煌。

哗啦哗啦，哗啦哗啦，哗啦哗啦，一切都是那么地遥远而辉煌。

一切辉煌，都因为有你。

“四百年，不过是明日复明日罢了。”

“因为，在等待的时间里，人家也一直深爱着师匠。”

“所以，师匠，我们以后——”

“以后再见吧。”

“这次就轮到师匠来等人家喽？相比于追人，人家更喜欢被追。”

“师匠，这可是十分重要的约定。”

“这次一定不要忘记。”

“师匠，人家爱你。”

6

“你这个笨蛋。”

昴颤抖着呢喃道。我怎么可能忘记你呢？

然后，他捡起在他手背上挠痒痒的小家伙，将它包在手心。

小蝎子似乎有些害羞，在昴的手心中抖个不停。

它的甲壳很红，刺眼的红，鲜红。

那是历经四百年而不褪色的，“爱”的颜色。

The only ability I got in a different world "Returns by Death"
I die again and again to save her.

第十章 英雄

Re:从零开始的异世界生活

Re: Life in a different world from zero

1

菜月昴总是会做一些他做不到的约定。

他无言地跪在地上，没有任何人上前搭话。无论是一旁的碧翠丝，还是后面的由里乌斯和梅莉，都不知道该对他说些什么。只有他手上的小蝎子为了安慰泣不成声的他，顺着他的胳膊爬到了肩膀上，用身体不停地蹭他的脖子。

昴不知道，这个小蝎子到底是什么。

这只小蝎子出现在“红蝎”巨大身躯崩溃后的尘埃里，和夏乌拉有着怎样的关系呢？它到底是不是夏乌拉本人呢？

“不可能……”

夏乌拉已经走了。昴在她临终前和她进行了交谈，可以悲伤地确信这一点。

开朗的笑容、烦人的身体接触、一口一个“师匠”的莫名亲密称呼，都已经不在了。

要是夏乌拉哭喊着说自己不想消失，昴一定会竭尽全力寻找拯救她的方法，即使是献出生命也在所不惜。

然而，她并不想这样。她只是笑着说，希望以后再相见，然后消失了。

昴不知道见面的方法，也不知道是否可能再见面，可是……

“我知道了……总有一天，我一定会和你再见面，所以——”

他一定会实现这个笑容明媚向他示爱的少女的愿望。为了这个愿望——

“所以，暂时告别了，夏乌拉。”

风沙卷起她已经化作尘土的思念，带走她的残骸。

见此，昴叹了口气。像是要让他打起精神似的，靠在他脖子上的蝎子用钳子夹了夹他的耳朵。

“好痛。”

这份刺痛好像也在告诫他不要灰心丧气。

“知道啦，知道啦。”他痛得泪眼婆娑，点了点头，抓起脖子上的蝎子，想把它从耳朵上拽下来，但是……

“好痛！不，我知道啦，可以松开了……好痛！喂，耳朵都出血了……你这家伙！你这家伙真是……”

“大哥哥在干啥呢？”

小红蝎夹着昴的耳朵，丝毫没有撒手的意思。梅莉无奈地看着昴，抓起小红蝎，伸出了援手。

“别看它小，可也是魔兽啊，要是随便让它凑近你的脸，眼睛和鼻子都会被吃掉的——这孩子可不是光溜溜大姐姐哟。”

她说着，将小红蝎放到自己的头上。

和刚才不同，一到梅莉的头上，小红蝎立刻乖巧起来，看来是她的“魔操加护”压制了它的野性。换言之，小红蝎是会受到梅莉加护影响的魔兽，证明了它并不拥有夏乌拉的人格。

“昴，得赶紧治疗一下你的伤。”

碧翠丝温柔地拉了拉仍然低着头的昴的袖子，关心起他的身体。

感受到她的关心，昴咬咬嘴唇，深深地点了点头。他也不能一直待在沙海里。

“昴！大家！”

远处，监视塔入口的大门开了，爱蜜莉雅跑了过来。看她的模样，也是经历了一番风波和苦战。大家一起说起了各自的经历。

他们都有太多话要说，也必须好好道别才行。

2

“夏乌拉很努力啊……”

听闻夏乌拉不在的原因和事情的经过后，爱蜜莉雅看着这片已经看不见夏乌拉尘埃的沙海，以自己的方式悼念起死去的夏乌拉。

“爱蜜莉雅大人，第一层是什么情况？‘测验’结束了吗？”

解释完夏乌拉的事情，爱蜜莉雅一脸担忧地看向失落的昴。这时，由里乌斯直接转变了话题。听到他的询问，爱蜜莉雅点了点头，不安地问道：

“嗯，虽然有些莫名其妙，过程也很辛苦，但好像是结束了……另外，由里乌斯已经记起我了吗？”

“是啊，已经完全想起来了。”

由里乌斯若有所思地回答。他捂着自己的嘴巴，反复呢喃着“爱蜜莉雅大人”这个称呼，确信自己已经重新记起了爱蜜莉雅，然后点了点头。

“碧翠丝，你记得我吗？梅莉呢？”

“别担心，贝蒂已经想起来了。贝蒂甚至都快忘记曾经忘记你这件事，真是毛骨悚然。”

“我也全部记得哟。倒是大姐姐，还记得和我的约定吗？”

“当然了，我绝不会忘记。太好了，拉姆和帕特拉修也都记得我，所以我猜大家应该都想起我了……”

听完碧翠丝和梅莉的回答，爱蜜莉雅安心地抚了抚胸口。

看到大家的回应，昴开口说道：

“等等！也就是说，大家都已经顺利记起爱蜜莉雅炭的事了？这意味着……”

“拉姆女士打倒了莱伊·巴登凯托斯。”

由里乌斯替昴得出了结论。听到这里，昴瞪大了眼睛。

莱伊·巴登凯托斯——大罪司教“暴食”三人中的一人，是与昴和拉姆有着最深渊源的仇敌。既然被他吃掉的爱蜜莉雅的“名字”已经回来了……

“你想起雷姆了吗？”

这个被所有人遗忘的少女，对昴而言是那么重要。失去她后，他感觉自己的心里仿佛开了一个大洞。

这场旅行是为了夺回失去的东西——对昴而言，这是一场拯救雷姆的旅行。

在这个希望的刺激下，他急不可耐地看向众人。

然而，面对他的问题——

“对不起，昴。我还没有记起雷姆。”

“为什么？”

被爱蜜莉雅否定后，他困惑不已，此时碧翠丝也摇了摇头。

“贝蒂也是，没有想起拉姆的妹妹呀，还有……”

“还有？还有什么？还有什么事啊？”

“贝蒂也没有想起由里乌斯的事。‘暴食’造成的伤害并没有全部恢复。”

“由里乌斯的……”

听到碧翠丝的话，爱蜜莉雅也点了点头。

在由里乌斯的“名字”被夺走前就不认得他的梅莉事不关己地耸了耸肩。不过，爱蜜莉雅没有撒谎的理由。也就是说，雷姆和由里乌斯的“名字”并没有回来。

“关于我的‘名字’没有回来一事，我有一个猜测。”

就在昴他们都不知所措的时候，由里乌斯本人开口了。他用那双凤眼看向众人，继续说道：

"大罪司教'暴食'罗伊·阿尔法德被我生擒了。严格来说，是他夺走我的'名字'的，因此大家的记忆才没有恢复吧。"

3

昴一行人通过正门回到了普勒阿得斯监视塔里。在第五层，众人看到将他们带到沙塔的龙车的旁边，有个人正在向他们招手，迎接他们。

"爱蜜莉雅小姐，还有菜月和诸位，久违了。"

"难道是，安娜塔西亚小姐？"

看着这个露出端庄微笑、轻轻挥手的少女，昴目瞪口呆。

她的动作、态度和表情都是那么自然，人工精灵艾姬多娜未能复刻出的人性得到了完全再现——不，这不是再现。

这原本就是本人的性格，所以这里不该说是再现，而是……

"安娜塔西亚小姐！你醒了吗？"

"没错。我好像睡了很长时间，抱歉，让你们担心了。关于事情的经过，就暂且由艾姬多娜来说明吧。"

"艾姬多娜也没事啊？"

"是啊。虽然我现在无比自责，但总算还活着。"

安娜塔西亚脖子上的白狐愧疚地回答爱蜜莉雅的问题。安娜塔西亚摸着她的头，斥责道：

"你又在责备自己了。我说了，那是我自己的选择，艾姬多娜不必感到内疚。你也这么想吧，由里乌斯？"

"我吗？说实话，安娜塔西亚大人的决断真的让我捏了一把冷汗，所以很难认可，不过……"

"不过什么？"

"听说了安娜塔西亚大人将自己封闭在内心的理由后，作为一名骑士，我感觉荣幸之至。”

由里乌斯笑着，优雅地回答。听到他的回答，安娜塔西亚也捂着嘴笑了起来。

“哎呀，你这是在向我求爱吗？”

“安娜塔西亚小姐，你应该已经不记得由里乌斯了吧？看起来你们很投缘啊。”

“我已经忘了我和他原本是什么关系……这件事让我心里恼火不已，无法忍受……不过……”

安娜塔西亚的嘴唇抖个不停。

“安娜还是拼命忍住了。幸好我可以告诉她这两个月里我知道的由里乌斯，看来这便是我诞生的意义。”

“你也莫名变得通达了。”

听到安娜塔西亚脖子上的艾姬多娜对自己的定义，碧翠丝温柔地说道。

听到这里，艾姬多娜轻哼一声，然后点了点头。

没有过去的人工精灵艾姬多娜，代替安娜塔西亚来到监视塔后，似乎产生了什么想法，得出了积极的结论。

安娜塔西亚之所以能取回自己的身体，也有这个缘故吧。

“那个，安娜塔西亚小姐，你能平安回来，我真的很高兴，也有很多话想和你说，但是……”

“我知道。你想问由里乌斯打倒的大罪司教吧？由里乌斯做了很多布置，将他关到龙车里了。”

安娜塔西亚耸耸肩，指了指一旁的龙车。

就在爱蜜莉雅思索这句话的意思的时候，昴屏息看向龙车，大罪司教“暴食”罗伊·阿尔法德就被关在那里。

在绕到龙车门口前，昴摸了摸和龙车系在一起的地龙约瑟夫的脖子。

这头四足粗壮的盖拉斯种地龙，正是众人和夏乌拉最后一战的功臣。虽然没有取得最好的结果，可约瑟夫的关心绝不是白费的。

“多亏了你，我们得救了……以后也要拜托你啦。”

被摸着粗脖子的约瑟夫哼了一声，似乎在说这个责任太过沉重了。

昴微微苦笑一声，随即绷紧了脸，走向龙车车厢。接着，他朝爱蜜莉雅他们点头示意了一下，看向车厢内部。

“这是——”

他紧张万分地看向里面，却被眼前的景象弄得瞠目结舌。

罗伊确实在龙车里，不过他被束缚的方式完全超出了昴的想象。罗伊·阿尔法德全身被黑色结晶包裹，仍然保持着翻白眼的状态，被束缚——应该说是被封印起来了。

“就原理而言，应用的是阴魔法呀。先用纱幕隔离对方的意识，再进行束缚……这个方法真无情呀。”

“那个黑色的东西，就是纱幕的结晶吗？”

听完碧翠丝的说明，昴有些惊讶，重新看向封印。

在他和碧翠丝缔结契约前，纱幕可以说是他最为倚重的魔法。由里乌斯竟然能用这个魔法做出这种封印，他的魔法水平让昴感到惊讶不已。

“希望你不要误会，这不是我自创的方法。我只是用了和世上最有名的封印同样的术式而已。当然，规模上是远不能相提并论的。”

“世上最有名的封印，难道是……”

“‘嫉妒魔女’啊。”

爱蜜莉雅在一旁观察被束缚的罗伊，说道。“没错。”由里乌斯深深颔首，肯定道。从这座监视塔再往东便是彼方之地，罗伊的封印方式就和在那里沉睡了四百年的“嫉妒魔女”一模一样。

“由里乌斯，你为什么留了这家伙一命？“暴食”之一——莱伊·巴登凯托斯死后，爱蜜莉雅的‘名字’就回来了。那么，只要把这家伙……”

“也不能保证一定会回来吧。这就是我没有处决他的最大理由。拉姆女士的确杀死了巴登凯托斯，可爱蜜莉雅大人的‘名字’回来一定是因为这个吗？如果不是，那我们就全完了。”

“若是这样，阅读‘死者之书’怎么样？”

听完由里乌斯说的道理，昴提出一个只能在这座塔里使用的秘技作为替代方案。

要想了解一个人的想法，没有比阅读“死者之书”更加透彻的方法了，因为它能直接体验对方的一生。

“就算是问他，也不能保证他会说真话，那么干脆使用‘死者之书’直接了解他的内心……”

“昴，我觉得……这样不好。这种做法……”

“但是，这是最稳妥的方法。这样的话……”

“那个，我可以插句话吗？”

听到昴打算利用“死者之书”，爱蜜莉雅显得有些不大情愿，而就在昴准备反驳的时候，安娜塔西亚举起了手。

她看了一眼扫兴的昴，白皙的玉手在胸前双手合十。

“我也只是从艾姬多娜那里听说的，所以可能会有些认识纰漏……太过相信那个‘死者之书’，不是很危险吗？”

“危险？为什么这么说？”

“还问为什么？菜月自己不是已经体验过了吗？在我沉睡的这段时间，菜月不也一度丧失了自我吗？”

“呜……”

虽然不知道在这么短的时间里，艾姬多娜到底跟安娜塔西亚说了多少，不过安娜塔西亚这下确实戳到了昴的痛处。

严格来说，昴的失忆并不是因为“死者之书”，可阅读“死者之书”会对阅读者产生巨大影响却是事实。

而且，还有雷德这个先例在。万一昴在阅读完罗伊的“死者之书”后，自我意识被罗伊覆盖，说不定就会诞生一个新的罗伊·阿尔法德了。

“那……那么，安娜塔西亚小姐也觉得留他一命是对的吗？这家伙至今为止都做了那么多恶事了！”

“要单论对不对，那我肯定不觉得留下大罪司教是对的。只是，我也有我的说法。”

“说法？”

“性命相搏是最后的手段。随意杀人的人，一定不会落得什么好下场。这不是出自合辛的语录，是我自己的话。”

听到安娜塔西亚的话，昴瞪圆了双眼。

在这个充满剑和魔法的魔幻世界里，她这话实在有些天真。但同时，昴心中的伦理观知道她是对的。他也觉得还是少死人会比较好。同伴自不用说，敌人少死几个也是好的。

“可是，这家伙伤害了那么多人……他还有值得我们同情的价值吗……”

“必须杀的时候自然要杀。我会下决断，也会不惜脏了自己的手。不过，绝不可凭激情杀人——我觉得，菜月和我应该是同一类人。”

“这……”

“正因为如此，菜月才会为去世的人哭泣……比起冷血无情的菜月，我更想跟这样的菜月长久相处。”

安娜塔西亚指了指自己的脸，示意昴脸上的泪痕。

那一瞬间，昴再次回想起失去夏乌拉的心痛，静静地低下了头。安娜塔西亚这么说很卑鄙，却很有效。

“昴，我的看法和安娜塔西亚小姐一样。考虑到由里乌斯和沉睡的雷姆，我也想快点解决问题，不过……”

“不必介意我的事。事已至此，相比于速度，我还是更想要准确性……毕竟这也关系到舍弟。”

留在普利斯提拉的约修亚此时也处在记忆恢复的紧要关头，由里乌斯的建议虽然慎重，却也是正理。因为想要快点填补失去的痛苦，现在的昴有些急于求成了。

“我们来归纳一下吧。按照安娜和由里乌斯的建议，我们先把大罪司教‘暴食’转送到王都，再从他口中问出拯救权能牺牲者的方法。当然，他最后肯定还是无法免于极刑。”

“根据年龄酌情量刑也是有限度的，最后他肯定还是难逃一死。”

见昴松开了握紧的拳头，艾姬多娜和安娜塔西亚总结起了最后的结论。

关于罗伊的处理方式，爱蜜莉雅也没有意见。将罗伊封印着送往王都，在某种意义上讲，这个待遇和之前被送去的西里乌斯一样。

“爱蜜莉雅小姐觉得这样可以吗？”

“嗯，我也想重新记起那些被我忘记的人。”

听到安娜塔西亚的提问，爱蜜莉雅抬起头，认真回答。

见她也没有意见，昴既觉得她可靠，又觉得心疼。他不再去看大罪司教，这时突然膝盖一软。

“咦……”

“昴！你果然还是太勉强自己了！一直强行背负着那么难受的感觉，会变成这样也在所难免啦！”

他感觉自己的头好重，一阵头晕眼花感袭来。碧翠丝撑住他的肩膀，向他喊道。

她可爱的喊声在他的脑海中回荡，这时他才发现他比预想中的更加疲惫——这也不奇怪。

失忆后，他前前后后死了无数次，接着又为了夺回记忆和自己对峙，醒来后又抵抗五大障碍，一边承接同伴们的负担，一边战斗，最后还失去了夏乌拉。

“啊，我——”

“昴，没事了。你现在就先休息一会儿吧。等你醒过来，我们再好好聊聊，我也有好多话要和你说呢。”

爱蜜莉雅从正面抱住无力倒下的昴。她柔软的身体和好闻的体香放在平时一定会让他紧张不已，在这时却成了最有效的猛药，让他猛地失去了意识。

如果他在失去意识时死去，会不会再次回到为了解决塔内的问题而奔走的时候？到时候是不是就能找到办法，拯救夏乌拉了呢？

虽然他明知道不可能，可还是不禁这么期待着。

然后，他的意识慢慢沉入了黑暗中。

4

“嘿咻。”

爱蜜莉雅呼了口气，抱起昏睡的昴。

此刻他紧紧闭着双眼，睡眠沉到就像是死了一样，这也说明为了解决这座塔里的问题，他到底付出了多少努力。

为了拯救爱蜜莉雅他们，他竭尽了全力。

他明明也失去了记忆，却在爱蜜莉雅的“名字”被巴登凯托斯夺走，被所有人遗忘的时候，赶到她的身边，当时她真的欣喜到无以复加。

必须将这份心情好好传达给他才行，不能让努力的昴太过自责。

夏乌拉的事是所有人的责任，要是追根溯源的话——

“是她的师匠弗里格尔的错。”

弗里格尔把“贤者”的名声强加到夏乌拉身上，然后在更新了普勒阿得斯监视塔的职责后，让她陷入了沉睡。即使他是拯救了世界的“三英杰”之一，可他胆敢让夏乌拉寂寞，又让昴哭泣，在爱蜜莉雅的心中就已经是个大坏蛋了。

“看样子他真的累坏了……但没有什么大事，只要休息一会儿就能恢复。要直接把他送回绿房间吗？”

“嗯，正好拉姆他们也在那里……在拉姆去救我的时候，一直是安娜塔西亚小姐照看雷姆吧？”

“不是什么大事情。我只是在取回‘自我’后，送走了去帮菜月的由里乌斯，以及去帮爱蜜莉雅小姐的拉姆小姐而已……很遗憾，雷姆小姐还是没有好转。”

“这样啊……”

一想到留在绿房间的拉姆他们，爱蜜莉雅就皱起了她秀丽的眉毛。

对于拉姆而言，打败莱伊·巴登凯托斯在某种意义上算是大仇得报。不过，最重要的还是雷姆能否苏醒，相比之下，报仇成功与否都是小事。至少，拉姆自己肯定会毫不犹豫地说最重要的是要雷姆回来。

“就这点而言，我们也只能期待能从罗伊·阿尔法德口中撬出情报了。而且，这座塔——不，是大图书馆普勒阿得斯，还有太多疑点。”

“无所不知的大图书馆……夏乌拉是这么说的吧。虽然这女孩有点随意，不过也正因为如此，她不会乱改别人告诉她的话。她确实被告知这里是大图书馆，这点应该没错。”

这个大图书馆的功能就只是“死者之书”吗，还是说它还有别的功能呢？必须确认这点才行。

除此之外，爱蜜莉雅也有话必须对碧翠丝他们说。

“那个，等把昴送去绿房间休息后，我想带大家去一个地方见一个人。”

“莫非和第一层有关？”

爱蜜莉雅之前登上了第一层，通过了最后一个“测验”。

碧翠丝他们知道这件事，但由于爱蜜莉雅一直没有提及，大家也不知道之后到底发生了什么。

比如，爱蜜莉雅在第一层看到了什么，遇见了谁，有没有遇到什么困难？

爱蜜莉雅遇见的事过于光怪陆离，真的不知道该用什么语言来形容，所以她指了指高高在上的塔顶，说道：

“事情虽然不是很长，但很难说清楚，你们还是直接去跟我看看吧。”

5

“呜……”

昴感觉到有什么粗糙的东西在蹭他的脸，呻吟着睁开了眼睛。视野一开始有些模糊，他连着眨了好几次眼睛，才渐渐看清事物的轮廓，这才明白触感的来源，原来是帕特拉修在用它的红舌头舔他的脸。

“帕特拉修啊……抱歉，让你担心了……你一定很努力吧？

一直麻烦你，对不起啊。”

昴微笑着，伸手摸了摸爱龙那看似可怕的忧郁面庞。

这头漆黑的地龙，几次将他从危难当中救出。救出失忆的他的恩情自不用说，在最后的轮回中，他也给予了它一个重要的使命。

“要是没有帕特拉修，雷姆可就危险了。带回这孩子，可以说是巴鲁斯这辈子最大的功劳。”

“别这么说啊，我会没法反驳的。我还带出了贝亚子，给爱蜜莉雅炭取回了徽章呢，不过每件事都和罗兹瓦尔脱不了干系。”

严格来说，碧翠丝的事和罗兹瓦尔没有关系，可是只有这么说才能刺激到她，所以他故意这么说道。

果然，听完他的话，拉姆不悦地咂了咂舌头。此时她正背靠在绿房间的墙上，抱着自己的胳膊，全身满是伤痕。见她这副模样，昴眯起了眼睛。

“对不起，拉姆。都怪我，让你伤成这样……哇啊啊！”

“别说傻话了，拉姆受伤是巴鲁斯的责任？在拉姆的人生中，巴鲁斯根本就无足轻重。真是恶心。”

“恶心就过了吧！竟然在别人嘴里塞草球，你好可怕！”

拉姆从墙上剥下一块藤蔓塞进昴的嘴里，青涩的味道刺激得他眼泪直流，他立即抗议道。听他这么说，拉姆只是哼了一声，完全没有反省的意思。

就在二人吵得不可开交时，旁边突然传来一阵笑声。

“大哥哥和大姐姐的感情真好啊，就像一对姐弟似的。”

说话的是梅莉，此时她伸直了腿坐在鲜草地毯上，那只小红蝎依然趴在她的头上。听了她的话，拉姆明显皱起了眉头。

“巴鲁斯这样的弟弟？就算退一万步讲，拉姆真有这个毫无血缘关系的废物弟弟，这种废物在鬼的村子早被灭口了。”

“鬼的村子环境这么严酷吗？幸亏我不是鬼啊。”

“不是的。只是拉姆实在受不了恶心的巴鲁斯，所以把巴鲁斯灭口了。”

“你好烦，不要在假设里再加入新的假设啊！”

听到拉姆一如既往的讽刺话语，昴也毫不客气地吼了回去。话虽如此，他其实也明白，这是拉姆委婉的关心。她想说的是，她负伤并不是昴的责任。

这种一如往常的冷漠态度，真的很有拉姆的感觉。昴随即环顾室内，绿房间里的成员有昴、帕特拉修、拉姆、梅莉with小红蝎，还有躺在里面床上的“睡美人”。

“雷姆还没醒啊？”

“很遗憾。不过，拉姆已经斩下那个可恶的无礼之徒的脑袋，爱蜜莉雅大人的‘名字’好像因此回来了……”

“由里乌斯和雷姆的却没有回来……到底还缺什么呢？”

昴握紧拳头，强忍自己心中的痛苦。

他又想起了自己昏倒之前和爱蜜莉雅他们说的话——最终，要想完全消除“暴食”的伤害，还是只能从那家伙嘴里问出情报。

“在这里的都是些重伤员吗？爱蜜莉雅炭他们去哪里了？”

“大姐姐和小碧翠丝他们都去上面了，说要见一个人。他们去了第一层，这时候正在我们头顶吧……至于谁在那里，拉姆姐姐肯定知道。”

“也不是什么大人物，只是一个空有大个子的老年痴呆症患者罢了。”

“监视塔塔顶的老年痴呆症患者，绝对是重要人物吧……”

听闻有新人物登场，昴不禁皱紧了眉头。拉姆说的老年痴呆症患者到底是谁呢？如果说他和第二层的雷德一样是考官，那在上面的会不会是那个可恶的“贤者”呢？

“那样的话……”

“巴鲁斯，别拿夏乌拉做自己无能狂怒的借口。”

就在昴气血上头准备起身时，拉姆给他浇了一盆冷水。被说中的昴呆呆地看着拉姆。

“夏乌拉的事，拉姆也听说了。虽然夏乌拉吵闹、下流，而且还没眼光到会喜欢巴鲁斯……可也不是非死不可。要是觉得遗憾，就不要发怒，哭吧。相比于被巴鲁斯当作撒气的借口，夏乌拉肯定更希望巴鲁斯能因为寂寞流泪——拉姆也是这样。”

“拉姆……”

“只是拉姆现在依然觉得，夏乌拉完全爱错人了。”

拉姆最后补充道，弹了弹昴的额头。这个一点儿都不痛的脑瓜崩让他一屁股坐到地上。他捂着被弹的额头，道歉道：

“对不起……”

“再说了，万一第一层真的是弗里格尔，在巴鲁斯动手之前，拉姆和爱蜜莉雅大人早就把他打个半死了。”

“先不论爱蜜莉雅炭，拉姆确实会这么做。”

由于夏乌拉的遭遇，这座塔里的所有人对弗里格尔都怒不可遏。

“那第一层的老年人究竟是……”

“巴鲁斯就先别管了。就算那个老年人真能派上什么用场，据说也只能拯救遭大罪司教‘色欲’迫害的受害者，而不是拯救‘暴食’的受害者。”

“也已经足够重要啦……这样啊。”

在这方面，拉姆的心中早已有了一个优先顺序。她敢于大大方方地说出来，这正是她的优点。而昴也多少赞同她的意见。

“色欲”的受害者能得救自然也是好事，可他最想救的果然还是“暴食”的受害者。为了达成这个目的，是不是还有更好的解决方法？

“笨蛋。”

“姐姐大人？”

“巴鲁斯有闲心烦恼这些无聊的事，还不如好好休息一下身体和脑袋。没有做出最优选择的并不只有巴鲁斯啊。”

拉姆摇摇头，摸了摸自己的额头。

那里有一个小小的伤疤，正是她之前长角的地方。她摸了摸额头上的旧伤，然后将刚刚摸旧伤的手伸向床上的雷姆，怜惜地抚摸起她的额头。

“为了打倒大罪司教‘暴食’，拉姆借助了雷姆的力量。虽然最后赢了，可代价也很大……拉姆让这孩子承担了很大的负担啊。”

“负担……”

“拉姆用出了有角时的力量。如果是巴鲁斯，恐怕早就爆体而亡了。”

一度体会过拉姆平时痛苦的昴知道，这并非危言耸听。她平时的呼吸和一举一动，都要体会宛如地狱一般的痛苦。

这样的她竟然拿出了全部实力，那到底会遭到多么巨大的反噬呢？

“所以，等雷姆醒来，或许会记恨拉姆。但是，拉姆不后悔。拉姆是雷姆的姐姐，就算这孩子讨厌拉姆、恨拉姆，这件事也不会改变……所以，为了能有一个光明的未来，拉姆会不停地亲近雷姆的。”

“在我听来这话还蛮刺耳的。”

拉姆声称不会对过去感到后悔，只会为了美好的未来不懈努力。与拉姆相反，昴则是为了改变过去而在不停地努力奔走。

在思考无比积极的拉姆看来，昴的“死亡回归”一定无比消极吧。毕竟能改变过去的“死亡回归”，是后悔过去的产物。

“终究还是不用为好吧……”

昴松开了握紧的拳头，苦笑道。

为了获得与大家一起欢笑的未来而使用“死亡回归”，他认可这样努力的自己。不过，他也告诫自己，绝不能过度沉迷“死亡回归”本身。因为在这座塔里，他已经见到太多的泪水，也听到很多心疼他的声音。

“虽然不是很清楚，但是大哥哥好像也恢复了一点精神啊。”

看到昴的表情起了变化，膝盖竖起来的梅莉嘟囔道。她此时正抱腿屈膝坐在地上，打理自己的麻花辫。

“我不像大姐姐和拉姆姐姐那样能鼓励大哥哥，不过大哥哥也别太沮丧了。你不是约定好了，要给我展示你的背影吗？”

“嗯，我们约定过了。哦，这次我一定会遵守约定的。”

昴看了看梅莉和她头上的小红蝎，用力点了点头。

像是要给昴的决定鼓鼓劲似的，旁边的帕特拉修也用脸蹭了蹭他。它的鳞片和肌肤虽然粗糙，但只要习惯了，就可以不痛不痒地和它蹭脸。

看到它对自己如此亲昵，昴也打从心底回报以同样的爱意，站起身来。

他之前疲惫到了不支倒地的地步，现在流失的体力似乎已经恢复了一些，真是多亏了绿房间的精灵们。

“仔细想想，在我们之前打的那场包括约瑟夫在内的总体战斗里，这个房间的精灵们也是功勋卓著，怎么感谢他们都不为过……”

听夏乌拉说，这个绿房间里好管闲事的精灵们会主动治疗室内生物的伤，所以可以把绿房间作为一个恢复室。也正因为如此，自从来到这座监视塔，他们也一直把雷姆等人安置在这里静养。

“话又说回来，我们也不是自己想泡在这里的。”

“精灵啊。那巴鲁斯……不，光开了个头拉姆就知道不可能了。能不能通过由里乌斯的‘诱精加护’，让这些精灵们现身呢？”

“我知道你的意思，可我的魅力是贝亚子专用的，所以我一点儿都不嫉妒。要是由里乌斯的加护有效果，应该就能和精灵们对话了吧……”

由里乌斯的“诱精加护”，一言以蔽之，便是容易讨精灵们喜欢的加护。正因为这个加护的效果，他之前才能和六只准精灵——不，是已经升格为精灵的伊安她们缔结契约。要是能靠他的加护和绿房间的精灵们对话，那他们也就有了新的可能选项。

精灵们在这座监视塔里生活的时间不逊于夏乌拉，这些没有名字的精灵或许能帮他们解开这座塔的秘密——

“拉姆？你的脸色为什么这么奇怪？”

“拉姆感到一股诡异的气氛，这是……”

就在拉姆说出诡异预感的瞬间，绿房间中心突然亮起了光，昴他们惊讶不已。

“这是什么?!”

突如其来的事变让所有人僵住了，昴和拉姆立刻下意识跑到了雷姆的身边。梅莉和帕特拉修也警惕地远离了房间内的光。

“什么什么，到底发生了什么啊?!”

“我不知道！总之，不要离我们太远！不知道会发生什么……哦?!”

昴将慌乱的梅莉护在身后，告诫她多加小心。这时，房间内的光突然变强，照得他说不出话来。他用手捂着脸，小心翼翼地看向光源。

房间内的光经过刚刚的突然变强后，又慢慢变弱，最终消失了。他一时不知该安心还是警惕，直到他看到了“那个”。

“啊？”

当他看到在光消失的地点出现的“那个”时，他感到有些难以置信。

他沉默了，震惊到说不出话来。

“女孩子？”

一旁，拉姆也看到同样的景象，惊讶地嘟囔道。

拉姆没有看错，昴也看到了那个女孩子。不过，拉姆和昴对那个“女孩子”的认识有着巨大差别。

昴知道那个“女孩子”的名字。

躺在绿房间地板上的她，叫作——

“鲁伊·阿内芙。”

和光一同出现在绿房间中央地板上的少女，名叫鲁伊·阿内芙。她是大罪司教“暴食”三兄妹中的幺妹“饱食”，本应该待在记忆回廊中，现在竟然以这种方式出现在现实世界里，让昴震惊不已。

一旁的拉姆没有错过昴的惊呼。

“鲁伊·阿内芙……就是最后一名‘暴食’吧。”

“对，没错。虽然不好详细说明……但她正是‘暴食’的最后一人，鲁伊·阿内芙。同时也是莱伊和罗伊的妹妹……”

“看起来，她失去意识了。”

拉姆冷静地观察起鲁伊，昴这才注意到她睡着了。

这是睡眠状态吗？他也不了解具体情况。还有，为什么鲁伊会在这里？她之前明明那么害怕昴，对“死亡回归”也已经绝望了，应该不至于才过了几个小时就重整旗鼓准备再次挑战吧——因为，“死”会在人心上留下深深的伤痕。

“而且她应该没有实体才对……可恶，想也想不出门道！梅莉！你快去把爱蜜莉雅炭他们喊回来！我和拉姆在这里看着她！”

“真是的，大哥哥真会使唤人……大哥哥可不要随便死了啊。”

梅莉退后几步，来到绿房间门前，对昴提醒道。昴随即向她竖起了大拇指，她头上的小红蝎也模仿着举起了小钳子。接着，梅莉便转身去喊爱蜜莉雅他们了。

与此相对，昴和拉姆则留在了房间里。

“总之，先不要急着下结论。等爱蜜莉雅大人和碧翠丝大人回来再说吧。等爱蜜莉雅大人回来——”

恐怕，拉姆是想谈起鲁伊的处置问题，却没能继续说下去。在这之前，黑色的终焉再一次袭向了普勒阿得斯监视塔。

咚，他们脚下传来一声巨大的爆炸声，震得昴和拉姆的身体直接飞了起来。

“啊！”昴的身体猛地砸到天花板上，他不禁发出惨叫，晃了晃脑袋，这才明白发生了什么。

正在接近的诡异预感，让他全身寒毛直竖。

“难道说……”

他连忙否认自己的预感，站起身来。可是，身上越来越重的恶寒，仿佛在不断肯定他的怀疑。

那是他最不希望面对的障碍——按理说，它现在应该不会来袭了才对。结果，巨大的灾难还是来了。

“帕特拉修！把拉姆……”

“嘶嘶——”

昴抱起趴在地上站不起来的拉姆，将她递给了帕特拉修。浑身是伤的帕特拉修理解了昴的意思，接过拉姆，向房间入口飞奔而去。

“巴鲁斯，这个笨蛋……”

此时的昴根本无暇去听拉姆任性的抱怨。他在摇晃的地面上站稳，向睡在藤床上的雷姆跑去。然后，他抱起雷姆，跟在帕特拉修后面朝着房门冲去——在那之前，他瞄到了在草地上躺着的鲁伊。

“啊，可恶！可恶!!”

遍体鳞伤的他一边骂，一边使出吃奶的劲用右手抱住雷姆，又用空出的左手拉起了鲁伊的胳膊。

两个人的身体都不重。在这种非常时刻，区区重量早已被他置之度外。

而就在他抱着二人准备逃离绿房间的时候，黑影突破了绿房间的地板，涌入室内，将昴他们和房门隔开了——没错，是那个黑影。

昴本以为不会再来的五大障碍中的最后一个——执着于昴的“魔女”的黑影，终于还是袭击了监视塔。

“拉姆！”

昴呼喊着，想通过黑影的缝隙将雷姆送出去。

然而，黑影完全挡住了昴的视线，让他找不出丝毫缝隙。而且，黑影此时仍在源源不断地涌来，不只是正面，他的前后左右都已经被黑影吞噬了。

“可恶……好不容易走到这一步了！”

他看着涌来的黑影，不断寻找着逃跑路径，心中满是悔恨。

一旦被黑影吞噬，他必然难逃一死，就只能重新“死亡回归”了。万一在这座监视塔里“死亡回归”，只要重启地点不变，他就只能带着体内的鲁伊·阿内芙重新开始。那样，他就要再次被那个白衣少女模样的大罪司教控制了。

因为害怕变成这样，他在这次轮回中用尽了全力，可惜……

“巴鲁斯！坚持住！不然雷姆会哭泣的！”

“嘶嘶！”

他听到黑影对面传来了拉姆和帕特拉修的喊声，深吸一口气，想要回答他们，却发不了声。

因为在那之前，黑影便已经把菜月昴整个吞噬了。

6

被莫大的黑影吞噬后，昴的意识一直在黑暗中游荡。

他感觉自己的手脚、血肉都已经被溶解，整个人化作了纯粹的概念。

仿佛有什么庞大无比的感情吞噬了他，将他整个摧毁。

“我爱你——”

他在空无一物、漆黑的黑暗中听到一声呢喃。

菜月昴的意识自嘲道，真是熟悉的声音啊。

他竟然已经习惯了听别人说我爱你，简直就像是某个被六只精灵钟爱的优雅骑士一样。很遗憾，昴没有他那么优秀，能担负爱的地方，也只有双手和后背，而且这样已经很勉强了。

“但我还是想尽力勉强啊……”

“我爱你。我爱你。我爱你。我爱你。我爱你。”

“抱歉，我没法回应你的感情……现在这句话对我而言就像地雷一样。上一个对我这么说的人，我就没能握住她的手。”

“我爱你。我爱你。我爱你。我爱你。我爱你。我爱你。

我爱你。我爱你。我爱你。我爱你。我爱你。我爱你。我爱你。我爱你。”

“你跟我一样，完全不听别人说话。那你快点把我吃了吧。”

事已至此，在空无一物的空间里，菜月昴早已放弃了求生的欲望。这样下去，他便会在这片黑暗中被无情杀死吧。

对此，他没有悲叹，也不再愤怒和挣扎，而是选择了接受。

“等我回来，或许要面临最麻烦的情况啊。彻底改变想法的鲁伊，这次肯定会来争夺‘死亡回归’吧。”

“我爱你。我爱你。我爱你。我爱你。我爱你。我爱你。我爱你。我爱你。我爱你。我爱你。我爱你。我爱你。我爱你。我爱你。”

“不过，我是不会输的。我不会输。这次我一定要遵守住约定。”

“我爱你。我爱你。我爱你。我爱你。我爱你。我爱你。我爱你。我爱你。我爱你。我爱你。我爱你。我爱你。我爱你。我爱你。”

“为了我们的明天，我会一次次地战斗。”

他不会被不断重复的爱的告白压垮。

很遗憾，他的心在不久之前已经被这话伤到千疮百孔，如今这样的爱已经束缚不住菜月昴了。

只是，不断重复的爱的告白并不在意昴的拒绝。盲目的爱的告白仿佛要摧毁整个世界似的，铺天盖地地涌了上来，将菜月昴吞入黑暗之中。

“我爱你。我爱——”

“吾，波尔肯尼卡，依照古老的盟约，询问登顶者的志愿。”

下一刻，从天而降的强烈蓝光，直接轰上了包裹世界的黑暗。接着，强光吞噬了黑暗，世界瞬间变了颜色。

7

“呜……”

昴感觉到有什么粗糙的东西在蹭他的脸，呻吟着睁开了眼睛。他的意识渐渐清醒，眼中模糊的视野也渐渐清晰了起来。

此时，那个粗糙的东西仍然在蹭他的脸。

“啊呜？”

粗糙的感觉和陌生的声音，使懵懂的昴慢慢清醒了过来。他本以为是爱龙在舔他的脸——

“呜啊？”

一睁开眼，却看到鲁伊·阿内芙骑在他身上舔他的脸。

“哇啊啊啊?!”

看到这幅令人难以置信的景象，他大吃一惊，立刻推开眼前的鲁伊。“哇啊！”被推开的鲁伊惨叫一声，在地上连打了几个滚。

“你，你，你要干什么?!有什么企图?!又在捉弄我吗……”

“呜，呜，呜啊。”

“别呜啊了！到……到底发生了什么……我死了吗？”

他惊愕地瞪向鲁伊，声音颤抖着。

而在他眼前，鲁伊躺在草丛上，像个孩子似的手舞足蹈地哭喊了起来。昴完全看不懂她的意思，她有什么目的——不对，此时还有更重要的问题……

“这里是哪里？”

他不再去看鲁伊，而是警戒地看向周围。

他看到了一片鲜美的绿色草原，青草、鲜花随风摇摆。在奥格利亚沙丘，应该没有这样宽广的草原才对。

“这些草都有实体。味道……呸呸！是真的草！”

确认过手中草的气味和味道后，他终于确定这是真的草。

身上的伤和衣服上的破洞也都还在，看来之前那场席卷整个普勒阿得斯监视塔的战斗的痕迹也保留了下来。

换言之，那场战斗确实发生了，而且他没有死。

他明明已经被那个袭击绿房间的庞大黑影吞噬了，却还是活下来了。

“对了！雷姆！雷姆呢……”

既然鲁伊就在他眼前，那当时他一起抱着的雷姆应该也在。

想到这里，他立刻抛下鲁伊，在草原中寻找起雷姆。不久之后，他便在低矮的草原中找到了安静躺着的她。

“雷姆！啊，太好了……你，你没事啊……”

他连忙跑向雷姆，确认她安然无恙后，安心地瘫倒在地上。

看起来她并没有受什么外伤，体温和呼吸也没有什么变化。昴终于放下心来，擦擦额头上的汗，看向周围。

四周看不到监视塔和同伴们的模样，他大声呼喊道：

“爱蜜莉雅炭！贝亚子！拉姆!!”

“呜——啊——”

虽然没有看见她们，可他还是高声呼喊她们的名字，希望听到她们的回复。然而，他的声音只是在空荡荡的草原上回响，回复他的只有鲁伊。

要是鲁伊真有什么企图，他肯定无法应付，但现在能够保护雷姆的只有他了，所以他站起身，打算把鲁伊处理掉。

就在他准备起身时，胳膊被人拉住了。

“哎——”

单膝跪地准备起身的他发出轻呼。

拉住他的胳膊和衣袖的力量并不强，他却完全动弹不得。

他的膝盖颤抖着，不知为何，全身上下也都冒出了汗水。

真是莫名其妙的冲动。连他的五脏六腑都颤抖起来，这件事让菜月昴整个人都激动了起来。

“啊——”

她眼皮颤抖着，缓缓睁开了眼睛，露出原本封闭的，如湖水般澄净的淡蓝色眼睛。

他喜欢她开心时光彩夺目的眼睛，喜欢她捉弄他时古灵精怪的眼睛，喜欢她恳求自己时让人揪心的眼睛。

他一直、一直、一直，都在等待这一抹光。

“雷……”

他的心脏跳得飞快，声音也颤抖了，喉咙里也像是塞满了什么东西，让他说不出话来。

塞满了。是啊，他的内心早已被思念塞满了。想告诉她的事，想和她说的话，想告诉她的愿望，早已经堆积如山。

“雷姆——”

他的嘴唇颤抖着，急不可耐地呼唤她的名字。

真是丢脸，这么简单的一句话，竟然怎么都说不出来。

他真的和她说上话了吗？难道说，这只是他的幻想，其实他根本没能向她说出重要的话呢？

“雷姆，雷姆……雷姆，雷姆……雷，姆……雷姆！”

昴断断续续地一遍遍呼唤雷姆的名字，眼泪如瀑布般喷涌而出。

雷姆静静地眨了眨眼，蒙眬的眼睛渐渐恢复了光彩。

事到如今，昴终于相信，这并不是他日思夜想造成的幻象，雷姆确实就在这里。

“啊——”

雷姆微微动了动嘴唇，好像在说些什么。

虽然他只听到了模糊的声音，但已经让他心碎不已了。

一直以来，他只能对着她的睡脸自言自语，靠呼吸确认她还活着。

无数个日日夜夜，他不断向自己发誓，一定要把她夺回来。

悲伤的是，这些日子里，他从未听过她的声音。

只要一闭上眼，他便能听到她在和自己说话，听到她喊自己的名字，回想起许许多多的事——这些都只是过去的回忆。

他希望在今天，在明天，可以听到她新的话语。

如今，他的愿望终于实现了。

“雷，姆……没事的。我们慢慢来……”

“呼——”

她的嘴唇缓慢地动着，让他心急不已。

说实话，这时候他应该去给她倒一杯水，可惜这附近没有水房，他也不想让她离开自己的视线。

他想听她和自己说一句话，一句话就好。

只要听到这句话，他一定——

“你是——”

“雷姆？”

她的嘴巴顿了顿，努力滋润她干渴的口腔。

等到分泌的唾液润了一下舌头，她也取回了些许力气。蓝蓝的眼睛倒映出昴放大后的模样，她再一次开口道：

“你是谁啊？”

他跪在那里看着雷姆，感觉有些喘不过气来。然后，他用力砸了砸自己的胸口，这才将肺里郁积的郁气吐了出来。

一次、两次、三次，他一遍遍砸着自己的胸口，提醒自己：

我早就预想到这种可能性了。

他知道，雷姆醒来后，可能会不记得他。

考虑到“暴食”的权能影响，会发生这种事很正常。她失去了自己的“记忆”和“名字”，醒来后完全可能发生这种事。

没错，完全可能发生，所以他之前也预想到了。

然而，这并不意味着他不会受到冲击和伤害。

即便如此，他还没有顾影自怜到把自己当成一个诅咒蛮不讲理的命运、绝望愤怒的悲剧主人公。

更何况，她曾对菜月昴说过这样一句话：

“让雷姆见识下昴威风的一面吧。”

“我的名字叫菜月昴。”

他咬紧牙关，隐藏起悲伤的神色，面容都扭曲了。接着，他擦了擦脸，努力朝雷姆虚张声势地笑了。

这是很有菜月昴风格、毫无根据的灿烂笑容。

“或许你现在不记得我了，不过我是……”

“你是……”

听到雷姆的轻声提问，昴顿了顿，闭上了眼睛。然后，他用那双黑眼睛盯着她的蓝眼睛，继续说道：

“我是你的英雄。雷姆，我好想你。”

为了他发誓保护的少女，菜月昴再一次冠以英雄的名号。

背负着遍体鳞伤的英雄形象，少年为了少女，再次向她报上了这个名号。

他在此再度立誓，要从零开始书写与她的故事。

[完]

The only ability I got in a different world "Returns by Death"
I die again and again to save her.

后记

Re:从零开始的异世界生活
Re: Life in a different world from zero

《Re:从零开始的异世界生活》第六章完结!!

大家好，我是长月达平兼鼠色猫。感谢各位读者至今为止对我的支持!

如刚刚所说，从第21集开始的第六章顺利完结了，我们的故事至此也告一段落。

或许会有读者觉得:“哎呀，你结束在了一个厉害的地方啊?!”你的感觉没错，昴后面依然没有喘息的机会。

接下来故事会直接进入惊涛骇浪的第七章，昴身边的同伴也会变成新面孔。“从零”的每一回、每一章，事件的解决方法，以及出现的人物都有所不同，这也是“从零”的一大特点，希望各位读者今后也能继续享受这一点。

另外，也许又有读者心想:“咦，这回的‘从零’是不是有点太厚了?!”这也没错，这回的书比起之前要厚不少。

后记是这样的字号，便是我在第六章最后用的苦肉计!（**注：本集原版后记缩至仅一页的篇幅，字号比正文小。**）

因为页数有限，接下来就进入惯例的致谢环节吧!

责编I老师，您曾说:“这次要是不行的话就早点和我说。”如您所说，果然还是不行，平常的页数根本塞不下。我会把“绝不能再有下次了！”这句话牢记于心，继续努力。我们可是二人三脚的同伴，一起加油吧！谢谢您一直以来的照顾!

负责插画的大塚老师，多亏您读过了近乎同步更新的Web版小说，所以插画的形象商讨进行得非常顺利，真是太感谢您啦！不过，我也不能一直依赖您的好意，下次我一定会注意的!今后也拜托您了!

负责设计的草野老师，这次恶人一党的封面也很漂亮。我每集、每次的赞美之词都这么贫瘠，真是抱歉。我喜欢您（突然告白）！

漫画方面，在《月刊Comic Alive》上，正在连载花鸡老师和相川老师的第四章漫画，以及野崎TSUBATA老师的《剑鬼恋歌》！然后在《漫画UP！》上，正在连载TSUKAHARA MINORI老师的《冰结之绊》！谢谢大家一直以来的支持！

另外，MF文库J编辑部的各位、校对、各家书店的负责人、销售人员，以及许许多多的合作者，真的承蒙你们的照顾了。从今往后，也请多多指教！

接下来，2021年1月，动画第二期后半部分即将播出！渡边导演、各位声优、工作人员，感谢大家的付出！

最后，向一直以来关心支持的各位读者献上最深的感谢！

第六章已经完结，《Re:从零开始的异世界生活》这部作品终于来到了故事的转折点，希望各位之后也不要移开视线，持续关注我们的作品！

那么，就让我们在下一集新的苦难中再见吧！谢谢大家！

2020年12月

（在这艰难的一年里，感谢大家的奋战。）

神龙
尔肯尼卡
—VOLCANICA—
FACE
脸
逆鳞
SIDE
侧面
喷火之前，
胸口的缝隙
会发光

异世界生活》！」

「至今为此，有人这么支持过我吗……」

「应该说，这部作品的魅力百分百在师匠身上。」

「这就有点过了，你这种说法有些病态啊……接下来，便是可以说是每年惯例的拉姆、雷姆生日活动，已经确定将要在涉谷的丸井大厦举办，可喜可贺。这次也会有大塚老师的特别插画公开哟！」

「啊，是和师匠一起来的那对双胞胎啊。咦？人家没有见过这个蓝头发的女孩活动、说话的样子……」

「去看这一集的最后啊！还有，你看动画真的只看我吗?!」

「在一月二十八日发售的主机游戏《虚假的国王选举候补》里，人家也只会关注师匠哟。虽然人家已经等了好久，但是等到一月不过是弹指一挥间罢了！人家会一直等你，师匠！」

「啊，是吗？接下来，接下来……」

「师匠，结束啦。已经通知完了。人家和师匠卿卿我我的时间，看来又要延后了！」

「笨蛋。我都说了，不是卿卿我我的时间。」

「不懂风情，也是师匠的一大魅力啊——人家永远爱你，师匠。」

「你还真是个笨蛋——再见了，夏乌拉。」

（注：以上日期均为日本的发售时间。）

『咚咚咚咚！如各位所见，这次的下回预告，竟然还是人家主持哟！接下来，便是人家和复活的师匠之间，满满的卿卿我我时间！』

『才不是什么卿卿我我的时间呢！不过，真没想到你竟然能连续登场，这里明明是极少数我比别人有优势的地方啊……』

『就算没有这种别扭的自我肯定，师匠在人家心中也是第一位！所以说，师匠完全没有必要消沉！Fall in love（爱你）！』

『不过，上次的结尾是我falling（跌落）啊……算了，就让大家看看我们之间天衣无缝的配合吧。』

『哦哦?!师匠害羞了？今晚要做红豆饭了？』

『做什么做。啊，首先是动画的情报。万众瞩目的「从零」动画第二期后半部分终于要在一月六日正式播出了！』

『里面充满了师匠哭泣、痛苦、呕吐、苦闷的样子……真是的，全是一些会让人家目不转睛的画面！人家还专门把主视觉图上的师匠给剪下来了！』

『还真是崭新的欣赏方式啊?!也关注一下爱蜜莉雅炭和贝亚子吧！』

『然后，正在动画化的第四章漫画第三集即将在十二月发售！虽然都是师匠，可这里面的师匠会给人一种不同于动画和小说的印象……在这部作品里，能够三番五次地欣赏师匠哟！请大家多多关照《Re:从零开始的